Hyacinthe

JULIA QUINN

Les enfants Bridgerton

HYACINTHE

roman
traduit de l'américain par Arnaud du Rengal

ÉDITIONS GUTENBERG

Cet ouvrage a été publié sous le titre original :
It's in his Kiss
by Avon Books, New York, USA

Si vous voulez recevoir notre catalogue
et être tenu au courant de nos publications,
envoyez vos nom et adresse aux éditions Gutenberg,
33, boulevard Voltaire, 75011 Paris
www.editionsgutenberg.fr

Et, pour le Canada, à
Édipresse Inc., 945, avenue Beaumont,
Montréal, Québec, H3N 1W3.

ISBN : 978-2-35236-007-0

À Steve Axelrod pour mille et une raisons
(mais surtout pour le caviar !)

Mais aussi à Paul, même s'il semble croire que je suis de celles
qui partagent le caviar

L'auteur tient à remercier Eloisa James et Alessandro Vettori
pour leur expertise en toutes matières italiennes

Arbre généalogique de la famille Bridgerton

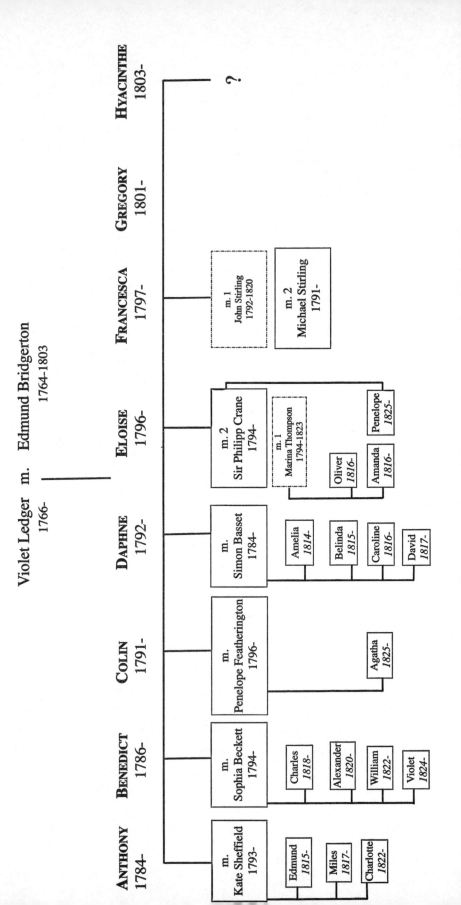

PRÉSENTATION DES PERSONNAGES

Hyacinthe Bridgerton : c'est la cadette des célèbres filles Bridgerton. Un peu trop fine mouche, un rien trop directe, elle est loin de ressembler à l'héroïne d'un roman d'amour. Mais, à son plus grand désarroi, voilà qu'elle tombe amoureuse de...

Gareth Saint-Clair : il y a deux catégories d'hommes à Londres : ceux dont la réputation sulfureuse n'est guère rassurante, et ceux dont le port altier ferait se damner une sainte. Mais Gareth est unique en son genre. Il allie ces deux atouts avec un charme tout bonnement diabolique. Il aurait pu devenir le pire des gredins sans la présence de...

Lady Danbury : c'est la grand-mère de Gareth et la chaperonne de Hyacinthe. Elle a un avis sur tout, et notamment sur l'amour et le mariage. Elle ne rêve que d'une chose : voir Gareth et Hyacinthe convoler enfin en justes noces. Fort heureusement, elle reçoit l'aide...

D'une mère qui se mêle de tout, d'un frère trop protecteur, d'un piètre quatuor à cordes, d'un baron fou, sans oublier bien sûr la bergère, la licorne et Henry VIII.

Les voici tous réunis dans l'histoire d'amour la plus improbable de l'année...

PROLOGUE

1815. Dix ans avant que ne débute vraiment notre histoire.

Commençons par les quatre règles qui régissent les rapports de Gareth Saint-Clair avec son père, lord Saint-Clair, sans lesquelles le jeune homme ne parviendrait pas à garder la tête froide ni les idées claires...

Premièrement : ils ne conversent qu'en cas d'extrême nécessité.

Deuxièmement : si ces conversations ne peuvent être évitées, elles doivent néanmoins rester des plus brèves.

Troisièmement : si d'aventure leurs échanges doivent franchir le seuil des simples salutations, la présence d'un tiers s'impose.

Quatrième et dernière règle : afin d'appliquer au mieux les trois clauses précédentes, Gareth se doit d'obtenir un maximum d'invitations chez des camarades de classe, afin de passer ainsi ses vacances d'été ailleurs que chez lui, et, surtout, loin de son père.

Tout compte fait, se disait Gareth, lorsqu'il lui arrivait d'y songer – de moins en moins souvent d'ailleurs depuis qu'il était passé maître dans l'art de l'esquive –, ces règles lui convenaient parfaitement. Et son père ne s'en plaignait pas non plus. Richard Saint-Clair portait autant d'estime à son fils que ce dernier à son égard... Quelle ne fut donc la surprise de Gareth lorsque, un beau matin, on le fit appeler alors qu'il se trouvait en cours.

La missive que lui avait envoyée Richard Saint-Clair laissait peu de place au doute. Gareth devait se présenter à Clair Hall sur le champ. C'était un ordre ! Ce qui, il fallait bien l'avouer, ne l'enchantait guère. Gareth devait bientôt quitter Eton, l'année scolaire s'achevant, hélas, dans deux mois. Entre les matches et les cours – et quelques escapades nocturnes – Gareth coulait des jours heureux. Tard dans la soirée, il lui arrivait en effet d'emprunter, comme par hasard, le chemin du pub local... Et l'on ne peut pas dire que le vin et les femmes y fissent défaut.

Pour un jeune homme de dix-huit ans, c'était une vie de rêve. Il avait toujours cru qu'éviter tout contact avec son père lui suffirait

11

pour poursuivre cette existence tout au long de sa dix-neuvième année. Il devait entrer à Cambridge à l'automne et, pour son plus grand plaisir, ses meilleurs amis l'accompagneraient sur ce chemin de l'excellence et de la belle vie estudiantine. Ils comptaient bien s'en donner à cœur joie !

Du coup, Gareth n'était pas vraiment rassuré. Que pouvait lui vouloir le baron ? (C'est ainsi qu'il appelait son père.) Maintenant qu'il avait obéi à son ordre d'accourir, il n'allait tout de même pas reculer ni rester planté là, devant la porte de Clair Hall, tel un petit garçon timide. Gareth se décida à saisir le lourd marteau de fer forgé qui ornait la porte principale. Il retomba dans un bruit sourd. Il allait devoir affronter le dragon ! Car le baron vouait une haine féroce à son fils cadet et ne manquait pas une occasion de le lui rappeler : « Agis comme bon te semble, je m'en lave les mains ! Je ne remplis que mon devoir en finançant tes études. »

Devoir ? De quel devoir paternel parlait-il ? Dans les cercles mondains de Londres, tout le monde avait parfaitement compris qu'il ne s'agissait pas de cela. Qu'allaient penser leurs amis et voisins s'il n'envoyait pas Gareth dans une école digne de ce nom ? Voilà ce qui le préoccupait en réalité. Lorsque, par malheur, Gareth croisait le chemin de son père, ce dernier lui rebattait les oreilles de sempiternels reproches : « Quelle déception ! Quelle honte d'avoir engendré pareil fils ! »

Gareth ne nourrissait plus qu'un seul désir : le décevoir toujours plus, si tant est que cela fût possible. Anéantir ce qui restait de ses maigres espoirs ! Lui montrer ce qu'était un fils indigne !

Le nouveau majordome parut enfin sur le seuil, impassible :

— Monsieur désire ?

— Je souhaiterais m'entretenir avec le baron Saint-Clair.

— Et qui dois-je annoncer ?

— Veuillez dire à monsieur Saint-Clair que son fils est arrivé, je vous prie.

Le majordome tourna les talons et referma la porte derrière lui, laissant Gareth sur le seuil de la maison comme un vulgaire colporteur. Voilà qui commence fort bien, se dit-il ! Gareth se sentait étranger à ces lieux. Il y avait séjourné si peu de temps au cours des neuf dernières années qu'il lui était difficile d'éprouver quelque attachement pour cette demeure. Il n'y voyait qu'un tas de pierres dont son frère aîné, George, finirait par hériter. Quant à lui, il ne recevrait pas le moindre *cent*: la fortune des Saint-Clair ne lui était pas destinée. Il savait qu'il ne pourrait compter que sur lui-même. Aussi songeait-il à s'enrôler dans l'armée au terme de ses études à Cambridge. Sa seule autre possibilité aurait été d'entrer dans les ordres... Mais Dieu sait s'il n'était pas taillé pour la vie monastique!

Le souvenir de feu sa mère vint soudain hanter sa mémoire. Elle était morte dans un accident alors qu'il n'avait que cinq ans.

« Quel petit garnement! lui disait-elle en lui caressant les cheveux. Tu ne seras donc jamais sérieux! Tu es mon petit lutin préféré. N'oublie jamais ça. Et, quoi qu'il advienne, promets-moi de ne jamais perdre ton âme d'enfant. »

Gareth avait suivi ses conseils à la lettre. Dans ces conditions, comment l'Église anglicane pourrait-elle vouloir l'accueillir en son sein? La question semblait réglée d'avance...

Gareth commençait à s'impatienter. Où était donc passé le majordome? Clair Hall n'avait pourtant pas la taille du château de Windsor!

— Monsieur.

Gareth leva les yeux. C'était le majordome. Toujours aussi impassible, il s'exprimait d'une voix monocorde, comme ignorant l'existence de la forme interrogative.

— Votre père va vous recevoir. Il vous attend.

Gareth opina du chef et se dirigea vers le bureau de son père. On ne pouvait pas dire qu'il affectionnât particulièrement cette pièce dans laquelle son père aimait à pratiquer l'art du sermon. « Vous ne ferez jamais donc rien de votre vie? Jamais, ô grand jamais, je n'aurais pas dû avoir un autre fils! Vous n'êtes qu'un fardeau! La honte de cette famille! » rabâchait le baron d'un ton glacial.

Rien, vraiment, rien ne le rattachait plus à cette demeure, songea Gareth en frappant à la porte.

— Entrez!

Le jeune homme poussa la lourde porte en chêne massif et pénétra dans la pièce. Son père se tenait derrière son bureau, griffonnant sur un bout de papier. Il a l'air en bonne forme. Tout aurait été tellement plus simple si son père n'était plus qu'un vieillard grotesque et rougeaud. Mais non, inutile de rêver, lord Saint-Clair était un homme vigoureux. Âgé d'une cinquantaine d'années, on lui en donnait vingt de moins... Quelle souffrance pour Gareth d'être ainsi rejeté par un homme dont la prestance imposait le respect à quiconque.

Gareth attendit patiemment que le baron daigne lever les yeux. Comme il commençait à trouver le temps long, Gareth se racla la gorge.

Aucune réaction.

Gareth se mit alors à tousser.

Toujours rien.

Le jeune homme sentit ses mâchoires se contracter. Son père se livrait toujours à ce petit jeu. Il l'ignorait juste assez longtemps pour lui signifier qu'il n'était même pas digne d'être remarqué. Gareth ne savait que faire. Devait-il s'adresser à lui en l'appelant monsieur? Monseigneur? Il avait même failli murmurer Père... Mais il finit par se résigner. Il s'adossa mollement au chambranle et sifflota comme si de rien n'était.

À peine eut-il sifflé les premières notes que son père releva brusquement la tête.

— Cessez cela! lança-t-il d'un ton sec.

Gareth tressaillit et se tut.

— Et tenez-vous droit, voulez-vous! Mon Dieu, tonna le baron excédé, combien de fois devrais-je vous répéter qu'il est indécent de siffler?

Gareth attendit un instant avant de rétorquer:

— Suis-je censé répondre ou bien s'agissait-il d'une question rhétorique?

Le visage de son père s'enflamma. Gareth déglutit. Il n'aurait pas dû se moquer ainsi. Depuis quand son père avait-il le sens de l'humour? Pourquoi envenimer les choses? Comme si la situation n'était pas assez tendue... Mais c'était trop tentant. Des années durant, il avait essayé de gagner les faveurs de son père, mais il avait fini par déclarer forfait. Après tout, s'il pouvait rendre la monnaie de sa pièce à cet homme cruel, eh bien, ce ne serait que justice! Et puis, il fallait bien s'amuser un peu.

— Qu'êtes-vous venu faire ici?

— Vous m'avez fait chercher, il me semble, lui répondit Gareth, interloqué.

Il n'avait jamais osé défier son père, voilà la vérité ! Du moins, pas ouvertement. Il l'avait asticoté... Pas un mot qui ne fût pimenté d'une pointe d'insolence, mais jamais, Dieu l'en préserve, il ne l'avait affronté. Un misérable lâche, voilà ce qu'il était.

Dans ses rêves, Gareth se défendait pourtant fort bien. Il ne se gênait pas pour vider son sac et dire alors à son père tout le bien qu'il pensait de lui. Mais, une fois revenu à la réalité, son insolence se limitait à des sifflements et à des mines désapprobatrices.

— En effet, lui répondit son père en s'engonçant davantage dans son fauteuil. Néanmoins, je ne m'attendais pas à ce que vous obéissiez. C'est chose si rare !

Lord Saint-Clair se leva, se dirigea vers une petite table sur laquelle trônait une carafe de cognac ambré, et se servit un verre avec nonchalance, visiblement fort peu pressé de reprendre la conversation.

— Vous vous demandez pourquoi, j'imagine.

Gareth acquiesça, mais son père ne lui adressa pas un regard. Gareth ajouta alors :

— Oui, monsieur.

Le baron savoura une gorgée de cognac, sans prêter la moindre attention à son fils. Il se tourna enfin vers lui pour lui lancer un regard de glace.

— J'ai fini par trouver la manière dont vous allez enfin pouvoir vous rendre utile. Ce ne sera d'ailleurs pas trop tôt !

Gareth tressaillit.

— Vraiment, monsieur ?

— Oui, répondit le baron qui venait de se servir un autre verre. Vous allez vous marier.

— Monsieur ? répondit Gareth en s'étranglant.

— Cet été, confirma lord Saint-Clair.

À ces mots, Gareth manqua de vaciller et se retint *in extremis* au dossier d'un fauteuil. Pour l'amour du ciel, il n'avait que dix-huit ans. Qu'adviendrait-il de ses études à Cambridge ? Pourrait-il les poursuivre une fois marié ? Qu'allait-il pouvoir faire de sa femme ? Et surtout, Dieu du ciel, *qui* lui faudrait-il donc épouser ?

— Il s'agit d'un excellent parti, poursuivit le baron, dont la dot assainira nos finances.

— Nos finances, monsieur ? murmura Gareth.

Les yeux de lord Saint-Clair se rivèrent alors à ceux de son fils.

— Nous sommes endettés jusqu'au cou, rétorqua-t-il sèchement. Encore une année comme celle-ci et nous perdrons toutes nos hypothèques.

— Mais… comment est-ce possible ?

— Des études à Eton, ce n'est pas vraiment donné, voyez-vous ? lui lança le baron.

Soit. Mais pas au point de ruiner la famille, pensa Gareth. Ça ne pouvait tout de même pas être *entièrement* sa faute.

— Que vous soyez ma plus grande déception, c'est un fait, lui dit son père, mais je n'ai pas fait fi de mes responsabilités pour autant. Vous avez reçu l'éducation d'un gentleman. Je vous ai offert un cheval. Je vous ai habillé et vous avez dormi sous mon toit. Il est grand temps à présent de vous comporter comme un homme du monde.

— Qui est-ce ? murmura Gareth.

— Pardon ?

— Qui est-ce ? demanda-t-il un peu plus fort. Qui dois-je épouser ?

— Mary Winthrop, lui répondit son père avec une superbe indifférence.

— Mary… Gareth sentit le sol se dérober sous ses pieds.

— La fille de Wrotham, ajouta son père. Vous vous souvenez d'elle j'espère.

Comme si Gareth ne savait pas de qui il s'agissait !

— Mais Mary…

— Fera une excellente épouse, l'interrompit son père. Docile qui plus est. Vous pourrez toujours l'abandonner à la campagne pour vous encanailler en ville avec vos amis sans cervelle !

— Mais, père, Mary…

— J'ai déjà dit oui pour vous, déclara son père. Marché conclu ! Tous les papiers sont signés.

Gareth manquait d'air. Non, ce n'était pas possible ! On ne pouvait contraindre un homme à se marier ! Pas aujourd'hui !

— Wrotham souhaiterait que les noces aient lieu en juillet, ajouta son père. Je lui ai donné notre accord.

— Mais… Mary… balbutia Gareth. Je ne peux pas épouser Mary !

— Bien sûr que si, et il en sera ainsi ! déclara son père en haussant l'un de ses sourcils broussailleux.

— Mais… père… Elle est… elle est…

— Simplette ? ajouta le baron. Qu'est-ce que cela change ! Vous la posséderez dans le noir en fermant les yeux ! Après tout, on ne vous en demande pas plus, vous savez.

Il se rapprocha dangereusement de son fils jusqu'à le mettre fort mal à l'aise.

— Amenez-la à l'église ! C'est tout ce qu'on vous demande ! Vous m'avez bien compris ?

Gareth ne disait rien, il ne bronchait pas ; c'est à peine s'il parvenait à respirer. Il connaissait Mary Winthrop depuis toujours. Cela faisait plus d'un siècle que leurs familles étaient voisines. Elle était d'un an son aînée. Ils avaient joué ensemble enfants, mais il était vite apparu qu'elle ne grandirait jamais : elle souffrait d'une maladie mentale qui avait retardé son développement. Lorsqu'il vivait encore ici, Gareth l'avait défendue corps et âme, tel un preux chevalier, contre toutes les cruautés des autres enfants. Plus d'une petite brute en avait fait les frais ! Gare à celui qui oserait l'insulter ou abuser de sa crédulité !

Mais de là à *l'épouser*. Non, certainement pas ! C'était une enfant. Ce serait un péché ! Comment pourrait-elle comprendre le commerce dont relevaient les relations entre époux ? Jamais, non jamais, il ne pourrait coucher avec elle. Gareth se contenta de fixer son père. Pour la première fois de sa vie, aucune réponse facile, aucune réplique cinglante, ne lui venaient à l'esprit. Ce moment était tout bonnement indescriptible.

— Je vois que nous nous comprenons, dit le baron avec un petit sourire narquois.

— Non ! dit Gareth dans un cri étranglé. Non ! Je ne peux pas !

Les pupilles de son père s'étrécirent.

— Vous irez, que vous le vouliez ou non ! Je vous attacherai s'il le faut !

— Non ! répéta Gareth au bord de l'asphyxie. Père, Mary est... une enfant. Elle ne sera jamais autre chose qu'une enfant. Et vous le savez bien. Je ne puis l'épouser. Ce serait un crime.

Entre les deux hommes, la tension était palpable. Le baron ricana avant de tourner brusquement le dos à son fils.

— Vous voulez me faire croire que vous avez soudain trouvé la foi ? La Vierge vous serait-elle donc apparue en songe par une belle nuit d'été ? Un peu de sérieux, voulez-vous !

— Non, mais...

— Le débat est clos, l'interrompit son père. Wrotham l'a pourvue d'une dot extrêmement généreuse. Et Dieu sait s'il n'a guère le choix ! Parvenir à se débarrasser d'une idiote, pensez donc !

— Je vous interdis de parler d'elle ainsi, dit Gareth.

Il ne rêvait peut-être pas d'épouser Mary Winthrop, mais il appréciait l'infinie douceur de cette pauvre innocente.

— Ce sera la réussite de votre vie. Vous n'aurez jamais mieux ! Ne vous montez pas la tête, mon pauvre Gareth. Vous n'en avez pas les moyens.

— Il ne s'agit pas de cela, vous le savez très bien.

— Écoutez-moi au lieu de faire la fine bouche ! Le contrat que nous propose Wrotham devrait suffire à rétribuer vos efforts. De mon côté, je vous accorderai une rente qui vous assurera une existence confortable pour le restant de vos jours.

— Une rente, répéta Gareth sur un ton monocorde.

— Vous ne croyiez tout de même pas que j'allais vous proposer toute la somme d'un coup ! À vous ? Ne rêvez pas ! s'exclama son père dans un rire sarcastique qui lui glaça le sang.

— Et mes études ?

— Vous pourrez toujours les poursuivre. N'oubliez pas d'ailleurs de remercier votre femme : sans ce contrat de mariage, je n'aurais pu les financer.

Son père savait combien il désirait intégrer Cambridge. Une des seules choses sur laquelle ils s'accordaient : un gentleman devait recevoir l'éducation de son rang. Évidemment, Gareth voulait goûter à tous les plaisirs de l'existence : sorties nocturnes et autres escapades, sans parler des femmes rencontrées dans les pubs de la ville ! Lord Saint-Clair ne voyait pas les choses du même œil, car, pour lui, seules comptaient les apparences, quant au reste... Gareth irait à l'université et obtiendrait son diplôme. L'honneur serait sauf Mais voilà qu'éclatait enfin la vérité : lord Saint-Clair ne pourrait financer les études de son fils cadet. Quand pensait-il l'en informer? Au moment où il ferait ses malles, peut-être?

— Tout est réglé, Gareth. Cette tâche te revient de droit puisque ton frère George est l'héritier en titre. Je ne peux tout de même pas laisser s'abâtardir notre lignée. Et puis, ajouta-t-il d'un ton pincé, je ne pourrais pas lui faire ça!

— Mais à moi si? murmura Gareth.

Son père faisait-il si peu de cas de sa personne?

— Évidemment! Que croyez-vous?

— Pourquoi? laissa échapper Gareth d'un ton plaintif et pathétique. Mais pourquoi? insista-t-il.

Son père garda le silence, tandis que Gareth s'escrimait :

— Je suis votre fils, vous m'entendez, votre fils! Comment pouvez-vous me faire cela?

Son père, dont la colère s'exprimait habituellement par un froid polaire, lâcha alors le bureau et, furibond, répliqua, cinglant:

— Par Dieu, vous n'avez donc toujours pas compris? Vous n'êtes pas mon fils! Vous ne l'avez jamais été! Vous n'êtes rien d'autre qu'un fruit pourri, ramassé dans le champ de quelque voisin complaisant! Une semence infâme que votre mère aura recueillie alors que j'étais en voyage!

La colère du baron se déversait, tel un torrent de lave trop longtemps contenu dans les entrailles d'un volcan que l'on croyait en sommeil. Ses mots frappèrent Gareth au visage, s'enroulant autour de sa gorge comme des volutes délétères. «De l'air, par pitié!» aurait-il voulu hurler.

— Non! parvint-il enfin à dire en agitant la tête, désespéré.

Ne *ressemblait-il pas* à son père? N'avaient-ils pas le même nez? Et puis...

— Je vous ai nourri. Je vous ai habillé. Je vous ai présenté au monde comme mon propre fils. Je vous ai pris en charge alors que tout autre vous aurait jeté à la rue. Il est donc grand temps de payer votre dû.

— Non, c'est impossible. Je vous ressemble. Je...

Lord Saint-Clair resta silencieux un moment. Puis, il ajouta avec amertume :

— Une malheureuse coïncidence, je vous assure.

— Mais...

— J'aurais très bien pu ne pas vous reconnaître, demander à votre mère de plier bagage sur le champ, vous jeter l'un et l'autre à la rue comme des chiens galeux. Je ne l'ai pas fait. Je vous ai reconnu. Aux yeux de tous, vous êtes mon fils « légitime ». Vous m'êtes redevable !

— Non ! Gareth venait de trouver une assurance dont il aurait besoin pour le restant de ses jours. Non, je refuse !

— Je vous couperai les vivres. Pas le moindre penny, vous m'entendez. Vous n'obtiendrez plus rien de ma part. Vous pouvez dire adieu à vos chères études, à votre...

— Non.

La voix de Gareth avait changé. Il se sentait différent. C'est la fin, pensa-t-il. La fin de mon enfance, la fin de l'innocence et le début de... Dieu seul savait ce qui l'attendait.

— J'ai assez perdu de temps avec vous. Sortez !

— Ainsi soit-il.

Gareth tourna les talons et quitta la pièce sans même un regard pour le baron. La guerre était déclarée.

CHAPITRE UN

Dix ans plus tard. La scène se déroule lors du concert privé annuel Smythe-Smith. Dans moins de dix minutes, Mozart se retournera dans sa tombe. Nous allons enfin rencontrer notre héroïne qui n'a pas la réputation d'une jouvencelle fragile et timorée.

— Pourquoi s'infliger pareil supplice ? s'étonna Hyacinthe Bridgerton à haute voix.

— Parce que nous avons bon cœur, que nous sommes d'aimables personnes, rétorqua sa belle-sœur en prenant place au premier rang.

— Mais on aurait pu penser, poursuivit Hyacinthe en regardant son fauteuil comme s'il s'agissait d'un nid d'oursins, que le concert de l'année dernière nous aurait servi de leçon. Peut-être même qu'il y a deux ans, voire trois, nous aurions pu...

— Hyacinthe ? demanda Pénélope.

La jeune insolente poussa un bruyant soupir puis s'assit à contrecœur. Le concert privé Smythe-Smith n'avait lieu, fort heureusement, qu'une fois l'an, mais il faudrait bien douze mois à ses pauvres oreilles pour s'en remettre.

— Je ne suis pas convaincue d'être à ma place. Après tout, je n'ai guère le profil requis. Depuis quand ai-je une telle bonté d'âme ? Serais-je devenue aimable de surcroît ? Voilà qui m'étonnerait fort... Qu'en dites-vous, ma chère ?

— À vrai dire, je ne sais pas très bien moi non plus ce que je fais ici. Mais je sais en revanche que vous avez bon un fond, Hyacinthe. Ne vous sous-estimez pas !

— Comme c'est gentil à vous ! Ce compliment me va droit au cœur !

— Ne me remerciez pas, c'est tout naturel. Soyez sûre que je suis ravie que vous ayez accepté mon invitation.

Hyacinthe lui lança un regard en coin.

— Je crois savoir que Colin a refusé de vous accompagner.

Il s'agissait de son frère qui avait épousé Pénélope l'année précédente. Féru de musique classique, il n'aurait accepté, pour rien au monde, d'assister à un tel massacre !

Sa belle-sœur pinça les lèvres et se tut.

— Votre silence est éloquent. Seriez-vous donc devenue muette ? Quelle jolie paire nous formons, ne trouvez-vous pas ?

— Vous savez que vous êtes parfaitement odieuse ?

— C'est possible, mais n'ai-je pas raison ? Comme toujours, d'ailleurs.

— Il n'y a vraiment pas de quoi vous en glorifier, Hyacinthe !

— Allons, allons, cessons ces enfantillages. Vous avez tout fait pour convaincre Colin, mais en vain. N'oubliez pas qu'il s'agit de mon frère et qu'il a la tête presque aussi dure que la mienne…

— Je ne sais vraiment pas de quoi vous parlez. Colin était fort occupé, voilà tout.

Hyacinthe regarda sa belle-sœur d'un air narquois.

— Admettez donc et nous serons quittes.

— Quelle petite peste vous faites, Hyacinthe Bridgerton ! rétorqua Pénélope, feignant la colère.

— Malgré tout, vous m'adorez, n'est-ce pas, chère Pénélope ?

— Je n'admets rien du tout ! En tout cas, pas avant la fin de cette soirée.

— Vous préférez sans doute profiter du spectacle ?

— Je préfère attendre de voir si vous êtes capable de vous tenir tranquille.

Hyacinthe retint un gloussement amusé.

— Vous faites partie de la famille maintenant. Que voulez-vous, il va falloir m'aimer. C'est dans le contrat.

— Comme c'est bizarre… cette clause a dû m'échapper…

— Comme c'est bizarre, comme c'est étrange, et quelle curieuse coïncidence ! Je me souviens pourtant l'avoir lue noir sur blanc. Avez-vous songé à changer de lunettes, grand-maman ?

— Je me demande parfois comment vous parvenez à être si exaspérante sans cesser d'être charmante.

— C'est un don. Odieuse ou non, il faut bien l'avouer, je suis la bonté et l'amabilité incarnées ! Ne le disiez-vous pas à l'instant ?

Plaisanterie mise à part, comment pouvait-il en être autrement? songea Hyacinthe. Chaque année le concert Smythe-Smith était l'occasion exceptionnelle d'entendre quatre godiches endimanchées s'acharner sur un morceau qui n'en demandait pas tant, sous le regard attendri de leurs parents. Elle s'était pourtant juré qu'on ne l'y reprendrait pas.

— Au moins, l'an dernier, j'étais assise dans le fond!

— Dites-moi Hyacinthe... répondit Pénélope en la toisant d'un regard lourd de sous-entendus, comment aviez-vous réussi votre coup? Felicity, Éloïse et moi-même, étions toutes les trois coincées au premier rang!

— Il suffit de bien choisir son moment pour aller se repoudrer le nez. D'ailleurs...

— Pas si vite, mon amie! N'y songez même pas. Si vous me plantez là, gare!

— Ne vous inquiétez pas. Je ne bougerai pas d'un pouce, dussé-je en mourir. J'ai toujours rêvé de finir en martyre. Qu'on fasse entrer le bourreau!

Pénélope la regarda comme si elle avait perdu l'esprit avant de s'exclamer:

— Tenez, n'est-ce pas cette chère lady Danbury?

— Madame Bridgerton, mademoiselle Bridgerton, salua la vieille dame.

À l'entendre, on aurait cru qu'il s'agissait des jappements d'un chien enroué...

— Bonsoir, lady Danbury, nous vous avons gardé un siège au tout premier rang.

Lady Danbury donna un petit coup de canne réprobateur sur la cheville de Pénélope.

— Je vois que vous êtes toujours aussi attentionnée...

— Mais, objecta Pénélope, sans vouloir présumer de...

— Ah! s'exclama lady Danbury.

Hyacinthe reconnaissait une des deux expressions favorites de la comtesse qui affectionnait tout autant le « umpf!», d'une élégance rare dans les salons.

— Ma chère Hyacinthe, ajouta la comtesse sur un ton péremptoire, je m'assiérai entre vous deux.

Docile, Hyacinthe se décala d'un siège.

— Nous étions justement en train de nous demander ce que nous faisions là, dit-elle à lady Danbury. Pour ma part, je n'en ai pas la moindre idée !

— Je ne parle pas pour vous Hyacinthe, mais cette jeune femme – elle désigne Pénélope d'un signe de la tête – est là pour les mêmes raisons que moi. N'est-ce pas, chère amie ?

— À n'en point douter, acquiesca Pénélope.

— Pour la musique ? s'enquit Hyacinthe sur un ton un rien trop affecté.

Lady Danbury se retourna vers Hyacinthe et l'esquisse d'un sourire anima son vieux visage flétri.

— Savez-vous que je vous ai toujours appréciée, ma chère Hyacinthe Bridgerton ?

— La réciproque n'en est pas moins vraie.

— En effet, vous me rendez visite de temps à autre pour me faire la lecture.

— Toutes les semaines, lui rappela Hyacinthe.

— De temps à autre... Toutes les semaines... Pfff, fit lady Danbury d'un geste dédaigneux. C'est du pareil au même si l'effort n'est pas quotidien !

Hyacinthe préféra s'abstenir de tout commentaire. À coup sûr, lady Danbury en profiterait pour déformer ses propos et elle risquait d'y passer tous ses après-midi !

— Et j'ajouterai que vous n'avez pas été très gentille la semaine dernière, poursuivit lady Danbury en pleurnichant. Comment avez-vous pu laisser cette pauvre Priscilla ainsi suspendue au-dessus du vide, prête à tomber dans l'abîme ?

— De quel roman s'agit-il ? s'enquit Pénélope.

— *Mademoiselle Butterworth et le baron fou,* répondit Hyacinthe. Priscilla n'avait pas encore atteint le bord du précipice, pas tout à fait du moins...

— Alors comme ça vous avez lu la suite ? s'exclama lady Danbury sur un ton menaçant.

— Non, répondit Hyacinthe en roulant les yeux. Mais elle n'est pas très difficile à deviner. Mademoiselle Butterworth a déjà failli tomber d'un toit, d'un arbre, d'une barque, alors...

— Elle est encore vivante ? demanda lady Danbury, impatiente.

— Priscilla était suspendue, pas pendue ! C'est d'ailleurs fort dommage...

— Quoi qu'il en soit, l'interrompit lady Danbury, il était bien cruel de votre part de me laisser ainsi *pendue* à vos lèvres...

— C'était la fin du chapitre. Je n'y suis pour rien ! Et puis, tout vient à point à qui sait attendre...

— Sornettes ! Si vous croyez pareille chose, vous êtes moins femme que je ne pensais.

Tout le monde se demandait pourquoi Hyacinthe faisait, chaque mardi, la lecture à lady Danbury. La vieille dame était excessivement honnête, mais c'était avant tout une grincheuse invétérée. Pour autant, Hyacinthe l'adorait.

— Dites-moi, vous deux... vous êtes de vrais dangers publics ! remarqua Pénélope.

— Eh bien ma chère, sachez que je prends cela pour un compliment. Être un danger public, c'est toute l'histoire de ma vie, madame Bridgerton. Gare ! Gare !

— Comment se fait-il que vous ne m'appeliez madame que lorsque vous assénez de grandiloquentes vérités ? s'étonna Pénélope.

— Ça sonne mieux ainsi, vous ne trouvez pas ? répondit lady Danbury en frappant le sol de sa canne.

Hyacinthe sourit. Lorsqu'elle serait âgée, elle voulait ressembler à lady Danbury. Après trois saisons passées dans les rallyes mondains, Hyacinthe commençait à se lasser de voir toujours les mêmes têtes. Bien sûr, elle s'était follement amusée au début : tous ces bals, ces soirées, sans oublier la valse des prétendants... soyons honnêtes, elle ne risquait pas de périr d'ennui. Contrairement à tant d'autres, Hyacinthe n'était pas de celles qui se plaignent sans cesse d'être trop bien nées. Mais, à présent, ce n'était plus pareil. Elle ne retenait plus son souffle en entrant dans la salle de bal et toutes les danses se ressemblaient. Le temps de l'émerveillement était révolu. Qu'était-il advenu de la féerie virevoltante des bals ? Mais, chaque fois qu'elle s'en ouvrait à sa mère, cette dernière lui rétorquait : « Trouvez-vous un mari, mon enfant... vous verrez que ça changera tout ! »

Certes! Dès lors qu'elle abordait ce sujet, ô combien épineux, la mère de Hyacinthe abandonnait toute subtilité. Sa quatrième et dernière fille n'étant, hélas, toujours pas mariée, c'était devenu la croisade de sa vie. Jeanne d'Arc pouvait aller se rhabiller : Violette Bridgerton entrait en scène ! Ni la peste ni le choléra ne l'arrêteraient : foi de Violette, elle ne connaîtrait de repos qu'une fois ses huit enfants mariés ! Et il n'en restait que deux : Grégory et Hyacinthe. Grégory avait à peine vingt-quatre ans, âge tout à fait acceptable pour être célibataire. Quelle injustice ! pensa Hyacinthe, qui n'en avait que vingt-deux... Si sa mère ne s'était pas encore effondrée, c'est bien parce que sa sœur aînée, Éloïse, avait attendu l'âge avancé de vingt-huit ans pour consentir enfin à convoler. En comparaison, Hyacinthe sortait du berceau.

On ne pouvait pas dire non plus que Hyacinthe fût condamnée au célibat éternel, mais il fallait voir les choses en face : elle en prenait le chemin. Depuis son entrée en scène, trois ans plus tôt, on avait demandé plusieurs fois sa main. Sans être la plus jolie fille de Londres, elle ne faisait pas pâle figure parmi les prétendantes au titre. Quant à sa dot, elle n'était pas très importante, mais les chasseurs de fortune y auraient certainement regardé à deux fois... Le cercle de ses relations mondaines était irréprochable. Son frère avait hérité du titre de feu son père, le vicomte de Bridgerton. Et s'il ne s'agissait pas du titre le plus noble d'Angleterre, sa famille jouissait d'une immense popularité, ce qui la rendait très influente. Pour parfaire le tout, sa sœur Daphné n'était rien moins que la duchesse de Hastings, tandis que sa sœur Francesca portait le titre de comtesse de Kilmartin. Un homme qui aurait souhaité s'allier à l'une des plus puissantes familles d'Angleterre aurait pu tomber sur moins bon parti que Hyacinthe.

À tout bien considérer, Hyacinthe avait quelques raisons de se faire du souci... Trois demandes en mariage la première année, deux la seconde, une l'an passé... Et rien en vue cette année. De là à conclure qu'elle était de moins en moins populaire, il n'y avait qu'un pas. Encore fallait-il que quelqu'un soit assez stupide pour franchir ce fameux pas... Quelqu'un auquel la jeune fille ne manquerait pas de soutenir, contre vents et marées, que, bien au contraire, elle était fort courtisée... Qu'importait la logique, seule comptait la victoire ! À coup sûr, elle remporterait cette joute.

Rares étaient, en effet, ceux qui pouvaient rivaliser avec la vivacité d'esprit de Hyacinthe Bridgerton. Avec son sens de la répartie, elle pouvait clouer le bec à quiconque, et elle ne s'en privait guère. Peut-être était-ce pour cette raison que sa popularité déclinait à une vitesse inquiétante, pensait-elle dans un rare moment de lucidité.

Qu'importe, songeait-elle en observant les débutantes se presser sous les soieries tendues à l'entrée de la salle. Elle n'avait voulu aucun de ces six prétendants : trois chasseurs de fortune, deux écervelés, et un bonnet de nuit. Fine équipe ! Mieux valait être seule que de connaître un éternel ennui ! Même sa mère, entremetteuse invétérée s'il en fut, ne pouvait la contredire sur ce point. Si les gentlemen anglais n'affectionnent pas les femmes d'esprit, celles qui savent ce qu'elles veulent, elle, Hyacinthe Bridgerton, n'en a cure. Après tout, c'est bien leur problème !

Lady Danbury frappa le sol de sa canne, manquant d'écraser le pied droit de Hyacinthe.

— Dites-moi, l'une de vous aurait-elle aperçu mon petit-fils ?

— Quel petit-fils ?

— Quel petit-fils ? Voyons Hyacinthe ! Mais le seul que j'aime, enfin !

Hyacinthe ne chercha même pas à dissimuler sa surprise.

— Monsieur Saint-Clair sera des nôtres ce soir ?

— Je sais, je sais, mon petit, gloussa lady Danbury. J'en crois à peine mes oreilles. Je m'attends à voir la foudre déchirer les cieux d'un instant à l'autre.

— Et que nous vaut cet honneur ?

— Vous semblez bien curieuse…

— Vous savez que *j'adore* les potins. *Tous* les potins.

— Bien, bien, répondit lady Danbury en grommelant, déçue de n'avoir pu faire mouche. Mon petit-fils nous fait l'honneur de sa présence car… eh bien, disons que j'ai su le convaincre…

Interloquées, Hyacinthe et Pénélope la regardèrent.

— Je crois lui avoir dit que je ne me sentais pas très bien, déclara lady Danbury dans un soupir.

— Toutes mes félicitations. Parvenir à le traîner jusqu'ici, vraiment, bravo ! dit Hyacinthe avec admiration.

Il fallait bien l'admettre, lady Danbury savait ménager ses effets. Surtout lorsqu'elle parvenait à manipuler son entourage avec autant de brio. Il va sans dire que notre héroïne cultivait le même art…

— Je ne crois pas l'avoir jamais vu à un concert, remarqua Pénélope.

— Umpf, grogna lady Danbury. Pas assez de femmes légères à l'horizon, sans doute !

Dans la bouche de toute autre personne, pareille déclaration aurait choqué. Mais cela faisait longtemps que Hyacinthe s'était habituée à ces commentaires dont lady Danbury cultivait le secret. De plus, en l'espèce, on ne pouvait lui donner tort. La réputation sulfureuse de Gareth Saint-Clair n'était peut-être pas entièrement méritée, pensa Hyacinthe. Il y a tant d'autres hommes dont la conduite est loin d'être irréprochable, et tant d'autres encore dont la noble prestance ferait se damner un saint. Et s'il menait une vie dissolue, Gareth Saint-Clair ne manquait pas de panache, ce qui faisait de lui un être unique en son genre dans la bonne société londonienne. Le jeune homme était en âge de se marier, mais il n'avait jamais daigné rendre une visite de courtoisie à quelque jeune fille de bonne famille que ce soit. Hyacinthe en était bien certaine : s'il avait fait ne serait-ce qu'un seul pas dans ce sens, les moulins à ragots auraient tourné de plus belle et elle en aurait eu vent le mardi suivant. Le goût de lady Danbury pour les potins n'avait d'égal que le sien.

Et puis, il y avait cette sombre histoire de famille qui l'opposait à son père, lord Saint-Clair. Tout le monde savait qu'ils ne se parlaient plus, même si personne ne connaissait les raisons de cette querelle. Gareth ne lavait pas son linge sale en public, et c'était tout à son honneur. Comment le jeune homme pouvait-il être responsable de cette situation ? Hyacinthe avait en effet rencontré son père, homme d'une inégalable goujaterie qui ne lui inspirait aucune sorte de sympathie. Cependant, de toute cette affaire émanait un parfum de mystère qui seyait à cet homme au regard envoûtant. Il n'en était que plus difficile à conquérir… Ce qui ne manquait pas de déchaîner les passions parmi les jeunes femmes de son rang. À son approche, les matrones éloignaient leurs filles… Être vues en compagnie de Gareth Saint-Clair n'allait pas parfaire leur réputation… Cela dit, son frère était mort l'année dernière, de sorte qu'il était devenu l'héritier en titre du baron. Son charme avait depuis gagné en intensité et les enchères n'avaient cessé de grimper au bal des débutantes. Le mois dernier Hyacinthe avait même vu une jeune fille se pâmer, ou tout au moins faire semblant, lorsque monsieur Saint-Clair avait daigné paraître au bal de Bevelstoke. Consternant !

Mais, alors même qu'elle tentait de ranimer cette petite dinde, elle avait croisé le regard de Gareth qui l'observait de loin avec un petit air entendu. Elle ne pouvait se défaire de l'idée qu'il la trouvait amusante. Comme elle trouvait amusants, pour sa part, les chiens et les enfants. Inutile de dire qu'elle ne s'était pas vraiment sentie flattée de cette attention…

— Umpf !

Hyacinthe se tourna vers lady Danbury qui balayait encore la salle du regard, dans l'espoir de trouver enfin son petit-fils.

— Je ne pense pas qu'il soit arrivé. Personne ne s'est encore évanoui.

— Pardon ? demanda lady Danbury.

— Je ne crois pas qu'il soit encore arrivé !

— J'avais compris. Mais qu'avez-vous dit ensuite ?

— Rien du tout, ma chère.

— Menteuse !

La comtesse esquissa un large sourire et se tourna vers Pénélope.

— Dites-moi, fit-elle en allongeant le cou vers le quatuor, c'est bien la même fille que l'an dernier qui joue du violoncelle ?

Pénélope opina tristement :

— Vous m'en voyez navrée.

Hyacinthe les regarda toutes deux.

— Mais de quoi parlez-vous enfin ?

— Si vous ne le savez pas, tant pis pour vous. Il fallait vous montrer plus attentive. Vous devriez avoir honte, ma chère.

Rien de plus irritant que de se trouver exclue d'une plaisanterie. Elle se tourna vers la scène, regarda ses compagnes un instant. Elle allait dire quelque chose, mais voilà qu'elles étaient déjà en grande conversation, ne prêtant guère attention à elle. C'était tout simplement insupportable !

— Umpf, laissa-t-elle échapper en s'engonçant dans son fauteuil. Umpf !

— Mais ne seriez-vous pas la sœur de ma grand-mère par hasard ? Vous avez la même voix !

Hyacinthe leva les yeux : c'était Gareth Saint-Clair. Bien entendu, il survenait au moment où elle se trouvait en pleine déconfiture !

— N'est-ce pas que nous avons la même voix ? demanda lady Danbury. Cette petite est en train de prendre votre place dans mon cœur, méfiez-vous mon ami !

— Dites-moi, mademoiselle Bridgerton, chuchota Gareth Saint-Clair avec un sourire malicieux, croyez-vous que ma chère grand-mère soit en train de vous façonner à son image ?

Hyacinthe se trouva prise au dépourvu. Voilà qui était proprement intolérable.

— Hyacinthe, changez de place, voulez-vous. Il faut que je sois à côté de mon petit-fils, aboya lady Danbury.

La jeune fille se tourna pour dire quelque chose, mais fut immédiatement interrompue par lady Danbury qui ajouta :

— Il faut bien que quelqu'un le surveille, vous comprenez.

Hyacinthe émit un profond soupir et changea de place.

— Et voilà mon garçon, dit lady Danbury en tapotant le fauteuil vide. Venez vous asseoir et profitez du spectacle.

— À charge de revanche, grand-maman.

— Ah, fit-elle. Je ne sais pas ce que vous feriez sans moi.

— Voilà qui va sans dire, murmura Hyacinthe.

Gareth Saint-Clair se tourna vers elle. Elle lui adressa alors un sourire poli, plutôt satisfaite de ne rien laisser transparaître de ses émotions.

Gareth lui avait toujours évoqué un lion, féroce et insatiable. Des cheveux fauve, d'une nuance oscillant entre le châtain clair et le blond foncé, qu'il portait longs. Au diable les conventions du moment ! C'était un homme de grande taille, doté d'une grâce et d'une force athlétiques. Les rares défauts de son visage rehaussaient sa beauté virile. Et ses yeux bleu azur... Tels deux lacs si profonds qu'on s'y serait noyé... Si profonds ? Hyacinthe se ressaisit. C'était sans doute l'idée la plus idiote qui lui ait jamais traversé l'esprit. Elle aussi avait les yeux bleus, et il n'y avait franchement pas de quoi perdre pied !

— Quel bon vent vous amène, mademoiselle Bridgerton ? lui demanda Gareth. Je ne savais pas que vous étiez mélomane...

— Si elle était mélomane, intervint lady Danbury, elle aurait déjà fui pour la France !

— Vous avez remarqué comme elle ne peut s'empêcher de s'immiscer dans les conversations des autres, murmura-t-il. Aïe !

— Un coup de canne ? demanda Hyacinthe avec douceur.

— Un vrai danger public, marmonna-t-il.

Hyacinthe l'observait attentivement. Gareth étendit nonchalamment le bras, enroula ses doigts autour de la canne de sa grand-mère pour la lui arracher d'un coup sec.

— Tenez, dit-il en tendant la canne à Hyacinthe, vous voudrez bien garder un œil sur cet instrument de malheur ? Elle n'en aura pas besoin pendant le spectacle.

Hyacinthe en resta bouche bée, elle qui n'avait jamais osé ne serait-ce que toucher la canne de lady Danbury.

— Je vois que j'ai fini par vous impressionner.

— En effet, dit Hyacinthe bien malgré elle. Euh... non, je veux dire, non, bien sûr. Ne soyez pas idiot. Vous ne m'avez pas du tout impressionnée. Ne rêvez pas !

— Comme c'est charmant.

— J'ai simplement voulu dire que je n'y avais pas vraiment prêté attention.

Il se tapota la poitrine, puis déclara :

— Touché ! Et en plein cœur !

S'il y avait pire que de faire l'objet de moquerie, c'était bien de ne pas savoir si l'on se moquait de vous. D'ordinaire, Hyacinthe lisait à livre ouvert dans le cœur des autres, mais l'esprit de Gareth Saint-Clair restait décidément impénétrable. Hyacinthe jeta un coup d'œil du côté de Pénélope pour voir si elle écoutait, tout en ne sachant pas très bien pourquoi ce détail lui semblait important... Mais sa belle-sœur était occupée à calmer lady Danbury, encore furieuse d'avoir perdu sa canne.

Dans son fauteuil, Hyacinthe ne tenait plus en place. Elle se sentait particulièrement à l'étroit aujourd'hui. Lord Somershall, sans doute l'homme le plus corpulent de Londres, était assis à sa gauche et débordait littéralement de son siège. De ce fait, elle était obligée de se décaler vers la droite, ce qui la rapprochait de Gareth

Saint-Clair : c'était pire qu'une fournaise tant il dégageait de chaleur. Mon Dieu, s'était-il donc aspergé d'eau chaude avant de sortir ?

Hyacinthe prit son programme aussi discrètement que possible et se mit à s'éventer.

— Tout va bien, mademoiselle Bridgerton ? s'enquit Gareth.

— Vous voyez bien que non. On étouffe, ici !

Il la regarda, un peu trop longtemps à son goût, puis se tourna vers lady Danbury.

— Avez-vous trop chaud, grand-maman ?

— Mais pas du tout, répondit lady Danbury sur le champ.

Il se retourna vers Hyacinthe et haussa légèrement les épaules :

— Vous voilà donc bien échaudée, ma chère.

— J'en ai bien peur.

Elle avait peut-être encore le temps de filer aux toilettes. Pénélope lui en voudrait mortellement, mais deux autres personnes étaient maintenant assises entre elles, alors... Elle pourrait toujours lui servir lord Somershall comme prétexte, lequel était justement en train de se caler dans son siège en lui faisant du coude. Hyacinthe n'était pas vraiment convaincue que cela fût si accidentel que ça. Elle se décala encore de quelques centimètres sur sa droite. Elle souhaitait éviter à tout prix de se retrouver pressée contre Gareth Saint-Clair. Mais, à choisir, l'embonpoint de lord Somershall s'avérait décidément bien pire.

— Êtes-vous sûre que tout va bien, mademoiselle Bridgerton ? demanda Gareth Saint-Clair.

Elle fit non de la tête alors qu'elle s'apprêtait à se redresser en prenant appui sur les accoudoirs de son fauteuil.

Applaudissements.

Une des ladies Smythe-Smith venait de faire signe que le concert allait commencer. Hyacinthe avait laissé passer sa chance, et voilà qu'elle était piégée. Impossible de s'absenter poliment.

Elle pouvait au moins se consoler en songeant qu'elle n'était pas la seule à souffrir. À l'instant même où les demoiselles Smythe-Smith levaient leurs archets, prêtes à frapper, elle entendit Gareth Saint-Clair marmonner :

— Dieu nous en préserve !

Véritable cri du cœur...

CHAPITRE DEUX

*N*on *loin de là, un petit chien hurle à l'agonie. Malheureusement, le vacarme est tel que nul ne l'entend.*

Personne, si ce n'est sa grand-mère, ne serait parvenu à traîner Gareth Saint-Clair à un concert pour casseroles et crincrins.

— Plus jamais ça, lui chuchota-t-il à l'oreille.

Il venait de subir les assauts d'un morceau de bravoure que l'on devait, paraît-il, à Mozart.

— Veuillez vous tenir correctement, le réprimanda-t-elle.

— Nous aurions au moins pu nous asseoir dans le fond.

— Et manquer le spectacle ?

Qu'elle parle de spectacle défiait l'entendement. Mais sa grand-mère vouait un attachement pathologique au concert annuel Smythe-Smith. Les quatre jeunes filles de la maison trônaient sous un petit chapiteau de toile tendue : deux violonistes, une violoncelliste et la dernière au piano. On aurait difficilement pu faire plus discordant !

— Vous avez de la chance que je vous aime tant.

— Ah, répondit-elle visiblement froissée par cette nouvelle interruption. Vous avez de la chance que *je* vous aime tant !

Et puis, Dieu merci, la fin arriva. Les jeunes filles saluèrent la salle d'une révérence, visiblement satisfaites de leur performance, à l'exception de la violoncelliste qui avait l'air très contrariée. Elle aurait sans doute préféré se cacher dans un trou de souris. Les demoiselles Smythe-Smith étaient célèbres à Londres. Chose inouïe, au fil du temps, elles parvenaient à jouer de plus en plus mal. Chaque année, quatre nouvelles cousines des Smythe-Smith entraient en scène pour prouver que leur aptitude à massacrer le répertoire classique ne connaissait pas de limites. Heureusement qu'elles étaient gentilles. C'est pourquoi, dans l'un de ses rares élans de bonté, sa grand-mère insistait-elle pour siéger au premier rang, les encourageant à grand renfort d'applaudissements. Lady Danbury remuait la tête en signe de dénégation.

— Il y en a toujours trois qui ne font pas la différence entre une flûte et un palmier, et la quatrième qui rêve de prendre ses jambes à son cou.

Ils se levèrent tous en chœur pour applaudir. Hyacinthe venait de tendre sa canne à lady Danbury sans broncher.

— Traîtresse ! lui souffla Gareth.

Il ne put s'empêcher d'esquisser un sourire. Il fallait reconnaître qu'il n'avait jamais rencontré quiconque qui ressemblât à Hyacinthe Bridgerton... Un rien espiègle, un brin énervante, mais sa chevelure de miel et ses beaux yeux azur ne trompaient personne ; cette jeune fille ne manquait pas d'esprit.

Gareth s'était renseigné sur son compte, non qu'il eût éprouvé un quelconque intérêt pour cette jeune fille, bien sûr, mais il voulait en apprendre davantage sur celle qui semblait apprécier la compagnie de sa grand-mère... Toujours est-il que, lorsqu'ils les avaient interrogés, ses proches avaient frémi : « Hyacinthe Bridgerton ? Mais vous délirez, mon pauvre ami ! Vous ne pensez tout de même pas à l'épouser, rassurez-moi ? » « Elle est tout bonnement effrayante, avait renchéri un autre. »

Malgré tout, personne ne semblait la détester. Un certain je-ne-sais-quoi lui attirait les faveurs de son entourage. Cependant, de l'avis général, mieux valait la fréquenter à doses homéopathiques. « Les hommes n'aiment pas les femmes plus intelligentes qu'eux, et Hyacinthe Bridgerton n'est pas du genre à jouer les cruches pour plaire à ces messieurs, avait conclu l'un de ses camarades les plus perspicaces. »

En effet, Hyacinthe ne ressemblait-elle pas à sa grand-mère, en plus jeune évidemment ? se demanda Gareth. Mais s'il adorait grand-maman, le monde, lui, pouvait très bien se passer d'une autre femme comme celle-là.

— N'êtes-vous pas tout simplement ravi d'être venu ? lui demanda justement la vieille dame d'une voix tonitruante qui couvrait le tonnerre d'applaudissements.

Seul le public des concerts Smythe-Smith, trop content de voir la fin du supplice produisait pareil vacarme.

— Plus jamais ça, déclara Gareth.

— Cela va sans dire, lui répondit sa grand-mère, avec une pointe de condescendance.

— Il faudra vous trouver un autre chevalier servant l'an prochain, je vous aurai prévenue, lui dit-il en la regardant droit dans les yeux.

— Mais bien entendu ! Comment pourrais-je vous solliciter de nouveau ?

— Menteuse !

— Enfin ! En voilà des façons ! Comment osez-vous vous adresser de la sorte à votre grand-maman adorée ?

Il jeta un regard méfiant à la canne qu'elle tenait à la main.

— Depuis que vous avez réussi à piéger mademoiselle Bridgerton, vous n'avez pas encore brandi votre gourdin me semble-t-il...

— Balivernes ! Comment aurais-je pu la piéger ? Mademoiselle Bridgerton est bien trop fine mouche ! N'est-ce pas, ma chère Hyacinthe ?

— Vous disiez ? s'enquit l'intéressée en se penchant un peu en avant pour voir la comtesse.

— Contentez-vous de dire oui, ma chère. Celui-là n'en sera que plus contrarié !

— Alors, oui, mais bien sûr, dit-elle en souriant.

— Par ailleurs, sachez que je suis un modèle de discrétion, surtout lorsqu'il s'agit du maniement de ma canne.

— Cela dit, mes orteils ne sont pas encore tombés. Étonnant, vous ne trouvez pas ? rétorqua Gareth.

— Je m'étonne surtout que vous ayez encore des oreilles, mon cher petit.

— Par pitié, ne m'obligez pas à vous arracher votre canne, grand-maman...

— Ne vous donnez pas cette peine, dit-elle en gloussant. Je vous laisse. Pénélope et moi allons nous chercher un verre de citronnade. Vous tiendrez bien compagnie à Hyacinthe, n'est-ce pas ?

Gareth la regarda s'éloigner, puis se retourna vers Hyacinthe qui scrutait la salle du regard en plissant les yeux.

— Qui donc cherchez-vous ainsi ? demanda-t-il.

— Personne. J'observe simplement la scène.

Il la regarda d'un drôle d'air.

— Vous revêtez souvent votre costume de détective ?

— Quand l'envie m'en prend, répondit-elle en haussant les épaules. J'aime bien savoir ce qui se trame autour de moi.

— Et alors ? Que se *trame-t-il* aujourd'hui ? Un coup d'État, rien de moins, c'est sûr !

— Rien, répondit Hyacinthe. Elle guettait une discussion très animée à l'autre bout de la pièce. Mais on ne sait jamais, ajouta-t-elle.

Décidément, pensa Gareth, il avait rarement rencontré femme aussi singulière. Il jeta un œil vers la scène :

— Sommes-nous enfin à l'abri ?

Elle finit par se retourner et riva ses yeux azur aux siens avec un aplomb déconcertant. Mais il en fallait davantage pour impressionner Gareth Saint-Clair.

— Vous voulez savoir si c'est fini, ou bien avez-vous peur qu'on vous lance quelque tomate par mégarde ?

— Je ne crains pas les projectiles, mais mes pauvres tympans sont au bord de l'agonie. Je m'étonne que, depuis le temps, personne n'ai rien osé dire. Il est vrai que les rangs du public se sont éclaircis au fil des années et seuls les meilleurs d'entre nous sont restés...

— Et vous vous incluez dans cette catégorie, mademoiselle ?

— Cette idée ne m'avait pas effleuré l'esprit, mais maintenant que vous le dites... Sans oublier votre propre grand-mère qui préférerait mourir que d'avouer qu'elle ne vient ici que par pure bonté d'âme.

Gareth éclata de rire en apercevant sa grand-mère attaquant le duc d'Ashbourne, canne en avant.

— Cela ne fait aucun doute !

Depuis la mort de son frère George, sa grand-mère maternelle était la seule personne qu'il aimât sincèrement. Après avoir été jeté dehors par son propre père, Gareth s'était réfugié à Danbury House, dans le Surrey, et lui avait tout raconté. À un détail près... Il n'avait soufflé mot de sa bâtardise. Comment aurait-il pu ? Gareth avait toujours eu le sentiment que lady Danbury aurait sauté de joie en apprenant qu'il n'était pas un Saint-Clair. Elle n'avait jamais aimé son beau-fils, « ce vaniteux sans cervelle ! » Mais il n'avait guère le cœur de révéler à sa grand-mère que sa fille cadette avait commis l'adultère. Non, il n'entacherait pas l'honneur de sa mère !

Étrangement, son père (il s'étonnait de l'appeler encore ainsi, après tant d'années) ne l'avait pas renié. Gareth avait d'abord trouvé cela logique. Lord Saint-Clair n'aurait certainement pas apprécié de se voir affublé des cornes du cocu. En outre, espérait-il encore brider Gareth pour mieux le plier à sa volonté par la suite. Peut-être croyait-il que son cadet finirait par épouser Mary Winthrop et renflouerait les coffres de la famille. Quelle aveuglement !

Il se trouvait qu'à vingt-sept ans, George avait, hélas, contracté une maladie dégénérative. Trois ans plus tard, il mourait sans laisser de progéniture. Gareth Saint-Clair devenait *de facto* l'unique héritier. Il était désormais coincé. Cela faisait déjà près d'un an qu'il se préparait à ce que son père clame à qui voudrait l'entendre que non, jamais il n'avait été son fils ! Comment le baron pourrait-il tolérer qu'un bâtard aux origines obscures porte son titre, lui dont le passe-temps préféré, après la chasse et l'élevage de limiers, n'était autre que la généalogie ? Le baron se délectait à remonter l'arbre familial jusqu'aux Plantagenêt.

Son père n'avait pas trente-six mille façons de le déshériter : il le traînerait devant l'assemblée des lords réunis au Parlement. La commission des Privilèges jugerait son cas devant une foule de témoins venus pour l'occasion. Ce serait un sacré scandale ! Mais il y avait peu de chances pour que cela aboutisse. Après tout, le baron n'était-il pas marié à la mère de Gareth lorsqu'elle avait accouché ? Voilà qui rendait sa naissance légitime au regard de la loi, qui que fût son véritable père. Gareth pourrait dire adieu à toute vie mondaine ! Les aristocrates aux lignées incertaines ne manquaient pas dans les salons, mais la loi du silence prévalait. Toutefois, son père n'avait rien dit jusqu'à présent, si bien que Gareth se demandait s'il ne cherchait pas à prolonger son supplice.

Le jeune homme jeta un coup d'œil à sa grand-mère qui se tenait de l'autre côté de la pièce. Pénélope Bridgerton lui tendait un verre de citronnade. La vieille dame avait réussi à en faire sa dame de compagnie. On disait volontiers d'Agatha, à savoir lady Danbury, qu'elle était d'une honnêteté excessive... Lionne dans l'arène des mondains sans substance, elle avait la dent dure et la langue acérée : elle ne manquait jamais une occasion de se moquer des plus illustres, sans épargner son auguste personne. Pourtant, malgré son côté revêche, elle était d'une loyauté légendaire envers ses amis.

Lorsque Gareth lui avait annoncé que son père l'avait mis à la porte, elle était devenue livide. Mais elle avait toujours refusé de faire usage de son titre de comtesse pour forcer lord Saint-Clair à revenir sur sa décision. « Ah ! avait-elle avoué à son petit-fils, j'aime autant vous garder près de moi ».

Elle avait tenu parole, finançant les études de Gareth à Cambridge. S'il n'était pas sorti major de sa promotion, ses résultats restaient des plus honorables. C'est alors que sa grand-mère lui avait fait part d'une bien surprenante nouvelle : sa mère lui léguait un petit pécule. Gareth ne s'était jamais douté qu'elle ait pu avoir quelques deniers... « Vous ne croyiez tout de même pas que j'allais laisser ce triple idiot gérer tout son argent ? C'est moi qui ai rédigé les termes du contrat de mariage, vous savez. »

Ce qui n'étonna pas le moins du monde Gareth.

Cet héritage lui assurait une petite rente grâce à laquelle il avait pu s'acheter une suite, petite certes, mais il dormait enfin chez lui tout en subvenant à ses propres besoins. On ne pouvait pas dire qu'il menait grand train, mais il n'avait plus l'impression d'être un raté.

Son refus d'épouser Mary Winthrop n'avait pas conduit la famille à la ruine. Maigre consolation : la fortune des Saint-Clair n'était toutefois pas des plus colossales et, à voir la manière dont lord Saint-Clair gérait les affaires du domaine, la faillite approchait. Leurs exploitations fermaient les unes après les autres.

De fait, Gareth pensait que son père ne le renierait pas. Quelle magnifique revanche que de laisser son fils illégitime endetté jusqu'au cou ! Voilà qui lui ressemblait bien. Gareth était convaincu que son père ne lui voulait que du mal. S'il ne prenait pas la peine de participer aux dîners mondains, Londres n'était pas si immense qu'il pût éviter de croiser son père. Lors de leurs rencontres, son père ne faisait aucun effort pour cacher son hostilité. Quant à Gareth, il n'était guère plus courtois : il fallait qu'il provoque son ennemi afin de déclencher ses foudres. Lors de leur dernière entrevue, le jeune homme s'était d'abord esclaffé un peu trop fort aux côtés d'une veuve joyeuse, avant de serrer cette dernière d'un peu trop près, à l'occasion d'une valse. Lord Saint-Clair avait alors frisé l'apoplexie. Puis, il avait lâché, furieux : « Il n'y a pas vraiment de quoi être surpris, lorsque l'on sait de qui il s'agit ! »

Si Gareth était pour le moment le seul à comprendre l'allusion, le couperet ne tarderait pas à tomber, au moment où il s'y attendrait le moins. En tout cas, dès que Gareth tenterait de changer de vie, de gravir l'échelle sociale, le baron lui porterait un coup ultime et ce serait l'apocalypse.

— Monsieur Saint-Clair ?

Gareth cligna des yeux et se tourna vers Hyacinthe Bridgerton. Il venait de s'apercevoir qu'il s'était laissé emporter par ses pensées et l'avait totalement ignorée.

— Je suis navré, murmura-t-il. Il lui servit ce sourire calculé qui marchait si bien chaque fois qu'il souhaitait faire taire une femme. J'étais perdu dans mes pensées. Vous savez qu'il m'arrive de penser, *n'est-ce pas* ? se pressa-t-il d'ajouter devant son expression dubitative.

Elle sourit, manifestement malgré elle, mais il avait marqué un point. Le jour où il ne parviendrait pas à dérider une femme, autant dire adieu à la vie et s'exiler dans les îles Hébrides !

— En d'autres circonstances, je vous aurais demandé si vous aviez apprécié le concert, mais je ne voudrais pas me montrer cruel, ajouta-t-il.

Hyacinthe se décala de quelques centimètres sur son siège. Tiens donc, pensa Gareth, voilà qui est loin d'être inintéressant. La plupart des jeunes filles de bonne famille n'apprennent-elles pas, dès leur plus jeune âge, à se tenir parfaitement immobiles ? Gareth ne l'en appréciait que plus. Quelle inépuisable énergie ! Lui aussi était du genre à faire inconsciemment des gammes sur les tables.

Dans l'attente d'une réponse, le jeune homme ne la lâchait pas des yeux. Mais Hyacinthe se contenta de paraître un rien troublée. Enfin, elle se pencha en avant et murmura :

— Monsieur Saint-Clair ?

Il se pencha à son tour et prit un petit air complice :

— Mademoiselle Bridgerton ?

— Verriez-vous un inconvénient majeur à ce que nous allions faire un petit tour dans la salle ?

À mesure que lord Somershall se tortillait sur son fauteuil, Hyacinthe voyait son espace vital s'amenuiser.

— Mais, bien entendu. Il se leva et lui offrit son bras. Il faut bien que je vole au secours de ce pauvre lord Somershall, dit-il après avoir effectué quelques pas vers le centre de la salle.

Hyacinthe lui lança un regard meurtrier :

— Je vous demande pardon ?

— Si j'étais homme à parier, j'aurais misé cinq contre un sur Hyacinthe Bridgerton.

Pendant une demi-seconde, la jeune fille eut l'air un peu perdue, puis elle finit par sourire.

— Vous n'êtes pas homme à parier, c'est bien cela ?

— Je n'en ai pas le courage.

— La plupart des hommes ne reculent pourtant devant rien, dit-elle avec insolence.

— Ni la plupart des femmes, d'ailleurs.

— *Touché*, murmura-t-elle, en jetant un œil dans la salle. Ne sommes-nous pas un peuple de parieurs après tout ?

— Et qu'en est-il de vous, mademoiselle Bridgerton ? Vous aimez les paris ?

— Bien entendu, répliqua-t-elle avec une franchise déconcertante. Mais seulement lorsque la victoire m'est acquise !

— C'est étrange, mais je vous crois sur parole, dit-il en riant. Il se rapprocha de la table des rafraîchissements.

— Oh, mais vous auriez tout intérêt à me croire, rétorqua-t-elle. Renseignez-vous, et vous verrez ce que vous diront mes amis…

— En plein cœur ! dit-il avec un sourire charmeur. Et moi qui croyais vous connaître…

Elle resta muette comme une carpe, incapable de répondre. La prenant en pitié, il lui tendit un verre.

— Buvez donc ! Vous êtes au bord de l'évanouissement.

Tandis qu'elle le foudroyait du regard en buvant sa citronnade, il éclata de rire. Si ses yeux avaient pu lancer des éclairs, un seul coup d'œil l'aurait réduit en cendres.

Décidément, Hyacinthe Bridgerton a quelque chose de très amusant, se dit Gareth. Elle est fine, très fine même. Mais elle a ce drôle d'air, celui de quelqu'un dont l'esprit n'aurait jamais rencontré son égal ; ce qui n'était pas pour lui déplaire, bien au contraire. Elle était plutôt charmante dans son genre. Fille cadette d'une famille de huit enfants, elle avait dû apprendre à se faire entendre.

C'est pourquoi – fallait-il le préciser? – Gareth se délectait d'autant plus de lui avoir cloué le bec. Quel plaisir de la voir confuse.

— Dites-moi, monsieur Saint-Clair, qu'a bien pu vous raconter votre grand-mère pour vous persuader de venir ce soir?

— Tout a commencé par de grands moulinets du bras, suivis par le récit détaillé d'une visite chez le médecin. Je crois aussi me souvenir d'un soupir.

— Un seul?

Gareth haussa le sourcil.

— Je suis bien plus têtu que vous ne le croyez, mademoiselle Bridgerton. Il lui a fallu une bonne demi-heure pour me faire céder.

— Quelle force de caractère vous avez!

Il se pencha vers elle:

— Et vous n'avez encore rien vu...

Hyacinthe rougit, pour le plus grand plaisir de Gareth, mais ajouta:

— On m'a mise en garde contre les hommes de votre espèce.

— J'espère bien.

— Je crois que vous êtes loin d'être aussi dangereux qu'on le raconte, dit-elle en riant.

— Et pourquoi donc, ma chère?

Elle ne répondit pas tout de suite et se contenta de se mordre la lèvre inférieure tout en réfléchissant.

— Vous êtes bien trop bon avec votre grand-mère.

— D'autres vous diraient que c'est elle qui est bien trop bonne avec moi.

— Oh, soyez rassuré! Les langues vont bon train.

— On ne peut pas dire que la candeur vous étouffe, lui dit-il en s'étranglant presque avec son verre de citronnade.

— J'ai beau essayer... Mais, que voulez-vous, rien n'y fait! C'est sans doute pour cette raison que personne ne veut m'épouser.

— Mais qu'allez-vous donc chercher?

— Vous avez sans doute raison, dit Hyacinthe, même si elle savait bien qu'il se moquait d'elle. Les hommes, ça s'attrape au filet et il semblerait, hélas, que je ne sois pas très douée pour la pêche !

— Seriez-vous donc l'innocence incarnée ? Pas la moindre petite fourberie ? Ni même un soupçon d'espièglerie ? Allons, ma chère…

— Certes, j'avoue, dit-elle, mais je ne suis pas très subtile, que voulez-vous…

— Non, en effet, murmura Gareth. Mais, pardonnez ma curiosité… Pourquoi pensez-vous qu'il faille nous prendre au filet ?

— Vous ne vous rendriez tout de même pas jusqu'à l'autel de votre plein gré, n'est-ce pas ?

— Non, mais…

— Vous voyez ? C'est moi qui ai raison.

Hyacinthe se sentit soudain fort aise d'avoir remporté cette manche.

— Honte à vous, mademoiselle Bridgerton. Vous n'êtes pas très bonne joueuse… M'interrompre ainsi sans me laisser finir ma phrase !

— Vous auriez donc quelque chose d'intéressant à ajouter ?

Gareth lui décocha un de ses sourires ravageurs qui la fit frémir, avant de murmurer :

— Mais, ne suis-je pas toujours *passionnant* ?

— *Mais*… vous allez finir par réussir à me faire peur, lui dit-elle avec une pointe d'ironie.

Hyacinthe ne savait vraiment pas d'où lui venait cette irrépressible envie de le provoquer toujours un peu plus. Elle n'était certes pas timide et on ne pouvait pas dire que c'était un modèle de modestie. Elle n'était toutefois pas téméraire. Et on ne badinait pas avec un homme comme Gareth Saint-Clair. C'était certain, elle jouait avec le feu, mais comment résister à la tentation ? Dès qu'il ouvrait la bouche, il semblait lui lancer un nouveau défi et il lui fallait mobiliser toutes ses ressources pour lui tenir tête : Hyacinthe avait la ferme intention de remporter ce match ! Elle prenait un sacré risque car, si jamais elle perdait pied, ne serait-ce qu'un seul instant, la chute serait douloureuse…

— Mademoiselle Bridgerton, dit-il, le Diable en personne ne parviendrait pas à vous faire sursauter.

— Quel piètre flatteur vous faites, répondit-elle en se forçant à le regarder dans les yeux.

Gareth lui prit la main pour la porter à sa bouche et y déposer un baiser fugace.

— Mais qui vous dit qu'il s'agissait d'un compliment, ma chère ? murmura-t-il.

Gareth se comportait en parfait gentleman, tout au moins en apparence. Cependant, Hyacinthe ne manqua pas de saisir l'éclair de provocation qui brillait dans son œil narquois. Elle sentit alors son corps s'électriser sans pouvoir réagir. Elle ouvrit la bouche, mais resta interloquée, incapable de formuler la moindre parole. Gareth se redressa et ajouta, comme si de rien n'était :

— À vous d'en décider, ma chère.

Hyacinthe en resta pantoise.

Gareth lui adressa un large sourire.

— Vous voilà donc muette ?

— Vous...

— Non, non, dit-il en faisant mine de vouloir la faire taire d'un geste de la main. Ne gâchez pas tout. Cet instant n'a pas de prix...

Elle aurait pu lui répondre. Elle aurait *dû* lui répondre, que diable ! Mais elle en était incapable : elle restait plantée là comme une pauvre idiote. Cela ne lui ressemblait guère...

— À notre prochaine rencontre, mademoiselle Bridgerton, murmura-t-il avant de s'éclipser.

CHAPITRE TROIS

Trois jours plus tard. Notre héros apprend qu'on n'échappe pas à son passé.

— Monsieur, une jeune femme souhaiterait s'entretenir avec vous.

Assis à son bureau en acajou massif, Gareth leva les yeux :

— Une jeune femme, dites-vous ?

— L'épouse de votre frère, acquiesça son nouveau valet.

— Caroline ? Qu'attendez-vous pour la faire entrer ?

Gareth se leva pour accueillir sa belle-sœur qu'il n'avait pas revue depuis l'enterrement de George où, comme si la douleur d'une telle perte ne suffisait pas, il avait fallu qu'il passe son temps à esquiver son père. Lord Saint-Clair avait intimé l'ordre à George de rompre toute relation avec son jeune frère, en vain. Alors qu'il lui avait toujours obéi, George avait refusé d'obtempérer et Gareth ne l'en avait aimé que plus. Bien sûr, le baron s'était opposé à ce que Gareth assiste aux funérailles, mais en le voyant entrer dans l'église, il n'avait pas osé faire de scandale.

— Ma chère Caroline, comment allez-vous ?

Elle ne put réprimer un haussement d'épaules.

— Je sais, dit doucement Gareth. Je sais combien vous vous aimiez, et combien il te manque.

George lui manquait aussi. Ils formaient une paire improbable : George, le garçon sérieux et réservé ; Gareth, le garnement turbulent. Pourtant, Gareth aimait à penser qu'ils se complétaient. Depuis quelque temps, il se disait même qu'il lui faudrait s'assagir et prendre exemple sur son frère défunt.

— En rangeant ses affaires, commença Caroline, je suis tombée sur ceci. Cela vous appartient, je crois.

Surpris, Gareth l'observa extirper un petit livre de son sac à main.

— Je ne reconnais pas cet ouvrage.

— Comment le pourriez-vous ? Il appartenait à la mère de votre père. Je l'ai trouvé, accompagné d'une lettre de la main de George, me priant de vous le remettre.

À la mère de votre père. À ces mots, Gareth ne put s'empêcher de grimacer. George ne savait donc pas qu'ils n'étaient que demi-frères, et que Gareth n'avait aucun lien familial avec Isabella Marinzoli Saint-Clair.

Caroline lui tendit le petit livre à la reliure de cuir marron. Il était ceint d'une lanière, fermé par un bouton-pression. Gareth l'ouvrit avec précaution pour ne pas abîmer le papier.

— C'est un journal intime, Gareth. Je n'en soupçonnais pas l'existence jusqu'à ce que je le retrouve dans le bureau de George au début de la semaine. Il ne m'en avait jamais parlé.

Gareth parcourut le journal. L'écriture était élégante, mais la langue incompréhensible. Sa grand-mère paternelle était la fille d'un aristocrate italien et Gareth avait toujours goûté l'ironie de la situation. Son père, si fier de ses ancêtres anglais, était d'origine italienne alors qu'il faisait remonter son arbre généalogique à l'invasion de l'Angleterre par les Normands, rien de moins ! À dire vrai, Gareth ne se souvenait pas l'avoir entendu mentionner, ne serait-ce qu'une seule fois, ses ascendances méditerranéennes…

— Il va nous falloir quelqu'un pour le traduire, annonça Caroline avec un petit sourire mélancolique. Je suis curieuse de savoir ce que cela raconte. George avait beaucoup de tendresse pour votre grand-mère.

Gareth acquiesça. Lui aussi gardait un souvenir ému de la vieille dame, même s'il ne l'avait que peu connue. Lord Saint-Clair ne s'entendait pas très bien avec sa mère, et ses visites étaient rares. Mais elle avait toujours adoré ses *due ragazzi* — c'est ainsi qu'elle appelait ses deux petits-fils. Son décès avait beaucoup attristé Gareth qui n'avait alors que sept ans. Si l'affection égalait les liens du sang, ce journal ne pouvait tomber en de meilleures mains.

— Je vais voir ce que je peux faire, promit Gareth. Il ne doit pas être très difficile de trouver quelqu'un qui sache traduire l'italien.

— Je ne le confierais pas à n'importe qui. Il s'agit du journal de votre grand-mère après tout. De ses pensées les plus intimes…

Caroline avait raison. Il trouverait un traducteur digne de confiance et savait très bien à qui s'adresser.

— Je vais l'apporter à lady Danbury. Elle saura quoi faire.

Lady Danbury se plaisait à penser qu'elle savait tout sur tout, et, il fallait bien l'avouer, elle avait souvent raison.

— Surtout, faites-moi savoir ce que vous aurez découvert.

— Je n'y manquerai pas, murmura-t-il.

Elle était déjà partie.

Gareth regarda à nouveau l'ouvrage. *10 Settembre 1793...* Il secoua la tête en souriant. Voilà sans doute le seul bien dont j'hériterai jamais des Saint-Clair, pensa-t-il. Dire que je suis incapable de le déchiffrer ! Quelle ironie !

Pendant ce temps, dans un salon élégant...

— Eh ? fit lady Danbury d'un cri strident. Parlez plus fort !

Hyacinthe referma son livre. Lady Danbury feignait d'être sourde quand ça l'arrangeait, notamment lorsqu'elle arrivait aux passages un peu osés des romans ridicules que la comtesse affectionnait.

— J'ai dit que notre chère héroïne avait le souffle court. Laissez-moi vérifier. Les mots s'étranglaient-ils dans sa gorge ou avait-elle du mal à respirer ? Ah, voilà... Écoutez plutôt : «*Priscilla était au bord de l'apoplexie, quand, soudain, manquant de s'étouffer, elle laissa échapper un cri étranglé...* »

— Pfff, fit lady Danbury avec un geste de dédain.

— Je me demande si l'auteur est anglophone.

— Quelle drôle de question ! Poursuivez, voulez-vous, ordonna lady Danbury.

— «*Mademoiselle de Cruchefière filait comme le vent, lorsque, tout à coup, elle vit le seigneur de Boisauvage qui venait à sa rencontre.* »

— *Elle* ne s'appelle pas de Cruchefière, vous le savez aussi bien que moi.

— Il n'empêche que ce nom lui va à ravir, murmura Hyacinthe.

— Certes, mais nous n'allons pas récrire toute l'histoire, n'est-ce pas ?

— «*Il s'approchait toujours plus près et Mademoiselle de Cruchefière...* »

— Hyacinthe !

— Butterworth, grommela la jeune fille. Peu importe son nom, toujours est-il qu'elle se précipita vers les falaises. Fin du chapitre.

— Les falaises? Encore les falaises? N'y courait-elle pas déjà à la fin du chapitre précédent?

— Ça fait peut-être un bon bout de chemin, allez savoir?

Les pupilles de lady Danbury s'étrécirent:

— Je n'en crois pas un mot.

— J'admets que je ne reculerais devant aucun mensonge pour m'épargner la lecture de quelques paragraphes de la vie, ô combien palpitante et périlleuse, de cette chère Priscilla Butterworth... Mais il se trouve que je vous dis la vérité. Voulez-vous vérifier par vous-même?

— Non, non. Je vous crois... Je n'ai pas vraiment le choix de toute façon.

Hyacinthe lui lança un regard lourd de sous-entendus.

— Après l'ouïe, vous auriez donc aussi perdu la vue?

— Non, soupira lady Danbury en portant la main à son front, mais je répète mon dernier grand rôle! Une tragédie, figurez-vous!

Hyacinthe éclata de rire.

— Je ne plaisante pas, lui dit lady Danbury, retrouvant sa voix suraiguë. Et j'envisage même de changer de vie! Je pourrais jouer cent fois mieux que la plupart de toutes ces petites dindes qui se font passer pour des comédiennes! Cela ne fait aucun doute.

— Il est en effet regrettable que les rôles de comtesse vieillissante deviennent si rares de nos jours.

— Vous êtes chanceuse, ma petite. Je n'aurais toléré pareille audace de quiconque, soyez-en sûre.

— Vous avez donc saisi l'hommage? s'enquit Hyacinthe en feignant d'être déçue.

— Savez-vous pourquoi je vous apprécie tant?

— Le suspense est insoutenable.

Le visage de lady Danbury se fendit d'un large sourire.

— Parce que, vous et moi, sommes de la même étoffe!

— Savez-vous que si vous aviez dit cela à tout autre jeune femme, elle l'aurait certainement fort mal pris.

Lady Danbury était aux anges.

— Mais vous acceptez le compliment, n'est-ce pas?

— Bien entendu, fit Hyacinthe en hochant la tête.

— Bien, bien.

Lady Danbury jeta un coup d'œil à la pendule posée sur la cheminée et s'exclama avec entrain :

— Je crois bien que nous avons encore le temps de lire un autre chapitre.

— Ce n'est pas ce que nous étions convenus, lui signala Hyacinthe afin de calmer un peu ses ardeurs. Un chapitre, tous les mardis.

— Très bien, puisqu'il en est ainsi… rétorqua la comtesse, la moue boudeuse, mais l'œil sournois. Parlons d'autre chose. Dites-moi, mon enfant, quels sont vos projets pour ces temps prochains ?

— Vous louvoyez comme ma mère !

— Voilà un compliment qui me va droit au cœur. J'aime beaucoup votre mère et, comme vous le savez, je n'aime pas grand monde.

— Mes projets, puisque vous me le demandez avec tant de délicatesse, n'ont pas changé.

— C'est bien le problème, ma chère. Il vous faut un mari !

— Êtes-vous sûre que ma mère ne souffle pas vos répliques ? Mère, montrez-vous donc ! Je sais que vous êtes là !

— Vous voyez ? Je ferais une *excellente* comédienne !

— Vous avez perdu l'esprit. Votre médecin vous l'a dit, n'est-ce pas ?

— Bah, je suis tout juste assez vieille pour pouvoir dire ce que je pense. Vous verrez, quand vous aurez mon âge, vous savourerez ce privilège.

— Mais je ne m'en prive pas !

— C'est vrai, et c'est d'ailleurs la raison pour laquelle vous n'êtes pas encore mariée.

— Si seulement Londres comptait ne serait-ce qu'un seul homme d'esprit, je vous jure que je jetterais mon dévolu sur lui. Vous ne voudriez tout de même pas que j'épouse un imbécile, chère comtesse ?

— Bien sûr que non, voyons, mais…

— Et ne mentionnez pas votre petit-fils, voulez-vous ! Vous me croyez donc si stupide ? J'ai bien compris votre manège…

— Mais je n'ai pas prononcé *un seul* mot !

— Vous vous apprêtiez à le faire.

— Eh bien, d'accord, marmonna lady Danbury sans même chercher à se défendre. Avouez donc qu'il est plutôt beau garçon...

Hyacinthe se mordit la lèvre inférieure. Il fallait à tout prix chasser le souvenir du concert, et l'étrange sentiment qu'elle avait éprouvé aux côtés de Gareth Saint-Clair. Sa présence suffisait pour qu'elle perde tous ses moyens. C'était fort déconcertant !

— Je vois que vous n'avez pas d'objection.

— Quant à la prestance de votre petit-fils ? Bien sûr que non. Pourquoi nier l'évidence ? C'est sans conteste un très bel homme.

— Et j'ajoute, poursuivit lady Danbury avec emphase, qu'il doit son esprit à *mon* côté de la famille. Ce qui, j'ai le regret de vous le dire, n'est pas le cas de toute ma descendance...

Hyacinthe leva les yeux au plafond pour éviter d'ajouter un quelconque commentaire. Tout le monde savait que l'aîné des petits-fils de lady Danbury était parvenu à se coincer la tête entre les barreaux du grand portail du château de Windsor.

— Oh, vous pouvez être franche avec moi. Je sais bien que deux de mes enfants ont à peu près autant d'esprit qu'un moineau, à eux deux ! Je ne vous parle même pas de leur progéniture. Je file à la campagne dès qu'ils arrivent en ville, et Dieu sait si je déteste la verdure.

— Loin de moi...

— Ne me racontez pas d'histoires. Vous ne dites rien, mais vous n'en pensez pas moins, et vous avez bien raison. Ça m'apprendra à avoir épousé lord Danbury alors que je savais bien que ses neurones se comptaient sur les doigts d'une main ! Mais Gareth est *un trésor*, et vous seriez bien mal avisée si vous...

— Votre petit-fils, l'interrompit Hyacinthe, ne s'intéresse pas le moins du monde à votre servante, ni à aucune autre femme libre d'ailleurs.

— C'est en effet fort fâcheux, et je me demande bien pourquoi Gareth dédaigne ainsi votre genre.

— Mon *genre* ?

— Oui, votre genre, votre espèce... le type de jeune femme qu'il devrait épouser, de gré ou de force, si d'aventure il se risquait à badiner avec elle.

Hyacinthe sentit son visage s'empourprer. En temps normal, elle aurait adoré cette conversation, s'amusant à faire fi des convenances plutôt que de rester sage. Mais là, vraiment, c'en était trop.

— Je ne crois pas qu'il soit très approprié de discuter de ces choses-là.

— Bah, depuis quand êtes-vous si prude ?

Hyacinthe n'en croyait pas ses oreilles.

— C'est un goujat, je l'avoue, poursuivit la comtesse, mais il n'y a rien d'insurmontable à qui sait s'en donner la peine.

— Je n'en ai nullement l'intention...

— Tirez donc un peu sur votre robe la prochaine fois que vous le verrez. Qu'un homme pose les yeux sur une poitrine généreuse, et c'en est fait de lui. Il perd tous ses esprits. Vous l'aurez.

— Lady Danbury ! rétorqua Hyacinthe en croisant les bras.

Elle avait sa fierté, et elle n'allait tout de même pas partir chasser une canaille qui vouait au mariage une sainte horreur ! Elle se dispenserait fort bien de ce genre d'humiliation publique. Et puis, il fallait une bonne dose d'imagination pour voir en elle la Vénus de Milo ! Si, Dieu merci, elle n'avait pas le torse d'un garçon, elle connaissait ses limites : aucune nation ne partirait en guerre pour faire sa conquête !

— Oh, très bien, répliqua lady Danbury d'un ton revêche, puisque c'est ainsi, je ne dirai plus rien.

— Plus jamais ? Vraiment ?

— Jusqu'à nouvel ordre.

Hyacinthe craignait le pire. Combien de minutes de répit allait-elle lui accorder avant de revenir à la charge ? Cinq ? Dix au mieux ?

La comtesse se tut un instant, mais elle pinçait les lèvres. Elle tramait quelque chose, c'était certain.

— Vous savez ce que je crois ? dit-elle enfin.

— En général, oui.

— Vous êtes décidément bien impertinente.

Hyacinthe se contenta de sourire et prit un biscuit sur la table.

— Je crois, lui confia lady Danbury, visiblement réconciliée, que nous devrions écrire un roman.

— Quelle est cette idée saugrenue ?

— J'ai besoin d'un peu de piquant dans ma vie. Ça permet de garder l'esprit vif. Et je ne doute pas que nous puissions mieux faire que *Mademoiselle Butterworth et le baron de Miel-en-bouche*.

— Le baron fou, corrigea Hyacinthe.

— Peu importe. Nous n'aurons aucun mal à faire mieux.

— Je n'en doute pas, mais reste à savoir si nous en aurions vraiment envie.

Était-ce bien raisonnable ? pensa Hyacinthe. Toutes ces heures passées en compagnie de…

— Non, c'est impossible !

— Bien sûr que si ! insista lady Danbury en frappant le sol de sa canne. J'imaginerais l'intrigue et vous mettriez les mots. C'est aussi simple que cela, ma chère Hyacinthe.

— Cela ne me semble pas très équitable.

— Et pourquoi cela ?

Hyacinthe s'apprêta à parler, puis se ravisa. Pourquoi lui répondre après tout ? Mieux valait clore cette conversation si elle ne voulait pas y passer la journée.

Lady Danbury fronça les sourcils un instant, puis ajouta :

— Pensez-y, ma chère. Nous formerions une excellente équipe.

— Je n'ose imaginer dans quelle aventure insensée vous êtes en train d'entraîner, bien malgré elle, cette pauvre Mademoiselle Bridgerton.

— Gareth ! s'exclama lady Danbury, visiblement ravie. Comme c'est gentil à toi de venir *enfin* me voir.

Ce fut comme une apparition : vêtu de sa tenue de cocktail, le jeune homme venait d'entrer dans la pièce. Il était d'une beauté ravageuse ; frappée par un rayon de soleil, sa chevelure dorée brillait de mille feux et éblouissait Hyacinthe.

Que faisait-il donc là ? Depuis un an déjà, Hyacinthe rendait visite à lady Danbury tous les mardis, et ils ne s'étaient croisés que deux fois, en tout et pour tout. Cherchait-il à l'éviter ? Leur première vraie conversation s'était engagée au concert : tout le reste n'avait été que banalités et autres politesses. Et voilà qu'ils se retrouvaient tous deux dans les salons de sa grand-mère, comme par hasard, le jour de sa visite hebdomadaire.

— Enfin ? lui répondit Saint-Clair sur un ton amusé. Ne me dites pas que vous avez oublié la dernière ? Vendredi dernier ?

Il se tourna vers Hyacinthe, l'air inquiet.

— Vous pensez qu'elle est en train de perdre la mémoire, mademoiselle Bridgerton ? Cette pauvre femme doit bien avoir... voyons, quatre-vingt-dix ans, au moins ! Aïe !

Lady Danbury venait de lui asséner un bon coup de canne sur le bout des orteils.

— Vous êtes bien loin du compte, mon cher, aboya-t-elle. Et, si vous tenez à vos palmes, ne blasphémez pas ainsi !

— L'Évangile selon sainte Agatha, comtesse Danbury, murmura Hyacinthe.

À ces mots, Gareth lui sourit, ce qui ne manqua pas de la surprendre. Le jeune homme ressemblait bien plus à un petit garçon espiègle qu'à un coureur de jupons, même si elle savait qu'il n'en était rien.

Hyacinthe s'abstint de tout autre commentaire. Quoiqu'en dise lady Danbury, Gareth Saint-Clair lui rendait fréquemment visite. Se pouvait-il qu'il fût ce goujat dont tout le monde parlait ? Lui qui semblait si dévoué à sa grand-mère... Hyacinthe le lui avait d'ailleurs fait remarquer lors du concert et il avait rapidement détourné la conversation.

Cet homme était une énigme et Hyacinthe détestait les puzzles. Enfin, elle adorait ça, mais seulement lorsqu'elle parvenait à en assembler les pièces. L'énigme en question déambulait dans la pièce, quand tout à coup, Gareth Saint-Clair se pencha pour embrasser sa grand-mère sur la joue. Hyacinthe se surprit alors à regarder sa nuque, intriguée par la petite queue de cheval qui frôlait le col de son loden vert. Elle savait qu'il n'avait pas vraiment les moyens de s'offrir les services d'un tailleur. Il ne demandait rien à sa grand-mère non plus, d'ailleurs. Mais, grand Dieu, il portait ce manteau à merveille !

— Mademoiselle Bridgerton. Nous devons être mardi, n'est-ce pas ?

— En effet, acquiesça Hyacinthe.

— Comment va cette chère Priscilla Butterworth ?

Hyacinthe leva les sourcils, interloquée. Il connaissait donc le roman qu'elles étaient en train de lire.

— Elle court vers les falaises. J'ai peur qu'elle ne soit en danger, si vous voulez tout savoir. Ou plutôt, je pourrais craindre pour sa vie si onze autres chapitres ne nous séparaient de la fin.

— Quel dommage ! Ce roman prendrait un tour nettement plus intéressant si elle venait à périr.

— Vous l'avez donc lu ? s'enquit Hyacinthe poliment.

Pendant un instant qui sembla durer une éternité, Gareth se contenta de la regarder d'un air entendu qui signifiait : « Mais vous voulez rire, ma chère ». Enfin, il lui dit :

— Ma grand-mère adore me raconter cette histoire lorsque je viens la voir le mercredi. *Tous* les mercredis, ajouta-t-il en lançant un regard lourd de sous-entendus à lady Danbury. Tout comme le vendredi et le dimanche aussi.

— Non, pas dimanche dernier, mon petit.

— J'étais à l'église, très chère !

Hyacinthe manqua une fois de plus de s'étouffer.

Gareth se tourna vers elle.

— Vous n'avez donc pas vu la foudre tomber sur le clocher ?

Hyacinthe se remit de ses émotions en avalant une gorgée de thé, puis sourit avec douceur.

— J'étais bien trop absorbée par le sermon. Voyez-vous, ma dévotion est sans limites !

— La semaine dernière ? Vous m'en direz tant… les interrompit lady Danbury. Je crois bien que le pasteur commence à se faire vieux. Ses sermons ne sont plus ce qu'ils étaient.

Gareth s'apprêta à intervenir, mais, avant même qu'il ait pu prononcer un seul mot, il vit la canne de sa grand-mère décrire un arc menaçant.

— Et ne vous avisez surtout pas d'émettre le moindre commentaire commençant par : « De votre part, rien ne… ».

— Mais comment oserais-je ! Grand-maman !

— Vous plaisantez, j'espère. Vous ne seriez pas mon petit-fils si vous n'en étiez pas capable.

— Vous n'êtes pas d'accord, ma chère ? dit-elle à Hyacinthe.

— Comment voulez-vous qu'on réponde à pareille question ?

— Petite maligne, approuva lady Danbury.

— J'ai eu une excellente maîtresse…

— Son insolence mise à part, le garçon que voici est un petit-fils hors pair.

Elle accompagna ses paroles d'un geste la main pour désigner Gareth comme s'il s'agissait d'un spécimen zoologique avant d'ajouter :

— Que demander de plus ?

Gareth l'observait avec amusement tandis que Hyacinthe murmurait quelque phrase censée marquer son approbation, sans toutefois, Dieu l'en préserve, trop insister.

— Bien sûr, ajouta lady Danbury avec un geste de dédain, la concurrence est faible. Tous ses cousins réunis ne donneraient pas trois cervelles !

Voilà qui n'était guère flatteur, sachant qu'elle avait douze petits-enfants.

— J'ai appris que, chez certaines espèces, les mères dévoraient leurs petits, dit Gareth à voix basse.

— Puisque nous sommes *mardi*, dit alors sa grand-mère en ignorant cette dernière remarque, quel bon vent vous amène ?

Gareth serra le petit livre qu'il tenait caché dans la poche de son manteau. Depuis que Caroline le lui avait confié, il n'avait cessé d'y penser, au point d'oublier la visite hebdomadaire de Hyacinthe Bridgerton à sa grand-mère. S'il avait eu l'esprit un peu moins embrumé, il aurait attendu son départ et serait venu en fin d'après-midi. Mais il était trop tard maintenant... Il fallait bien à présent qu'il justifie sa présence. Qu'allait donc bien pouvoir penser sa grand-mère ? Qu'il était justement venu pour voir Mademoiselle Bridgerton ? Il lui faudrait des mois pour la convaincre du contraire.

— Qu'y a-t-il mon enfant ? demanda sa grand-mère sur son ton inimitable. Parlez sans crainte !

Gareth se tourna vers Hyacinthe, plutôt ravi, il fallait bien l'avouer, de constater qu'il ne la laissait guère indifférente. Elle se tortillait sur son siège comme une petite fille.

— Dites-moi, ma chère, pourquoi rendez-vous visite à ma grand-mère ?

— Eh bien, monsieur, c'est que j'apprécie sa compagnie, voyez-vous. Mais... Que faites-vous donc ici même ?

— C'est que c'est ma...

Gareth s'interrompit soudain. Il ne lui rendait pas seulement visite par devoir familial. Lady Danbury jouait plusieurs rôles dans sa vie : juge, harpie, empoisonneuse. Quoi d'autre encore ? Mais, qu'importe, il l'aimait tendrement.

— J'aime ma grand-mère, voyez-vous.

— Fort bien, monsieur.

— Non pas que cette conversation me déplaise, dit lady Danbury d'une voix forte, mais de quoi diable parlez-vous ?

Hyacinthe s'engonça dans son siège, se tourna vers lady Danbury et avala une gorgée de thé avant de répondre comme si de rien n'était :

— Je n'en ai pas la moindre idée.

Puis, reposant sa tasse sur sa soucoupe, elle ajouta :

— Gareth m'a posé une question.

Ce dernier la regarda avec curiosité. On ne pouvait pas dire que sa grand-mère fût des plus faciles en amitié. Si Hyacinthe Bridgerton sacrifiait volontiers ses mardis après-midi, c'était certainement tout à son honneur. Lady Danbury n'aimait presque personne et elle vantait les mérites de Mademoiselle Bridgerton à qui voulait l'entendre. Cela ne faisait aucun doute : elle cherchait à les marier ! Le tact ou la subtilité n'avaient jamais compté parmi ses principales qualités.

Cela dit, si Gareth avait appris une chose au fil des années, c'était bien que sa grand-mère savait juger les gens avec une sagacité unique. Il avait toutefois quelques réticences à montrer le journal intime de sa grand-mère en présence de Hyacinthe Bridgerton. Après tout, c'est écrit en italien, conclut-il après moult tergiversations. Même si cet ouvrage devait contenir quelque indiscrétion, la jeune femme n'y verrait que du feu. Pourquoi hésiter plus longtemps ? Gareth sortit le mystérieux ouvrage.

CHAPITRE QUATRE

C'est à ce moment précis que les folles aventures de Hyacinthe prennent un tour presque aussi palpitant que celles de Priscilla Butterworth – les falaises mises à part.

Hyacinthe observait avec intérêt les hésitations de Gareth Saint-Clair: il avait l'air préoccupé. Elle ne voulait pas interrompre sa méditation, car, à l'évidence, il se demandait s'il pouvait parler en sa présence.

Mais voilà que Gareth fouillait dans la poche de son manteau pour en extirper ce qui ressemblait, oui, c'était bien cela, à un petit livre relié de cuir.

— Qu'est-ce que c'est? demanda lady Danbury en le prenant.

— Le journal intime de mon autre grand-mère, Isabella. Caroline l'a trouvé en rangeant les effets personnels de George et me l'a apporté cet après-midi.

— Mais c'est en italien!

— J'avais remarqué.

— Je voulais dire... Pourquoi me l'apportez-vous *à moi*? demanda-t-elle un rien agacée.

— Comme vous aimez à le répéter, ne savez-vous pas toujours tout sur tout, du moins, tout sur tout le monde?

— Je confirme, ajouta Hyacinthe.

Gareth Saint-Clair prit un air un rien condescendant pour lui asséner:

— Merci, trop aimable à vous, mademoiselle Bridgerton.

Au même instant, Hyacinthe se sentit transpercée par le regard indigné de lady Danbury. J'aurais mieux fait de me taire, pensa-t-elle. Le ton railleur de Gareth l'excédait. Quel mufle! Pour qui se prenait-il, avec ses airs de grand seigneur?

— J'espérais, dit-il à sa grand-mère, que vous connaîtriez un traducteur réputé.

— Umpf, fit lady Danbury en frappant le tapis de sa canne. De l'italien? Cela ne court pas vraiment les rues... Le français eut été plus commode. Toute personne bien élevée ne se doit-elle pas de connaître…

— Je comprends l'italien, l'interrompit Hyacinthe.

— Vous plaisantez ! s'exclamèrent Gareth Saint-Clair et sa grand mère à l'unisson.

— Lorsque j'étais petite, nous avions une gouvernante italienne qui s'amusait à m'apprendre sa langue. Bien entendu, je ne parle pas couramment, mais si vous me confiez une ou deux pages, je puis vous en donner le sens général.

— Il s'agit, hélas, de bien plus que ça !

— Vous voulez dire que cet ouvrage comporte plus de deux feuillets ? Comme c'est curieux, mon cher monsieur ! répondit Hyacinthe, un rien irritée. Je doute que votre grand-mère écrivît dans le style de la Rome antique… arrêtez-moi si je me trompe.

— Auquel cas ce serait du latin, mademoiselle !

Hyacinthe tapa du pied avant de s'exclamer :

— Qu'importe !

— Pour l'amour de Dieu, mon enfant, confiez-lui cet ouvrage ! interrompit lady Danbury.

Gareth Saint-Clair ne lui fit pas remarquer qu'elle le tenait encore à la main. Voilà qui est remarquable de retenue, pensa notre héroïne. Gareth se leva, prit délicatement l'ouvrage des mains de sa grand-mère et se tourna vers Hyacinthe. Il eut un instant d'hésitation, instant que Hyacinthe n'aurait pas même remarqué si elle ne l'avait regardé droit dans les yeux, et lui tendit enfin le journal en murmurant :

— Mademoiselle Bridgerton.

Un frisson d'angoisse parcourut Hyacinthe. Elle avait l'étrange intuition qu'elle venait d'accepter quelque chose qui dépassait, et de loin, la simple traduction d'un ouvrage. Dans quelle aventure venait-elle de s'embarquer ?

— Ces pages sont un rien friables, me semble-t-il.

— Ce livre est assez ancien… Alors, qu'est-ce que ça raconte ?

Hyacinthe serra les dents. Traduire ainsi sous pression, quelle épreuve ! Surtout en présence de Gareth Saint-Clair, dont elle sentait le souffle sur sa nuque…

— Laissez-la respirer ! s'exclama lady Danbury.

Il fit quelques pas en arrière, mais Hyacinthe n'en fut pas soulagée pour autant. Il était encore beaucoup trop proche !

— Eh bien ? demanda-t-il, insistant.

— C'est au sujet d'un mariage à venir. Je pense que votre grand-mère devait épouser votre grand-père dans... – elle se mordit la lèvre tout en parcourant la page en quête de détails – voilà, dans trois semaines. La cérémonie était prévue en Italie.

— Et alors ?

— Alors...

Hyacinthe fronça le nez, comme à chaque fois qu'elle se mettait à réfléchir, ce qui ne contribuait pas à la rendre particulièrement attirante, mais que faire ? Arrêter de penser ? Ça, jamais !

— Qu'est-ce que ça raconte ? pressa lady Danbury.

— *Orrendo, orrendo...* Oh, c'est donc ça, ajouta-t-elle en relevant les yeux. Cette perspective n'enchante guère votre grand-mère.

— Comment l'en blâmer ? intervint lady Danbury. Cet homme était un ours... Toutes mes excuses aux descendants qui se trouveraient dans cette pièce.

Gareth ignora cette remarque. Et pour cause...

— Et ensuite ?

— Comme je viens de vous le dire, monsieur, je ne parle pas couramment l'italien. J'ai besoin de temps pour travailler.

— Emportez-le donc chez vous, trancha lady Danbury. N'êtes-vous pas censés vous retrouver demain soir ?

— Première nouvelle, répondit Hyacinthe au moment même où Gareth s'exclamait de conserve :

— Et depuis quand, au juste ?

— Vous m'accompagnez à la lecture de poésie chez les Pleinsworth ! Ne me dites pas que vous avez déjà oublié, Gareth !

Hyacinthe se rassit pour mieux savourer la scène. Quel plaisir que de voir Gareth Saint-Clair pris au dépourvu, ouvrant la bouche tel un poisson manquant d'air. Un poisson au visage d'Apollon, certes, mais un poisson malgré tout !

— Vous y serez sans faute. Vous me l'avez promis !

— Je n'arrive pas à croire que...

— Eh bien, si vous ne l'aviez pas promis, vous auriez dû ! D'ailleurs, si vous m'aimez vraiment...

Hyacinthe toussota pour masquer son fou rire, tandis que Gareth Saint-Clair lui jetait un regard noir.

— Lorsque je serai mort, à n'en point douter, c'est en lettres d'or qu'on gravera sur ma tombe : « À celui qui aima sa grand-mère, quand tout autre aurait fui. »

— Et cela vous pose un problème peut-être ? demanda lady Danbury.

— C'est bon, j'y serai ! soupira-t-il.

— N'oubliez pas de vous boucher les oreilles avant, conseilla Hyacinthe. D'autant que le nom de jeune fille de lady Pleinsworth n'est autre que Smythe-Smith...

À l'autre bout de la pièce, lady Danbury ne contenait plus sa joie.

— Il est temps que je rentre, annonça Hyacinthe. J'essaierai de traduire la première entrée du journal pour demain soir, monsieur.

— Soyez sûre de ma gratitude, mademoiselle Bridgerton.

Hyacinthe acquiesça, puis traversa la pièce. Mais quelle était donc cette curieuse sensation de vertige ? Ce n'était qu'un livre, pour l'amour du ciel ! Et ce n'était qu'un homme ! Que c'était agaçant ! Elle ne pouvait s'empêcher de vouloir l'impressionner pour lui montrer qui était le plus malin des deux.

— Permettez-moi de vous raccompagner, mademoiselle.

Hyacinthe se retourna et, oh surprise, se retrouva nez à nez avec lui.

— ...Je... Euh...

Ses yeux, c'est donc ça, comprit-elle. Si bleus, si clairs, elle aurait pu y lire ses pensées... enfin, à dire vrai, c'était plutôt le contraire .

— Oui ? murmura-t-il en lui donnant le bras.

— Ce n'est rien.

— Mademoiselle Bridgerton, dit-il en la conduisant à travers le hall d'entrée, je ne crois pas vous avoir jamais vue si peu prolixe. Si ce n'est, peut-être, la nuit dernière...

Elle le regarda, médusée.

— Mais oui, au concert, vous ne vous en souvenez donc pas ? C'était charmant !

Hyacinthe pinça les lèvres. Son petit rictus l'agaçait au plus haut point.

— Vous me connaissez à peine, il me semble.

— Votre réputation vous aura précédée.

— Quant à moi, j'avais eu vent de la vôtre !

— *Touché*, mademoiselle Bridgerton.

Hyacinthe sentait bien qu'elle n'avait pas réellement repris l'avantage. Sa femme de chambre l'attendant sur le seuil de la porte, elle put enfin lâcher le bras de Gareth Saint-Clair.

— À demain, monsieur. *Arrivederci.*

Hyacinthe arrive chez elle. Sa mère l'attend dans le hall. Voilà qui n'augure rien de bon.

— Charlotte Saintokehurst se marie !

— Aujourd'hui ? s'enquit Hyacinthe en ôtant ses gants avec nonchalance.

— Elle vient de se fiancer. Sa mère me l'a appris ce matin, figurez-vous !

— Est-ce moi que vous attendiez dans le hall ?

— Avec le comte de Renton, précisa Violette Bridgerton.

— Le thé est-il servi ? Cette marche était interminable et je meurs de soif !

— Renton ! s'exclama Violette, levant les bras au ciel en signe de désespoir. Vous avez entendu ?

— Renton. Comment l'oublier ? Il a les chevilles grasses.

— Il est… Violette s'interrompit. Et pourquoi regardez-vous ses chevilles, dites-moi ?

— Difficile de ne pas les voir.

— Le thé est servi, et le *comte* de Renton a des chevilles tout à fait acceptables.

— Pour qui aime les hommes bouffis, c'est certain !

— Hyacinthe !

Lasse, Hyacinthe poussa un soupir en emboîtant le pas à sa mère qui se dirigeait vers le salon.

— Mère, six de vos enfants sont mariés, et j'ajoute qu'ils en sont tous très heureux. Pourquoi voulez-vous donc me forcer à épouser un homme que je n'aime point ?

Violette s'assit et servit une tasse de thé à sa fille.

— Ce n'est pas ce que je veux, mais, Hyacinthe, ne pourriez-vous pas au moins regarder un peu autour de vous.

— Mère, je…

— Ou, pour l'amour de votre chère mère, faire au moins semblant, l'interrompit Violette.

Hyacinthe ne put s'empêcher de sourire. Sa mère ajouta une dernière cuillerée de sucre avant de tendre son thé à Hyacinthe. La jeune fille était la seule de la famille à apprécier pareil sirop, mais, que diable, il fallait bien que jeunesse passe.

— Merci.

— Vous savez bien que je ne veux que votre bien.

— Je sais.

C'est d'ailleurs bien le problème, pensa-t-elle. Sa mère ne souhaitait que son bonheur. Il eut été plus aisé de feindre l'indifférence si elle s'était montrée avide de gloire ou cupide à l'excès. Mais non, elle l'aimait de tout son cœur.

— Jamais je ne pourrai vous confier à un homme qui ne soit à la hauteur de vos attentes.

— Je sais.

— Et si par malheur vous ne rencontriez pas le partenaire idéal, je m'accommoderais de votre célibat.

Hyacinthe lui lança un regard suspicieux.

— Très bien, j'avoue. Je n'en serais certes pas ravie, mais jamais je ne vous forcerai à vous marier, sachez-le.

— Je sais, répéta Hyacinthe sur le même ton un peu las.

— Mais de grâce, ma chérie, faites un petit effort !

— C'est ce que je fais ! protesta Hyacinthe. Je suis sortie presque chaque soir cette semaine. Je suis même allée, et c'est dire, au concert Smythe-Smith. Je ne crois pas vous y avoir vue d'ailleurs.

— Un léger coup de froid, j'en ai bien peur… J'ai entendu dire que vous étiez assise aux côtés de Gareth Saint-Clair.

— Faut-il que vous ayez des espions partout ?

— Presque partout, corrigea Violette, cela facilite la vie.

— La vôtre, peut-être.

— Et alors ? Comment trouvez-vous monsieur Saint-Clair ? Vous plaît-il ?

Violette se tut, mais la lueur de ses yeux ne rassura guère la jeune fille. Bien au contraire.

— N'y songez même pas… l'avertit Hyacinthe.

— Il constituerait pourtant un excellent parti.

Hyacinthe regarda fixement sa mère, comme si une barbe lui avait soudain poussé au menton.

— Avez-vous perdu l'esprit ? Vous connaissez sa réputation aussi bien que moi.

Violette balaya ce dernier argument d'un revers de la main.

— Sa réputation sera sans importance une fois que vous l'aurez épousé.

— Sauf s'il continue à fréquenter les chanteuses d'opéra et autres femmes de cet acabit…

— Jamais il ne ferait cela.

— Je vous trouve bien optimiste.

— Je me fie à mon intuition, voilà tout.

— Mère, dit Hyacinthe, vous savez combien je vous aime, mais…

— Comment se fait-il que je frémisse chaque fois que vous débutez vos phrases ainsi ?

— Mais pardonnez-moi si je préfère ne pas épouser un homme sur la seule foi de votre infaillible intuition.

Violette but une gorgée de thé avec une nonchalance calculée.

— Il me semble néanmoins que vous n'êtes pas loin de penser la même chose que moi. Et, si je puis me permettre à mon tour, je me trompe rarement à votre sujet. D'ailleurs, je ne me suis encore *jamais* trompée, ne vous en déplaise.

Certes, reconnut Hyacinthe en son for intérieur. Mais si elle l'admettait à voix haute, sa mère ne manquerait pas de sauter sur l'occasion.

— Mère, je ne vais pas courir après monsieur Saint-Clair ! Cet homme ne me convient absolument pas.

— Je ne suis pas sûre que vous sachiez reconnaître l'homme de votre vie, même s'il entrait dans cette pièce à dos d'éléphant.

— Je prendrais alors l'éléphant comme un avertissement et battrais en retraite sans attendre.

— Hyacinthe !

— Par ailleurs, ajouta la jeune fille en se remémorant l'air condescendant de Gareth Saint-Clair, je ne pense pas que votre preux chevalier m'apprécie beaucoup.

— Sornettes ! s'exclama Violette en reprenant son rôle de mère poule outragée. Tout le monde vous aime, que dites-vous là ?

— Non, dit-elle après un instant de réflexion, je ne pense pas que ce soit le cas.

— Hyacinthe, je suis votre mère, et je ne puis croire qu'il reste insensible à votre charme. D'ailleurs…

— Mère, ce n'est pas un problème. Pourquoi vouloir faire l'unanimité ? Il faudrait que je me montre douce, charmante, fade et ennuyeuse à longueur de journées… Très peu pour moi !

— J'ai l'impression d'entendre lady Danbury.

— J'aime beaucoup la comtesse.

— Moi aussi, mais cela ne signifie pas que j'aurais voulu l'avoir pour fille.

— Mère…

— Vous refusez de jeter votre dévolu sur monsieur Saint-Clair parce qu'il vous effraie, voilà tout.

— C'est parfaitement faux !

— C'est la vérité ! Et il n'est pas le seul à vous avoir effrayée.

— Je vous demande pardon ? demanda Hyacinthe en clignant des yeux de surprise.

— Pourquoi n'êtes-vous toujours pas mariée ? En avez-vous seulement envie ?

— Bien sûr que oui.

Hyacinthe disait vrai : elle désirait se marier bien plus qu'elle n'osait se l'avouer. Elle venait de comprendre qu'elle voulait ressembler à mère. Violette lui était apparue tout à coup sous les traits d'une matriarche, femme qui aimait tant sa famille qu'elle aurait sacrifié sa vie pour en faire le bonheur. Elle aussi voulait des enfants, une famille, pour l'aimer avec la même force… De là à épouser le premier venu, il ne fallait pas exagérer ! Pragmatique, elle se contenterait d'un mariage de raison, si tant est que son mari lui convienne par ailleurs. Mais, mon Dieu, était-ce trop demander d'un gentleman que d'avoir une once d'intelligence ?

— Mère, j'ai la ferme intention de me marier. Je vous le jure. Et, sachez que j'ai longuement scruté l'horizon des salles de bal sans jamais rien voir venir…

— Scruté l'horizon ? demanda Violette en haussant les sourcils.

— Je vous rappelle qu'on a déjà demandé ma main six fois, rétorqua-t-elle, sur la défensive. Six fois ! Ce n'est tout de même pas de ma faute si personne ne se montre à la hauteur.

— C'est certain.

— Qu'entendez-vous donc par là ? demanda Hyacinthe, surprise par le ton de sa mère.

— Aucun de ces hommes n'était à la hauteur, *cela va de soi*. La moitié d'entre eux en voulait à votre fortune, quant à l'autre moitié… il ne vous a pas fallu un mois pour leur tirer des larmes, pauvres petits garçons.

— Tant d'affection pour votre chère fille cadette me laisse pantoise.

— S'il vous plaît ma chérie, vous savez très bien ce que je veux dire… et vous savez que j'ai raison. Aucun de ces hommes ne convenait parce qu'il vous faut quelqu'un qui soit votre égal.

Hyacinthe voulait lui répondre d'un trait d'esprit, mais soudain les mots lui manquèrent.

— Hyacinthe, voyons les choses en face : chaque fois que vous rencontrez un homme capable de vous tenir tête, vous le repoussez sans attendre.

— C'est faux, rétorqua mollement Hyacinthe.

— Toujours est-il que vous ne leur prodiguez guère d'encouragements. Vous savez combien je vous chéris, mais avouez que vous aimez toujours avoir le dernier mot.

— Est-ce si exceptionnel ?

— Si un homme est votre égal, ne croyez pas qu'il vous laissera le manipuler à votre gré.

— Ce n'est nullement mon intention !

Violette laissa échapper un soupir de regret.

— J'aimerais tant pouvoir vous faire partager ce que j'ai ressenti le jour où vous êtes née.

Violette venait brusquement de changer de sujet et Hyacinthe savait déjà que sa mère s'apprêtait à se confier à elle.

— C'était juste après la mort de votre père. J'étais inconsolable. On éprouve parfois une tristesse telle qu'elle vous dévore de l'intérieur, vous empêche d'avancer. Et il n'y a rien qu'on puisse…

Violette s'interrompit pour déglutir… Elle cherchait visiblement à contenir ses larmes.

— Eh bien, il n'y rien que l'on puisse faire. C'est une douleur indescriptible que nul ne peut comprendre, à moins d'avoir vécu pareil malheur. Alors que j'étais enceinte de huit mois, je ne savais plus quoi penser. J'avais déjà eu sept enfants et l'on aurait pu croire que j'étais experte en matière de maternité. Mais non, soudain tout était nouveau pour moi. Vous n'auriez pas de père, et j'avais si peur ! J'allais devoir être tout pour vous, tout comme pour vos frères et sœurs, bien que leur cas fût quelque peu différent. Mais vous… J'avais peur, j'étais terrifiée. Que vous arriverait-il si je ne me montrais pas à la hauteur ?

— Vous êtes une mère formidable.

— Je sais. Voyez quelle belle jeune fille vous êtes devenue.

Hyacinthe sentit trembler ses lèvres : elle ne savait plus très bien si elle devait rire ou pleurer.

— Mais ce n'est pas le propos. Lorsque vous êtes née et qu'on vous à mise dans mes bras, j'étais persuadée que vous ressembleriez à votre père. J'étais sûre que j'allais voir son visage, que le ciel m'enverrait un signe.

Hyacinthe reprit sa respiration tout en regardant Violette. Pourquoi sa mère ne lui avait-elle jamais raconté cette histoire ? Et pourquoi, elle, ne lui avait-elle jamais rien demandé ?

— Or, c'est à moi que vous ressembliez. Et puis… Oh Dieu, je m'en souviens comme si c'était hier ! Vous m'avez regardée droit dans les yeux et, soudain, vous avez cligné des paupières. Deux fois.

— Deux fois ? reprit Hyacinthe qui n'était pas sûre d'avoir bien compris.

— Deux fois. Je m'en souviens bien. Quelle drôle d'histoire ! On aurait cru que vous vouliez me dire : « Je sais parfaitement ce que je suis en train de faire. »

Hyacinthe gloussa, bien malgré elle. Elle n'en croyait pas ses oreilles.

— Puis vous vous êtes mise à *gémir*. Mon Dieu, j'ai bien cru que les vitres de la chambre allaient voler en éclats. Et, pour la première fois depuis la mort de votre père, j'ai souri.

Violette marqua une pause pour reprendre son souffle. Hyacinthe aurait tant voulu l'encourager à poursuivre, mais le moment eut été fort mal choisi et le silence s'imposait.

— Depuis ce jour, je vous ai chérie. J'adore mes enfants, mais vous… vous m'avez sauvée du désespoir !

Hyacinthe sentit son cœur se serrer. Comme paralysée, elle était incapable de respirer. Elle se contentait de regarder fixement le visage maternel et de boire ses paroles avec une immense, oui, une immense gratitude. Quelle chance elle avait ! Violette Bridgerton était une mère exemplaire.

— Je me suis peut-être montrée un peu trop protectrice, parfois même trop indulgente… Vous étiez si exubérante ! Vous aviez une personnalité déjà très affirmée et on peut dire que vous saviez ce que vous vouliez. Une vraie force de la nature ! Je ne voulais surtout pas vous couper les ailes.

— Merci, murmura Hyacinthe, d'une voix si faible qu'elle n'était pas sûre que sa mère ait pu l'entendre.

— Mais je me demande parfois si vous n'êtes pas devenue, par ma faute, un peu trop indifférente aux autres.

Hyacinthe fut soudain prise d'un affreux sentiment de malaise.

— Non, se reprit bien vite Violette, percevant le choc de sa fille. Vous êtes bonne, attentionnée… Bien plus qu'on ne veut bien le dire. Mais, ah mon Dieu, je ne sais comment l'expliquer.

Violette fronça le nez. Elle cherchait les mots justes.

— Vous avez tellement confiance en vous que vous dites ce que vous pensez.

— Qu'y a-t-il de mal à cela ?

— Rien. J'aimerais qu'il y ait plus de gens comme vous, répondit Violette en se frottant les mains.

Hyacinthe l'avait vue faire ce geste des milliers de fois, chaque fois qu'elle était plongée dans ses pensées.

— Ma chère enfant, voilà ce qui se passe d'après moi. Lorsque vous vous trouvez prise au dépourvu, que quelque chose vous met soudain mal à l'aise, eh bien, vous ne savez plus quelle attitude adopter et vous prenez vos jambes à votre cou. Vous décrétez que le jeu n'en vaut pas la chandelle et qu'il vaut mieux cesser là toute conversation.

Violette regarda sa fille dans les yeux, avec un soupçon de résignation.

— C'est d'ailleurs ce qui me fait craindre de ne jamais vous voir mariée. Vous êtes incapable de reconnaître l'homme qui vous convient car vous vous l'interdisez.

Hyacinthe regarda fixement sa mère. Que lui était-il arrivé depuis qu'elle était rentrée chez elle? Elle qui s'attendait au discours habituel sur les maris et les femmes. Oui, pourquoi n'était-elle pas encore mariée? Voilà qu'elle se retrouvait mise à nu, au point qu'elle doutait d'elle-même!

— J'y songerai, mère. Je vous en fais la promesse.

— Je ne vous en demande pas plus.

Pour Hyacinthe, c'était déjà beaucoup.

CHAPITRE CINQ

*L*e soir suivant, nous retrouvons nos héros dans les salons de *l'illustre lady Pleinsworth. Pour quelque raison étrange, le piano est orné de brindilles. Une petite fille porte une corne sur la tête...*

— On va finir par croire que vous me faites la cour, lança Hyacinthe à monsieur Saint-Clair, alors que ce dernier fondait droit sur elle, sans même regarder les autres convives.

— Balivernes ! Tout le monde sait bien que je ne courtise pas les femmes respectables. Voilà qui devrait servir votre réputation !

— Et moi qui pensais qu'on surestimait les vertus de la modestie, ironisa Hyacinthe.

— La plupart des hommes sont des moutons. C'est, hélas, la triste vérité. Où que l'on aille, le troupeau suit. Ne disiez-vous pas que vous vouliez vous trouver un époux ?

— À condition qu'il ne soit pas atteint du syndrome de Panurge, monsieur Saint-Clair.

Il lui adressa un sourire diabolique. Combien de fois a-t-il eu recours à ce stratagème pour séduire les femmes crédules, se demanda Hyacinthe. Des centaines ? Des milliers ?

Gareth observait attentivement la salle, comme s'il fomentait quelque complot et voulait s'assurer que personne ne l'entende. Puis il se pencha vers elle. N'y tenant plus, Hyacinthe le pressa :

— Oui, monsieur Saint-Clair ?

— Je suis à *deux doigts* de me mettre à bêler.

— Par chance vous n'étiez pas en train de boire du lait.

— Cela me serait ressorti par le nez, ajouta-t-il en haussant les épaules.

Hyacinthe voulut le foudroyer du regard, mais comment aurait-elle dissimulé son amusement ? Ce garçon était décidément impossible !

— On ne vous a donc jamais appris à ne pas dire ce genre de choses à une femme que vous cherchez à impressionner ?

— Qu'est-ce qui vous fait croire que tel est mon objectif? rétorqua-t-il en jetant un coup d'œil intrigué vers la scène. Grand Dieu! Qu'est-ce que c'est que *ça*?

Plusieurs enfants Pleinsworth se pressaient sur l'estrade. Une petite fille était déguisée en bergère.

— Quelle étrange coïncidence!

— Je crois qu'on vous attend, monsieur Saint-Clair. C'est à vous de jouer, non?

— Pardon?

— Eh bien, oui, quelques bêlements ne nuiront pas au spectacle.

— N'était-il pas question d'une récitation de poèmes? s'exclama-t-il sans relever cette dernière remarque.

— Il s'agit d'une composition originale, expliqua-t-elle. Harriet Pleinsworth en est l'auteure et cela s'intitule: *La Bergère, la licorne et Henri VIII*.

— Enfin réunis?

— Je ne plaisante pas!

— Comment auriez-vous pu inventer cela?

Hyacinthe se demanda un instant s'il s'agissait vraiment d'un compliment ou d'une de ces piques dont monsieur Saint-Clair avait le secret.

— Et pourquoi ne m'a-t-on pas remis de programme? s'indigna-t-il en le lui prenant des mains.

— J'imagine qu'on a cru bon de ne les distribuer qu'aux dames de cette illustre assemblée. On ne peut qu'admirer la clairvoyance de lady Pleinsworth. Si vous aviez su ce qui vous attendait, vous auriez fui, à n'en point douter!

— Les portes sont-elles déjà fermées?

— Non, mais votre grand-mère est déjà là. Elle ne semble pas nous avoir vus, ajouta Hyacinthe en regardant lady Danbury s'installer plusieurs rangs derrière eux.

— Évidemment! Quelle entremetteuse, laissa-t-il échapper entre ses dents.

Hyacinthe allait se tourner vers la scène quand elle aperçut sa mère. Elle lui avait justement gardé un siège à sa droite. Violette fit semblant – quelle piètre comédienne! pensa Hyacinthe – de ne pas l'avoir repérée, et s'installa – quelle coïncidence! – juste à côté de lady Danbury.

— Eh bien, murmura Hyacinthe à mi-voix, nous voilà fort bien entourés !

Sa mère n'était pas connue pour sa subtilité légendaire, certes, mais elle aurait tout de même pu faire preuve d'un peu plus de discrétion ! Après la discussion de la veille, elle aurait au moins pu lui laisser deux ou trois jours de réflexion avant de partir en campagne. Depuis, Hyacinthe avait passé en revue tous les hommes rencontrés dans les rallyes mondains. Sa mère avait raison sur un point : elle s'était sentie fort mal à l'aise en compagnie de certains d'entre eux. Quant à ce gentleman, dont elle avait fait la connaissance lors de sa première saison… elle n'avait pu décrocher un mot ! C'était un bel homme, intelligent qui plus est, mais dès qu'elle sentait son regard se poser sur elle, Hyacinthe manquait de perdre pied. Puis, il y avait eu cet autre prétendant, que son frère Grégory lui avait présenté l'année passée. Quel esprit ! Elle avait trouvé son maître en matière de sarcasmes. Mais Hyacinthe s'était dit qu'après tout, elle ne l'aimait pas vraiment. « Mère, je ne puis épouser cet homme. Il doit être de ceux qui n'ont aucun scrupule à faire souffrir les animaux, avait-elle déclaré sur un ton solennel. »

La vérité était bien entendu toute autre. Quelle vérité, d'ailleurs ? Elle n'en savait rien. Même si elle cherchait à convaincre du contraire, eh bien, non, elle n'en savait rien du tout ! Il n'en était pas moins vrai qu'elle cherchait à éviter ce genre d'homme. Elle avait beau prétendre ne pas apprécier leur compagnie, cela sonnait étrangement faux.

Hyacinthe leva les yeux. Dans une pose sophistiquée qu'affectionnaient tant les Londoniens, Gareth Saint-Clair faisait la moue, traduisant ainsi un ennui amusé. Ce jeune homme pourrait dispenser des leçons de maintien à plus d'un gentleman.

— Vous avez l'air bien sérieuse pour une soirée d'« alexangroins », remarqua-t-il.

— Il y aurait donc du cochon de lait au menu ?

Gareth lui tendit alors le programme en soupirant.

— Je m'attends au pire.

Hyacinthe sourit. Il était vraiment drôle, subtil, intelligent. Mon Dieu ! Quel bel homme ! N'incarnait-il pas celui qu'elle attendait depuis si longtemps ?

— Tout va bien ? Vous aviez l'air si... dit-il en s'éclaircissant la gorge, si... Ah, vous me pardonnerez, mais je ne peux avouer pareille chose à une femme.

— Vous ne cherchez pourtant pas à m'impressionner, il me semble.

— Eh bien, pour tout dire, j'ai cru un instant que vous alliez défaillir !

— Jamais ! s'exclama-t-elle en regardant droit devant elle. Et sachez que je ne pratique pas la pâmoison, ne vous en déplaise, mon cher.

Non, Gareth Saint-Clair n'avait pas *toutes* les qualités requises, sûrement pas !

— Voilà que vous vous mettez en colère...

— Absolument pas, mon cher, répliqua-t-elle sur un ton enjoué.

Hyacinthe n'était pas peu fière de sa performance.

Gareth Saint-Clair a une terrible réputation, songea-t-elle. Avait-elle vraiment envie de s'allier à un homme qui avait connu tant de femmes ? Et contrairement à la majorité des jouvencelles, Hyacinthe savait bien ce que *connaître* veut dire. Non pas qu'elle ait eu quelque expérience en la matière, mais elle avait réussi à arracher de menus détails à ses sœurs aînées. Si Daphné, Éloïse et Francesca lui avaient juré que la chose était fort agréable, il allait sans dire que seul un mari fidèle pouvait remplir cet office, et monsieur Saint-Clair n'avait pas vraiment le profil requis ! Ses conquêtes se comptaient par dizaines ! Même si Hyacinthe noircissait le tableau, ne ferait-elle pas cependant piètre figure ? Elle savait de source sûre que sa dernière maîtresse n'était autre que l'Espagnole Maria Bartololado, soprano tout aussi louée pour sa beauté que pour sa voix. Même sa mère n'aurait osé prétendre que Hyacinthe pouvait rivaliser avec une femme aussi sublime. Entamer sa nuit de noces en se sachant loin d'être à la hauteur, quelle triste perspective !

— Je crois que le spectacle va commencer, soupira son acolyte.

Les valets de pied sillonnaient la pièce pour moucher les chandelles. Hyacinthe se tourna vers Gareth et vit son profil se découper dans la lumière d'un candélabre encore allumé.

— Serait-ce si terrible si je me ruais vers la sortie ? Qu'en dites-vous, mademoiselle Bridgerton ?

— Maintenant ? Ce serait impardonnable !

Gareth se rassit avec un soupir déçu. Hyacinthe, quant à elle, essayait d'ignorer le léger picotement qu'elle ressentait en sa présence.

Quelques secondes plus tard, elle entendit murmurer à ses côtés :

— Bêêê, bêêê…

Une heure et demie plus tard. Hélas, notre héros avait raison…
Il y avait bien du cochon au menu !

— Dites-moi, mademoiselle Bridgerton, avez-vous commencé la lecture du journal de ma grand-mère ?

— Je suis surprise que vous ne me l'ayez pas demandé plus tôt.

— La bergère m'aura distrait. Mais ne le répétez surtout pas à sa mère, elle en ferait toute une histoire. Puisque vous en parlez, qu'avez-vous appris à propos du journal ?

— Vous voulez savoir ? dit-elle, son visage s'éclairant soudain.

L'image peut paraître étrange, mais elle est juste : Hyacinthe brillait de mille feux chaque fois qu'elle pouvait s'affirmer, ce que, à sa plus grande surprise, Gareth trouvait charmant.

— Je n'ai lu que douze pages, pardonnez-moi. Ma mère m'a demandé de l'aider à rédiger des lettres cet après-midi et je n'ai donc pas pu y consacrer beaucoup de temps. Je ne lui en ai soufflé mot car je ne savais pas si la chose devait être tenue secrète…

Gareth songea alors à son père qui ne manquerait pas de vouloir mettre la main sur ce journal, ne serait-ce que pour que son fils honni ne l'ait pas.

— C'est un secret, jusqu'à nouvel ordre du moins. Mais dites-moi donc ce que vous y avez découvert ?

— Eh bien…

Hyacinthe fit la moue.

— Qu'y a-t-il ?

À en croire l'expression de son visage, Hyacinthe cherchait visiblement à lui annoncer des mauvaises nouvelles avec diplomatie.

— Je ne vois pas très bien comment vous dire cela sans vous offenser.

— C'est vrai qu'il s'agit de ma famille, après tout.

— Elle n'avait pas vraiment envie d'épouser votre grand-père.

— Bien, vous me l'avez déjà appris.

— Non, je veux dire qu'elle n'avait *vraiment pas envie* de l'épouser.

— Une femme d'esprit, marmonna Gareth. Les hommes de ma famille sont tous des brutes épaisses.

— Y compris vous-même ?

— L'occasion était trop belle, n'est-ce pas ? Comment résister ? murmura-t-il. Il aurait dû la voir venir, celle-là.

— Car vous, vous auriez résisté ? Je ne vous connaissais pas l'âme d'un saint.

— Soit, mais que raconte-t-elle d'autre ?

— Pas grand-chose. Elle n'avait que dix-sept ans lorsqu'elle a commencé son journal. C'était un mariage forcé, voulu par ses parents. Elle y a consacré trois pages dans lesquelles elle décrit son bouleversement.

— Son bouleversement ?

— Je dois avouer que c'était bien plus fort que ça…

— Bien. Nous en resterons là.

— Oui. C'est mieux ainsi.

— Décrit-elle leur rencontre ?

— Non, elle n'a commencé son journal qu'après les présentations. Elle fait néanmoins allusion à une soirée chez son oncle, peut-être qu'il s'agit de cela.

Gareth hocha la tête, l'air absent.

— Mon grand-père avait fait un grand voyage. Ils se sont rencontrés et se sont mariés en Italie, voilà tout ce que l'on m'a dit.

— Eh bien, je ne crois pas qu'il l'ait compromise, si c'est ce que vous voulez savoir, lui révéla enfin Hyacinthe. J'imagine qu'elle l'aurait mentionné dans son journal.

— Et vous ? Le feriez-vous ?

— Je vous demande pardon ?

— Si quelqu'un devait vous compromettre, ne l'écririez-vous pas dans votre journal ?

— Sachez que je ne tiens pas de journal, fit-elle rougissante.

— Mettons que vous en teniez un.

— Mais ce n'est *pas* le cas, fit-elle entre ses dents.

— Je ne vous savais pas si lâche !

— Car vous consigneriez sans doute tous vos petits secrets dans le vôtre ? rétorqua-t-elle.

— Bien sûr que non. Si quelqu'un venait à le trouver, cela pourrait porter préjudice aux personnes mentionnées.

— Les personnes ?

— Les femmes.

Cette fois-ci, Hyacinthe rosit. Gareth doutait qu'elle s'en soit aperçue, mais voilà qui la rendait plus ravissante encore et soulignait les taches de rousseur de son nez. Toute autre femme se serait déjà scandalisée, ou tout au moins, fait semblant, mais pas Hyacinthe, même si cette conversation n'était guère convenable. Il observa ses lèvres se pincer légèrement. Peut-être cherchait-elle à cacher son embarras, peut-être se retenait-elle de répondre... Comment savoir ?

C'était sans doute difficile à croire, mais il s'amusait. Oui, il s'amusait vraiment.

— Êtes-vous vraiment aussi mauvais qu'on veut bien le dire ?

Gareth tressaillit. Elle l'avait pris par surprise.

— Non, finit-il par admettre, mais ne le répétez surtout pas.

— C'est bien ce que je pensais, dit-elle, songeuse.

Il y avait quelque chose dans le ton de sa voix qui ne lui disait rien qui vaille. Non, Hyacinthe Bridgerton ne devait pas s'intéresser à sa personne. Car, si d'aventure elle persistait dans cette voie, il craignait fort qu'elle finisse par voir clair dans son jeu... et il ne savait pas très bien ce qu'elle en penserait.

— Votre grand-mère arrive.

— Tiens donc, s'exclama-t-il, soulagé de pouvoir enfin changer de sujet. Voulez-vous tenter la fuite ?

— Trop tard ! Regardez, elle a réussi à entraîner ma mère dans son sillage.

— Gareth ! retentit la voix stridente de sa grand-mère.

— Grand-Maman, c'est toujours un plaisir de vous voir.

— À n'en pas douter.

— Lady Bridgerton.

— Monsieur Saint-Clair. Cela fait des lustres.

— Je n'assiste que rarement à de tels spectacles.

— Je sais. Votre grand-mère m'a avoué qu'elle avait dû vous forcer la main.

— Mais vous allez ruiner ma réputation, bonne-maman !

— Pour cela, vous vous débrouillez très bien tout seul, mon ami, lui lança lady Danbury.

— Je crois savoir ce que monsieur Saint-Clair veut dire, interrompit Hyacinthe. Imaginez un peu que l'on vienne à apprendre que ce gentleman si fier et plein d'audace n'est, en fait, qu'un cœur d'artichaut !

Un silence gêné plana sur l'assemblée. Hyacinthe venait de s'apercevoir que tout le monde avait parfaitement compris la remarque de Gareth et que son intervention était tout à fait inutile. Le jeune homme eut pitié d'elle et changea de sujet, avant de prendre congé, prétextant d'autres engagements.

— Nous vous verrons mardi soir, n'est-ce pas ? s'enquit lady Bridgerton avec un grand sourire.

— Mardi ? demanda-t-il, comprenant soudain la signification de ce sourire.

— Mon fils et sa femme donnent un grand bal. Vous avez dû recevoir un carton, n'est-ce pas ?

C'était certain, mais Gareth les mettait la plupart du temps à la corbeille sans même les ouvrir.

— Je vous promets, poursuivit lady Bridgerton, que les licornes resteront au vestiaire.

Piégé. Un véritable coup de maître.

— Dans ce cas, comment pourrais-je refuser ?

— Parfait. Je suis sûre que Hyacinthe sera ravie de vous voir.

— Je ne puis dissimuler ma joie, murmura Hyacinthe.

— Hyacinthe ! Rassurez-vous, monsieur Saint-Clair, ma fille ne le pense pas vraiment.

Gareth se tourna vers Hyacinthe :

— Quelle déception !

Puis, s'adressant à l'ensemble du groupe :

— Mesdames, je vous salue.

Pendant le reste de la soirée, Gareth ne put oublier le parfum envoûtant de Hyacinthe… Ou peut-être était-ce l'écho de son rire cristallin ? Ou encore son regard pétillant ?

CHAPITRE SIX

L *e mardi suivant, nous retrouvons notre héroïne au bal que donnent les Bridgerton. On a allumé les chandelles, la musique bat son plein, et il y a de la romance dans l'air... Sauf pour Hyacinthe. C'est ce soir qu'elle apprend que les amis peuvent être tout aussi vexants que la famille. Et parfois même plus.*

— Tu sais quoi, Hyacinthe ? Je pense que tu devrais épouser Gareth Saint-Clair.

La jeune fille regarda sa meilleure amie, Felicity Albansdale, d'un air stupéfait. Épouser Gareth Saint-Clair ? Elle n'était certainement pas prête à admettre que telle était son intention, même si, à dire vrai, cette idée l'avait effleurée. Mais, quoi ! Cela se voyait-il donc tant que cela ?

— Tu as perdu la tête, Felicity.

Depuis plusieurs jours, le souvenir de Gareth Saint-Clair, de sa grand-mère, du journal intime d'Isabella Marinzoli, hantaient ses pensées. Mais Hyacinthe n'allait pas clamer sur tous les toits que, oui, à la réflexion, il se pourrait qu'elle ait quelque *penchant* pour cet homme. Pour être honnête, elle se demandait comment fréquenter cet homme sans pour autant perdre toute dignité. Véritable défi pour une jeune fille qui n'aimait guère faire les choses à moitié !

— Pas du tout, rétorqua Felicity en observant Gareth Saint-Clair à l'autre bout de la salle de bal. C'est l'homme qu'il te faut, crois-moi sur parole.

— Sottises ! Je le connais à peine.

— Personne ne le connaît, ma chère Hyacinthe. Gareth Saint-Clair est une énigme.

— Je trouve le terme assez mal approprié. C'est bien trop romantique, voyons !

— Bien sûr que si ! Que savons-nous de lui ? Rien. Donc...

— Donc rien du tout ! Et je ne vais certainement pas l'épouser.

— Il faudra bien que tu finisses par te marier. Tu ne veux pas finir vieille fille, rassure-moi ?

— Et voilà ! Voilà ce qui arrive lorsque les gens se marient, déclara Hyacinthe avec dégoût. Il faudrait que tout le monde leur emboîte le pas sans plus attendre !

— C'est une noble perspective, répondit Felicity en haussant les épaules. Elle avait épousé Geoffrey Albansdale six mois plus tôt.

— Une fois pour toutes, c'est non ! Je ne jetterai pas mon dévolu sur Gareth Saint-Clair !

— M'est avis que mademoiselle proteste avec un peu trop de véhémence…

Hyacinthe serra les dents.

— Mademoiselle a déjà protesté *deux fois* ! renchérit Felicity. Si tu veux bien y accorder un instant de réflexion…

— Que nenni, ma chère ! lança Hyacinthe.

— Il t'apparaîtra pourtant que c'est le mari *idéal*.

— Ah oui ? Et comment cela se fait-il ?

— C'est le seul homme qui, à ma connaissance, saurait te tenir tête. Tu n'oserais, pardon, tu ne pourrais avoir le dernier mot avec lui.

Piquée à vif, Hyacinthe la regarda longuement sans rien dire. Entre les réflexions de Felicity et la conversation qu'elle avait eue avec sa mère, décidément…

— Excuse-moi, Felicity. J'ai réagi un peu trop violemment. C'est juste que… Eh bien, je ne me sens pas très bien depuis quelques jours…

Hyacinthe cachait bien son jeu ou, du moins, c'est ce qu'elle croyait. Mais elle était en proie à une telle tempête intérieure, qu'elle en venait à se demander qui de sa mère ou de Gareth l'avait mise dans cet état-là.

— Ne t'inquiète pas, Hyacinthe. Tu auras sans doute attrapé un coup de froid. Tout le monde semble un peu souffrant ces derniers temps.

Hyacinthe se garda bien de la contredire. Elle aurait été ravie d'apprendre que ce n'était qu'un banal rhume.

— Je sais que tu t'amuses bien en sa compagnie. On m'a rapporté que vous aviez assisté ensemble au concert des Smythe-Smith, puis à la récitation de poésie chez les Pleinsworth…

— C'était une pièce. Nos hôtes ont changé le programme à la dernière minute.

— Ma pauvre Hyacinthe, j'aurais pourtant cru que tu aurais réussi à t'épargner au moins un de ces deux pensums.

— Ce n'était pas si horrible, tu sais, Felicity.

— Assurément. À propos, n'étais-tu pas assise aux côtés de monsieur Saint-Clair ?

— Tu es incorrigible ! rétorqua Hyacinthe en détournant les yeux.

Elle avait bien trop peur que Felicity ne comprenne ce qui la préoccupait. Elle pouvait toujours lui mentir, mais encore fallait-il savoir se montrer convaincante. Et face à sa meilleure amie, c'était peine perdue. Après tout, Felicity ne faisait que lui rendre la monnaie de sa pièce. Combien de fois l'avait-elle taquinée avant son mariage ? Des dizaines ? Des centaines de fois ?

— Hyacinthe, tu devrais lui accorder une danse.

— Encore faudrait-il qu'il me sollicite, ma chère Felicity. Tu ferais une bien piètre entremetteuse, tu sais !

— Que tu crois, ma chère ! Attends un peu et tu verras bien. Surtout, reste bien en vue pour qu'il remarque ta présence. C'est tout ce que tu as à faire.

— Je ne vais tout de même pas lui courir après !

Felicity laissa échapper un gloussement.

— Mais, dis-moi Hyacinthe, tu l'aimes donc vraiment ? Oh, comme c'est charmant ! Je n'aurais jamais…

— Je ne l'aime pas, l'interrompit sèchement Hyacinthe. Je pense que je devrais, peut-être, envisager de considérer un tant soit peu cette question.

— Peut-être pourrais-tu également envisager de parler plus simplement, non ? Si tu crois t'en tirer à grand renfort de phrases alambiquées. Reprenons : tu l'aimes donc tant ?

— Je ne le hais point, voilà tout.

— Eh bien, tu n'en as jamais dit autant d'un autre homme, souligna Felicity.

— Soit. De là à me prêter des sentiments amoureux… De toute façon, je ne l'intéresse pas. Regarde plutôt.

Hyacinthe tourna les yeux vers Gareth qui dansait avec Jane Hotchkiss, jeune fille fort charmante, fort blonde et à la taille fort menue. Il avait l'air de boire chacune de ses paroles.

— Qu'est-ce que tu racontes ? Il n'oserait pas ignorer la sœur de la maîtresse de maison. Et puis, imagine un peu les reproches de sa grand-mère s'il manquait à ses devoirs de gentleman !

— Felicity, tu es trop bonne ! Je savais que je pouvais compter sur ma meilleure amie. Je me sens tellement plus séduisante maintenant !

— Je ne t'ai jamais vue dans cet état. Je dois confesser que ce n'est pas pour me déplaire.

— Tu m'en vois fort aise, grommela Hyacinthe soudainement interrompue par le cri de stupeur que venait de laisser échapper son amie.

— Qu'y a-t-il ? demanda Hyacinthe.

— Son père, répondit Felicity à mi-voix en indiquant lord Saint-Clair d'un signe de la tête.

Hyacinthe se retourna vivement, sans même chercher à cacher son intérêt pour la scène. Mon Dieu ! Lord Saint-Clair ! Tout le monde connaissait la querelle qui opposait le père et le fils, mais on continuait à les inviter tous deux comme si de rien n'était. Les deux hommes semblaient avoir le don, ô combien remarquable, de n'apparaître qu'en l'absence de l'autre. Et c'était fort heureux : à n'en pas douter, les maîtresses de maison se seraient retrouvées bien embarrassées s'il l'un d'eux avait fait un scandale. Il fallait pourtant bien que cela arrivât un jour.

Gareth avait-il vu son père ? Le jeune homme était en train de rire à quelque bon mot de mademoiselle Hotchkiss. Non, il ne se doutait de rien, sans quoi il n'afficherait pas un air si détendu. Ah, mais lord Saint-Clair n'avait-il pas justement remarqué son fils au milieu des convives ? Son visage venait de se fermer d'un coup.

— Que comptes-tu faire ? murmura Felicity.

Faire ? pensa Hyacinthe en regardant tour à tour Gareth, puis lord Saint-Clair qui tourna les talons et sortit de la salle pour se rendre sans doute au fumoir où ces messieurs jouaient aux cartes. Mais rien n'assurait qu'il ne reviendrait pas.

— Agis, la pressa Felicity. Il le faut !

Hyacinthe était bien embarrassée : au nom de quoi interviendrait-elle, elle qui ne s'était jamais immiscée dans les histoires d'autrui. Or, cette fois, c'était différent. Gareth était… eh bien, c'était son ami, en quelque sorte, même si cette idée était fort troublante. Il fallait impérativement qu'elle lui parle : elle venait de passer toute la matinée et une bonne partie de l'après-midi à traduire le journal de sa grand-mère. Gareth voudrait savoir ce qu'elle y avait découvert. Et puis, si d'aventure elle parvenait à éviter une confrontation avec son père... ne serait-elle pas l'héroïne du jour ? Personne ne le saurait, à part Felicity bien sûr, mais elle aurait tout de même remporté une sacrée victoire !

— Je vais lui demander de m'accorder cette danse, annonça Hyacinthe.

— Vraiment ? répondit Felicity en écarquillant les yeux.

Hyacinthe était une « originale », tout le monde le savait, mais de là à oser inverser les rôles !

— Je ne vais pas en faire toute une histoire. Tu seras la seule à le savoir, avec monsieur Saint-Clair, évidemment.

— Et tous ceux qui se trouveront à côté de lui à ce moment-là. Et puis tous ceux à qui on ne manquera pas de colporter ce potin croustillant, et puis ceux...

— Tu sais ce que j'apprécie dans notre amitié ? l'interrompit Hyacinthe.

Felicity fit non de la tête.

— Eh bien voilà. Je vais te planter là, et je sais que tu ne te vexeras pas mortellement.

— Tous mes vœux t'accompagnent ! lui lança Felicity, alorsq que Hyacinthe s'était déjà volatilisée.

Gareth avait toujours apprécié Jane Hotchkiss. Sa sœur avait épousé son cousin préféré, c'est pourquoi ils se retrouvaient de temps à autre chez sa grand-mère, lady Danbury. Qui plus est, il pouvait s'aventurer à danser avec elle sans que cette dernière, Dieu merci, n'aille lui prêter quelque intention matrimoniale.

— Que cherchez-vous ? lui demanda Jane Hotchkiss.

— Rien, répondit Gareth. Rien du tout.

— Très bien, fit-elle, un rien exaspérée. *Qui* cherchez-vous dans ce cas ? Et ne me répondez pas « personne ». Je vous ai bien vu tendre le cou pendant toute cette danse !

— Jane, votre imagination est sans limites.

— Quel piètre menteur vous faites !

Jane avait raison, bien sûr qu'elle avait raison. Cela faisait au moins vingt minutes que Gareth scrutait la salle en quête de Hyacinthe Bridgerton. Il avait cru l'apercevoir avant de rencontrer son amie ; mais non, ce n'était que l'une de ses nombreuses sœurs. Les enfants Bridgerton se ressemblaient tant que c'en était diabolique ! Comment les distinguer depuis l'autre bout de salle ?

L'orchestre égrena les dernières notes du morceau et Gareth prit Jane par le bras pour l'entraîner hors de la piste.

— Comment pourrais-je jamais vous mentir, Jane ? Je vous le demande en vérité.

— Vous m'en direz tant, mon cher Gareth… Vos yeux vous trahissent, vous savez. Chaque fois que vous mentez, vous prenez cet air si sérieux qui ne vous ressemble guère.

— Impossible. La chaleur vous aura brouillé la vue…

— Sornettes ! Allons, avouez… Oh ! Bonsoir, mademoiselle Bridgerton.

Gareth se retourna brusquement : Hyacinthe se tenait là, tel un mirage nimbé de soie bleue. Qu'a-t-elle fait à ses cheveux, se demanda Gareth, lui qui s'intéressait pourtant si rarement à ce genre de détail. Sa chevelure ambrée encadrait son visage au point qu'on eut cru voir un camée.

— Mademoiselle Hotchkiss, quel plaisir de vous revoir.

— Lady Bridgerton organise toujours des soirées fabuleuses. Vous lui transmettrez mes amitiés.

— Je n'y manquerai pas, mademoiselle. Au cas où vous souhaiteriez le lui dire en personne, ma belle-sœur se trouve justement là-bas, juste à côté du champagne, indiqua Hyacinthe.

Tiens, tiens. Elle veut me parler seul à seul, songea Gareth en haussant les sourcils.

— Ah oui, je vois, murmura Jane qui avait parfaitement compris l'allusion. Mieux vaut que j'aille la saluer moi-même. Je vous souhaite à tous deux une très agréable soirée.

— Fine mouche, remarqua Hyacinthe.

— Vous n'avez pas été très subtile…

— Certes, Gareth, mais depuis quand suis-je censée l'être ? C'est quelque chose d'inné, je le crains fort.

— Maintenant que je suis tout à vous, quel bon vent vous amène, ma chère Hyacinthe ?

— Le journal de votre grand-mère ne vous préoccupe-t-il donc plus ?

— Bien sûr que si.

— Vous dansez ?

— C'est *vous* qui invitez ce soir ? répondit Gareth, ravi.

Elle le foudroya du regard.

— Ah, mais revoilà la véritable mademoiselle Bridgerton dans toute sa splendeur boudeuse, la taquina-t-il.

— M'accorderez-vous cette danse, oui ou non ? rugit-elle.

Gareth comprit l'embarras de Hyacinthe. La jeune fille ne donnait pourtant jamais l'impression d'être en reste, mais elle était terrorisée à l'idée de devoir l'inviter à danser. Que c'était drôle !

— J'en serais ravi, répondit-il immédiatement. Puis-je vous conduire jusqu'à la piste, ou bien vous en réservez-vous le privilège ?

— Faites donc, rétorqua-t-elle avec la majesté d'une reine.

Une fois sur la piste, Hyacinthe perdit de sa superbe et ne cessait de jeter des coups d'œil dans la salle.

— Qui cherchez-vous donc ? demanda Gareth, faisant ainsi écho à Jane Hotchkiss.

— Personne, répondit Hyacinthe en plantant ses yeux dans les siens avec une telle vivacité qu'il faillit avoir un mouvement de recul. Qu'y a-t-il de si drôle ?

— Rien. N'essayez pas de me faire croire que vous ne cherchiez personne, même si je dois avouer que vous êtes une très bonne comédienne.

— Mais c'est parce que je vous dis la vérité, mon cher. Dansons, voulez-vous.

L'orchestre venait de jouer les premières notes d'une valse.

— Quelle menteuse vous faites, Hyacinthe Bridgerton, murmura-t-il. Mais vous n'êtes pas aussi convaincante que vous le croyez.

Dès la troisième mesure, Gareth comprit que cette valse serait unique. Il aurait dû se douter qu'elle essaierait de mener ! Qui plus est, on ne pouvait pas dire que Hyacinthe Bridgerton avait le sens du rythme ! Mais Gareth s'amusait follement. Peut-être était-ce parce que Hyacinthe semblait d'habitude si douée en toute chose. Il avait même entendu qu'elle avait récemment défié un jeune cavalier à la course, et qu'elle avait battu son cheval à plates coutures. À n'en point douter, si elle se mettait à l'escrime, elle pourfendrait ses adversaires en deux temps trois mouvements.

— Alors, mademoiselle Bridgerton, dit-il dans l'espoir que cette conversation suffise à la distraire pour pouvoir enfin reprendre la direction de cette valse. Où en êtes-vous de cette traduction?

— Je ne suis parvenue qu'à traduire une dizaine de pages depuis notre dernière conversation. Ce n'est peut-être pas beaucoup...

— C'est déjà amplement suffisant, commenta-t-il en la tenant un peu plus fermement.

Encore un effort, et il parviendrait, sait-on jamais, à la faire tourner...

À gauche.

Ouf!

Il n'avait jamais dansé valse plus épuisante.

— Eh bien, comme je vous l'ai dit, je ne lis pas couramment l'italien. C'est pourquoi je ne vais pas aussi vite que si je lisais un roman.

— Inutile de vous excuser, la rassura-t-il en la tirant vers la droite.

Hyacinthe lui marcha alors sur le pied. Ce qu'il aurait interprété, en temps normal, comme une mesure de rétorsion, n'était qu'un accident.

— Pardon, marmonna-t-elle, rougissante. Je suis d'ordinaire moins maladroite.

Gareth se mordit la lèvre. Non, il ne pouvait pas décemment se moquer d'elle au risque de la froisser. Il la soupçonnait de ne pas avoir la moindre idée de l'étendue de son incompétence. Et puis, elle semblait plus susceptible qu'elle ne voulait l'admettre. Voilà qui expliquait pourquoi elle se sentait obligée de lui rappeler sans arrêt qu'elle ne parlait pas couramment l'italien.

— J'ai dû établir la liste des mots que je ne connaissais pas. Je vais l'expédier à mon ancienne gouvernante. Elle habite encore dans le Kent et je suis sûre qu'elle sera ravie de m'aider. Mais...

Hyacinthe laissa échapper un petit grognement désapprobateur. Gareth venait de la forcer à valser à gauche.

— Mais, poursuivit-elle avec obstination, j'arrive quand même à en saisir le sens général.

— Je n'en doute pas, ma chère Hyacinthe. Pourquoi n'achetez-vous pas un dictionnaire italien? J'en couvrirai les frais.

— J'en ai déjà un, mais il n'est pas très bon. Il manque la moitié des mots.

— La moitié?

— Enfin... une bonne partie, corrigea-t-elle. Mais là n'est pas le problème.

Il cligna des yeux, curieux de connaître la suite.

— Je ne pense pas que l'italien soit la langue maternelle de l'auteur.

Hyacinthe s'interrompit, soudain absorbée par ses pensées. Puis elle haussa les épaules, manquant par conséquent un temps.

— Cela n'a guère d'importance. J'avance bien, même si c'est un peu lent. J'en suis au passage où votre grand-mère relate son arrivée en Angleterre.

— En l'espace de dix pages?

— Vingt-deux au total, corrigea Hyacinthe. Isabella Marinzoli n'écrivait pas tous les jours. Il lui arrivait même de sauter des semaines entières. Elle n'a consacré qu'un seul paragraphe à la traversée en bateau... Juste le temps d'exprimer sa délectation face au mal de mer dont souffrait votre grand-père...

— On s'amuse comme on peut, murmura Gareth.

Hyacinthe acquiesça.

— Et puis, elle, ah... comment vous dire? Elle n'a fait aucune mention de sa nuit de noces.

— Nous pouvons sans doute nous estimer heureux.

Pour rien au monde Gareth n'aurait voulu entendre parler des ébats de sa grand-mère paternelle, et, quant à ceux de lady Danbury, par pitié! il ne s'en remettrait pas!

— Gareth, pourquoi avez-vous l'air soudain si contrarié?

— Il y a des choses dont on ne devrait jamais entendre parler, surtout lorsqu'il s'agit de ses grands-parents.

Hyacinthe sourit.

Gareth retint son souffle un instant, puis il finit par se dérider. Le sourire de Hyacinthe avait décidément quelque chose de contagieux. Comment résister? Dans ces moments, son visage se

métamorphosait, son regard s'illuminait, ses joues rosissaient...
Elle était si belle ! Bizarrement, Gareth ne l'avait jamais remarqué
auparavant. Depuis que Hyacinthe avait fait son entrée dans les
salons mondains, il n'avait d'ailleurs jamais entendu personne
vanter sa beauté. Peut-être que les autres hommes se concentraient
tant sur ses propos de peur de perdre le fil de la conversation,
qu'ils en oubliaient de l'admirer.

— Monsieur Saint-Clair ? Monsieur Saint-Clair ?

Gareth baissa les yeux vers sa cavalière qui avait un air
impatient. Combien de fois avait-elle prononcé son nom avant
qu'il réagisse enfin ?

— Au vu des circonstances, vous auriez pu tout aussi bien
m'appeler par mon prénom.

— Excellente idée. N'hésitez pas à faire de même.

— Hyacinthe, fredonna-t-il, comme cela vous va bien.

— C'était la fleur préférée de mon père, expliqua-t-elle. Il
adorait les muscaris. Ils fleurissent en abondance près de notre
résidence dans le Kent. Ce sont les premières fleurs du printemps.

— Elles ont la couleur de vos yeux, Hyacinthe.

— C'est une heureuse coïncidence.

— Votre père a dû être ravi en vous voyant naître.

— Il n'était pas là, dit-elle en baissant les yeux pour cacher son
émotion. Il est mort avant ma naissance.

— Je suis navré.

Gareth ne connaissait pas très bien les Bridgerton, mais,
contrairement aux Saint-Clair, ils formaient une famille unie.

— Ce n'est pas grave. Il ne devrait pas me manquer. Je ne l'ai
jamais connu. Mais parfois, j'avoue que... Oui, il me manque.

— Il est difficile de ne pas connaître son père.

Hyacinthe acquiesça. Gareth trouvait étrange qu'elle évitât
ainsi son regard, mais cela avait quelque chose d'attendrissant.
Jusqu'à présent, ils n'avaient échangé que bons mots et petits
potins. C'était la première fois qu'elle se dévoilait enfin un peu.

La jeune fille sortit un instant de sa rêverie : Gareth venait de la
faire valser à gauche d'une main experte. Il ne put s'empêcher de
sourire car elle était bien meilleure maintenant qu'elle pensait à
autre chose. La jeune fille le regarda enfin avec une détermination
et une force soudaines.

— Voulez-vous connaître la suite de l'histoire ?

— Bien entendu, ma chère.

— Il me semble que cette danse s'achève. Pourquoi n'irions-nous pas nous entretenir tranquillement pendant quelques minutes ?

La valse s'acheva. Gareth recula d'un pas pour saluer sa cavalière.

— Vous permettez ? murmura-t-il en lui tendant le bras.

Hyacinthe acquiesça. Cette fois-ci, il ne vit pas d'objection à ce que ce soit *elle* qui conduise...

CHAPITRE SEPT

*D*ix *minutes plus tard, dans le hall.*

Gareth n'aimait guère les grands bals ; il faisait trop chaud, et la foule l'agaçait. Et même s'il adorait danser, il se retrouvait la plupart du temps à faire la conversation à des gens sans grand intérêt. Mais, pensa-t-il en se dirigeant vers le hall d'entrée de Bridgerton House, cette soirée n'est pas des plus déplaisantes... Au contraire.

Après avoir dansé avec Hyacinthe, il l'avait accompagnée dans un coin de la salle. La jeune femme avait bien avancé dans sa lecture : Isabella venait d'arriver en Angleterre, et son récit ne laissait rien augurer de bon. Elle avait glissé alors qu'elle sortait du canot qui l'avait conduite jusqu'au rivage, et son premier contact avec le sol anglais n'avait rien de très glorieux : la pauvre femme s'était retrouvée les fesses plantées dans la boue des rivages de Douvres. Belle entrée en matière ! Son mari n'avait, bien entendu, pas levé le petit doigt pour lui venir en aide.

Gareth se demandait comment elle avait fait pour supporter ça. À sa place, il aurait tourné les talons et serait reparti *illico presto* pour l'Italie. Certes, comme le lui avait appris Hyacinthe, sa grand-mère n'avait plus grand-chose à faire là-bas. Isabella n'avait-elle pas supplié ses parents à plusieurs reprises de ne pas, pour l'amour de Dieu, de ne *surtout pas* la forcer à épouser cet anglais ? En vain ! Ils avaient insisté et ne lui auraient certainement pas réservé le meilleur accueil !

Mais Gareth ne pouvait décemment rester plus longtemps en compagnie d'une jeune fille sans susciter quelques potins. C'est pourquoi, une fois achevé le récit des aventures d'Isabella Marinzoli, il tira sa révérence et en profita pour s'éclipser. L'heure n'était pas très avancée et il ne voyait pas pourquoi il ne rejoindrait pas son club de gentlemen, ou, pourquoi pas, quelque tripot.

Il pourrait aussi rendre visite à sa maîtresse, après tout. Cela faisait déjà un moment qu'il ne l'avait pas vue. Il n'avait certes pas la fortune requise pour entretenir une cantatrice et lui offrir le train de vie auquel elle était habituée, mais, par chance, l'un de ses anciens amants lui avait fait don d'une petite maison à Bloomsbury. Une charge de moins pour Gareth. En revanche, sa maîtresse ne voyait pas pourquoi elle lui devrait fidélité puisque, après tout, il ne lui réglait pas ses factures. Quoi qu'il en soit, Bloomsbury n'était pas à deux pas. Il s'épargnerait ainsi la location d'une voiture, car il avait profité de la calèche de sa grand-mère pour se rendre au bal.

Gareth fit ses adieux à quelques connaissances et gagna le hall presque désert. La salle est pourtant bondée, songea-t-il en se dirigeant vers la sortie. Puis, se ravisant, il prit le chemin des commodités, saluant au passage deux gentlemen qui quittaient la pièce, visiblement hilares. La porte principale était fermée, et Gareth s'assit dans la petite salle d'attente avant d'entonner un petit air égrillard qu'il affectionnait tout particulièrement :

—*Un dimanche sous les branches, le ciel était radieux*
Je partis pour la Bohème, le seul pays où l'on aime
Une Anglaise aux yeux d'braise se promenait flegmatiquement.

— Vous ? J'aurais dû m'en douter !

Gareth s'arrêta net en voyant son père sortir des cabinets, puis il reprit sa chanson en détachant bien chaque syllabe :

Veux-tu que j'sois ton amant, lui demandai-je impertinent...

La mâchoire de son père se contracta. S'il y avait bien une chose que lord Saint-Clair détestait par-dessus tout, c'était bien les chansonnettes…

— Je m'étonne qu'on vous ait laissé entrer, lui lança-t-il sur un ton faussement détaché.

Gareth haussa les épaules avec désinvolture.

— Rouge ou bleu, notre sang reste invisible aux yeux des autres. C'est amusant, vous ne trouvez pas ? Tout le monde pense que je suis votre fils. N'est-ce pas tout simplement…

— Cessez cela ! Mon Dieu, comme si vous voir ne suffisait pas, il faut encore que je vous entende ! Vous êtes répugnant !

— Comme c'est étrange, je me porte fort bien pour ma part. L'air du bal vous aura été fatal…

Malgré son insolence, Gareth n'en menait pas large. Il sentait son pouls s'accélérer, son cœur se serrer peu à peu, et il avait de plus en plus de mal à respirer. Si seulement il avait pu partir sur le champ… Ce n'est qu'au prix d'efforts titanesques qu'il parvenait à se contenir. Il lui était impossible de rester de marbre face à cet homme qui le traitait comme le dernier des vauriens. Aussi, Gareth savait qu'il fallait mettre un terme à cette conversation au plus vite, car il risquait de faire quelque chose qu'il pourrait regretter. Il se trouvait chez les Bridgerton, et il n'allait tout de même pas y faire un esclandre.

— Si vous voulez bien m'excuser, dit Gareth en tentant de forcer le passage.

Mais lord Saint-Clair lui barra le chemin, l'obligeant à lui faire face.

— Elle ne voudra jamais de vous, fit-il, condescendant.

— De quoi parlez-vous ?

— La petite Bridgerton. Si vous croyez que je ne vous ai pas vu, hors d'haleine et la langue pendante, à courir derrière ses jupons !

Gareth ne broncha pas. Il avait l'impression d'avoir été trahi. Comme si le baron s'était caché pour l'espionner et le piéger. Le jeune homme n'avait rien vu et s'était diverti comme jamais. Et voilà que lord Saint-Clair venait tout gâcher d'une remarque.

— Vous n'avez donc rien à répondre ?

Gareth haussa un sourcil en indiquant le pot de chambre qui se trouvait dans le cabinet.

— Rien ! À moins que vous ne souhaitiez continuer cette conversation aux toilettes ?

— Vous en seriez capable ! rétorqua le baron avec dégoût.

— Eh bien oui, ne vous en déplaise.

— Vous êtes abominable !

— J'ai de qui tenir !

Uppercut ! songea Gareth. Le baron bouillait.

— À l'heure qu'il est, votre frère doit se retourner dans sa tombe.

À ces mots, Gareth perdit tout contrôle et plaqua sauvagement lord Saint-Clair au mur, prêt à l'étrangler.

— Comment osez-vous ? C'était mon frère !

— C'était mon fils, et vous, un chien galeux ! lui cracha le baron au visage.

La douleur de la perte n'en était que plus violente : c'était comme si un gouffre béant s'était ouvert dans son cœur sans qu'il sache comment le combler.

— C'était mon frère ! hurla-t-il, au bord de l'asphyxie. Je l'aimais.

Gareth lâcha le baron et recula d'un pas pour le regarder reprendre son souffle. Il fallait partir, sortir sur le champ. Partir, loin, n'importe où.

— Jamais, vous m'entendez, jamais mademoiselle Bridgerton ne voudra de vous !

— Je ne veux pas de mademoiselle Bridgerton.

Le baron éclata de rire.

— Bien sûr que si. Elle est tout ce que vous n'êtes pas. Tout ce que vous aimeriez tant pouvoir être !

Gareth s'efforça de garder son calme.

— Eh bien, oui, je l'avoue, lança-t-il avec ce petit sourire effronté que détestait tant son père, j'aime les femmes, que voulez-vous ! Et jusqu'à preuve du contraire, mademoiselle Bridgerton appartient à la gent féminine.

— Raison de plus pour qu'elle vous éconduise, pauvre fou !

— Je ne me souviens pas lui avoir demandé sa main.

— Bah… cela fait une semaine que vous êtes pendu à ses basques. Tout le monde en parle dans les salons.

— Mademoiselle Bridgerton est très proche de ma grand-mère.

Lord Saint-Clair fit la grimace. Lady Danbury et lui s'étaient toujours cordialement détestés et lorsqu'il leur arrivait de s'adresser la parole, elle lui tenait la dragée haute. Elle était comtesse, et il n'était que baron, ce qu'elle ne manquait jamais de lui rappeler.

— Voilà sans doute pourquoi cette jeune femme tolère votre présence.

— Vous devriez l'interroger vous-même, rétorqua Gareth sur le ton de l'indifférence.

— Vous vous comportez comme un idiot et vous n'êtes pas à la hauteur. Prétendre épouser une Bridgerton ! Laissez-moi rire… Vous ne ferez pas illusion très longtemps, croyez-moi !

Gareth garda le silence, trop en colère pour s'abaisser à répondre.

— Je me demande quel laquais a bien pu vous engendrer.

Jamais lord Saint-Clair ne s'était montré aussi direct. Il l'avait traité de bâtard de fortune, de vaurien, d'avorton, sans compter les noms d'oiseaux dont il avait affublé sa mère ! Mais, il n'avait jamais abordé cette question aussi franchement.

— Vous le savez sans doute mieux que moi ?

— Non. Votre sotte de mère s'entêtait à garder le silence, mais on peut s'attendre à tout de la part d'une catin !

— Ma mère en aimait un autre, voilà ce qui vous ronge les entrailles comme une lèpre, n'est-ce pas ?

Pendant un instant, Gareth crut que le baron allait le frapper, mais, au dernier moment, lord Saint-Clair recula d'un pas et le toisa du regard.

— Je n'ai jamais aimé votre mère, déclara-t-il solennellement.

— Le contraire m'eût étonné. Ce mariage n'était manifestement pas un mariage d'amour. Seul comptait votre orgueil, comme toujours !

— Oui, je l'admets, quitte à vous donner ce plaisir. Je veux savoir qui s'est vautré sur son ventre lubrique dont vous êtes l'infâme rejeton ! Vous êtes *l'incarnation* de ses péchés. Et jamais, non, jamais, vous ne saurez quel est ce sang qui coule dans vos veines. Jamais vous ne connaîtrez celui qui n'a pas suffisamment aimé son fils pour le reconnaître.

La violence des propos laissa Gareth abasourdi. Il aurait voulu le couvrir d'injures, mais les mots s'étranglaient dans sa gorge.

— Pensez-y, la prochaine fois que vous demanderez à mademoiselle Bridgerton de vous accorder une danse. Vous n'êtes probablement guère plus que le fils d'un ramoneur, ou peut-être d'un valet de pied. Nous avons toujours employé de jeunes paysans vigoureux venus en ville quérir un emploi. Votre mère aura su les accueillir comme il se doit ! Vous êtes ignoble, conclut lord Saint-Clair en se dirigeant vers la porte.

— Certes, mais je suis votre *fils*, rétorqua Gareth avec un sourire cruel. Je suis le fruit d'un couple légitimement marié... Et si la semence qui m'a conçue n'était pas la vôtre, Dieu en soit remercié.

Le baron jura puis, tremblant de colère, s'agrippa à la poignée de la porte.

— Comment pouvez-vous continuer à vivre avec un tel fardeau, *père*?

— N'essayez pas de paraître plus que ce que vous n'êtes en vérité. C'est trop pénible à voir! N'avez-vous donc aucune fierté?

Le baron sortit de la pièce en trombe sans lui laisser le temps de répondre. Le jeune homme resta immobile durant plusieurs secondes, serrant les poings et les dents pour ne pas laisser échapper le hurlement qu'il réprimait avec peine. Le baron avait fait mouche.

— Monsieur Saint-Clair!

Hyacinthe.

Elle se tenait là, seule, dans le hall. Charmante. Respirant la joie de vivre. Elle, au moins, avait une famille digne de ce nom. Elle savait qui elle était et d'où elle venait.

— Est-ce que tout va bien?

Gareth resta silencieux.

— J'ai vu votre père, poursuivit-elle d'une voix douce. Il avait l'air furieux. Quand il m'a aperçue, il s'est mis à rire. Qu'y avait-il de si drôle? Je connais à peine cet homme après tout, et...

Gareth l'écoutait à peine, le regard perdu dans le vague.

— Monsieur Saint-Clair? Êtes-vous sûr que tout va bien? Votre père vous a-t-il froissé?

Son père avait au moins raison sur un point: si Hyacinthe Bridgerton pouvait se montrer parfois vexante, autoritaire ou irritante, au fond, c'était quelqu'un de bon. C'est tout ce qui comptait.

Il entendit alors l'écho de la voix de son père revenir le hanter.

Jamais vous ne l'épouserez!

Vous n'êtes pas à la hauteur.

Jamais, vous m'entendez...

Vaurien, vaurien, vaurien!

Gareth jaugea soudain Hyacinthe de pied en cape et se surprit à s'attarder sur le décolleté de sa robe qui dénudait fort joliment ses épaules. Elle n'avait pas la poitrine généreuse, mais elle l'avait fait pigeonner grâce à quelque étoffe.

— Gareth, murmura-t-elle.

C'était la première fois qu'elle l'appelait par son prénom. Il l'y avait encouragée, mais elle n'avait pas encore osé franchir le pas.

Soudain, il eut envie de l'étreindre… Non, de la consumer tout entière. Pour se prouver qu'il était son égal, ou pour montrer à son père qu'il avait bien sa place dans la bonne société. Mais, plus encore, il la désirait, elle, Hyacinthe Bridgerton, tout simplement.

La jeune fille écarquilla les yeux en le voyant s'approcher dangereusement, mais elle ne broncha pas. Elle entrouvrit les lèvres et sa respiration se fit plus saccadée. Gareth lui enlaça la taille et la pressa contre lui. Dieu, que son désir était ardent ! Il avait besoin d'elle, non pour apaiser son corps mais pour sauver son âme. Et c'était maintenant ou jamais.

Sa bouche trouva la sienne. Pour ce premier baiser, il ne ménagea guère sa partenaire. Nulle parade amoureuse ne vint précéder l'estocade finale qui l'achèverait enfin. Gareth l'embrassa avec toute l'énergie de son désespoir et toute l'ardeur qui le dévorait. Sa langue s'insinua entre ses lèvres pour entamer un ballet hypnotique. Gareth goûtait sa proie, absorbait sa chaleur. Il sentit Hyacinthe s'agripper à son cou comme si sa vie en dépendait et sentit son cœur battre à tout rompre contre son torse.

Le désirait-elle donc tant ? L'ingénue ne comprenait peut-être pas encore ce feu nouveau qui coulait dans ses veines, mais son désir ne faisait aucun doute. Gareth était aux anges. Il sentit son pouls s'accélérer et son corps se raidir, puis, l'instant d'après, il la plaqua contre le mur, respirant avec difficulté, pendant que sa main cherchait sa poitrine rebondie. Quelle infinie douceur ! pensa-t-il en accentuant légèrement la pression de ses doigts sur ses seins… Il appuyait à peine pour ne pas l'effrayer ; juste assez pour mémoriser l'empreinte de leur forme.

Parfait ! songea-t-il en sentant se durcir ses seins sous sa robe. Il aurait voulu la couvrir de baisers, lui arracher sa robe de soie pour la dévorer et lui prodiguer mille et une choses indicibles… Elle s'abandonna peu à peu à son étreinte dans un soupir. On ne l'avait jamais embrassée, c'était certain, et son désir n'en était que plus ardent : Gareth sentait ses ongles s'enfoncer dans sa chair.

— Embrassez-moi, murmura-t-il en lui mordillant les lèvres.

— Mais, c'est ce que je fais, répondit-elle d'une voix sourde.

— Pardonnez-moi, mais vous manquez quelque peu d'entraînement, ma chère.

Elle se dégagea de son étreinte.

— Hyacinthe, dit-il d'une voix rauque en l'attrapant par la main.

Il l'attira vers lui avec la ferme intention de la reprendre dans ses bras ; elle se libéra d'un coup sec.

Gareth leva les sourcils : que s'apprêtait-elle donc à lui asséner cette fois-ci ? Hyacinthe allait bien lui lancer quelque pique. Mais non, rien. Elle avait l'air choqué et, pour tout dire, assez mal en point.

C'est alors que, contre toute attente, la jeune fille prit la fuite.

CHAPITRE HUIT

L *e matin suivant... Notre héroïne est assise sur son lit, adossée à une montagne d'oreillers. Le journal d'Isabella est posé à côté d'elle. Cela fait bien cent fois qu'elle rejoue la scène du baiser : Gareth l'attire à lui, l'étreint et l'embrasse.*

Hyacinthe aurait aimé être le genre de femme pleine d'audace, capable d'embrasser un homme avec fougue puis de continuer sa soirée comme si de rien n'était. Elle aurait traité ce gentleman avec mépris et trouvé les mots qui tuent pour l'achever. Elle s'y voyait déjà...

Mais la réalité avait été moins flatteuse. Lorsque Gareth avait murmuré son nom avant de la reprendre dans ses bras, elle n'avait eu qu'une pensée : fuir ! Voilà qui ne me ressemble guère, pensa-t-elle pour se rassurer.

Non, c'était impossible. Parole de Hyacinthe Bridgerton, ça ne se passerait pas ainsi !

Hyacinthe.

Bridgerton.

Ce nom signifiait quelque chose. Un simple baiser n'avait tout de même pas pu faire d'elle la reine des cruches. Et puis, là n'était pas le problème. Ce baiser ne l'avait pas dérangée, bien au contraire. Elle l'avait trouvé agréable et il était temps qu'il se décide à l'embrasser enfin.

On aurait pu croire que Hyacinthe, élevée dans la bonne société, aurait tiré fierté de son innocence, elle qu'aucune lèvre n'avait jamais effleurée. Après tout, le moindre écart suffisait à ruiner la réputation d'une femme de son rang. Mais à vingt-deux ans révolus, et pas même un baiser volé, comment ne pas se sentir exclue ? Elle avait déjà quatre saisons mondaines à son actif.

« Tout va bien, Gareth ? » lui avait-elle demandé en voyant son air meurtri. C'est alors qu'il avait levé les yeux sur elle avec une telle intensité qu'elle en avait frémi : on aurait dit qu'il cherchait à l'hypnotiser. Pour autant, Hyacinthe ne parvenait pas à se convaincre que Gareth Saint-Clair ait réellement pu vouloir l'embrasser. C'était sans doute un simple concours de circonstances où toute autre femme aurait fait l'affaire.

« Pardonnez-moi, mais vous manquez quelque peu d'entraînement, ma chère... »

Il n'avait sans doute pas voulu la blesser, mais c'était le cas.

— Embrasse-moi, murmurait-elle, seule sur son lit. Embrasse-moi encore...

Hyacinthe se renfonça dans sa pile d'oreillers.

— J'ai pourtant essayé ! Mon Dieu, que va-t-il penser de moi ? Que je suis une pauvre gourde, incapable de rendre un baiser ? C'est le genre de choses qui ne s'apprend pas !

Elle aurait dû se montrer à la hauteur. Mais que faire ? Fallait-il qu'elle affûte sa langue et qu'elle l'agite telle une épée ensorcelée ? Et même si sa performance était loin d'être extraordinaire, n'avait-elle pas posé ses mains sur ses épaules ? Avait-elle manqué une étape ? Comment lui faire comprendre qu'elle appréciait son ardeur ? Hyacinthe se trouvait désormais confrontée à un problème insoluble. Les hommes voulaient des femmes chastes et pures, puis raillaient leur manque d'expérience. Quelle injustice !

Elle avait juste cru que... Horrifiée, Hyacinthe se mordit la lèvre. Elle était au bord des larmes. Elle s'était imaginé que son premier baiser serait magique, que son amant serait, si ce n'est impressionné, du moins ravi de la serrer dans ses bras. Mais Gareth Saint-Clair, fidèle à lui-même, s'était moqué d'elle. Hyacinthe s'en voulait mortellement : elle s'était laissée humilier par ce Casanova !

— Ce n'est qu'un baiser, murmura-t-elle dans un souffle qui alla se perdre dans sa vaste chambre vide. Rien qu'un baiser...

Hyacinthe avait beau tenter de se mentir, elle savait que ce baiser signifiait bien plus... pour elle en tout cas. Elle ferma les yeux pour contenir ses larmes. Assise sur ce grand lit, elle ressassait cette scène tandis que Gareth dormait sans doute à poings fermés. Gareth... Gareth l'avait embrassée...

Peu lui importait le nombre de ses conquêtes : qu'avait-il bien pu penser d'elle ? Qu'elle était nonne ? Comment lui faire face à présent ? Chercher à éviter le jeune homme ne servirait à rien, et puis ce petit jeu ne tromperait personne, et certainement pas un séducteur de son acabit ! Ce baiser l'avait totalement bouleversée, mais il ne fallait surtout pas que Gareth s'en aperçoive. L'orgueil n'était peut-être pas ce qu'il y avait de plus important dans la vie d'une femme, mais autant rester digne tant qu'elle le pouvait encore.

Hyacinthe prit le journal intime. Elle n'y avait pas touché depuis vingt-quatre heures et n'avait traduit que vingt-deux pages. Il en restait encore une centaine. Elle pouvait toujours le lui renvoyer. Peut-être même qu'elle aurait dû le lui expédier dès la première heure.

— Ce serait une bonne leçon ! Surtout après la façon dont il s'est comporté hier soir…

Mais il fallait bien l'avouer, l'idée de pouvoir se vanter d'avoir traduit tout un journal écrit en italien n'était pas pour lui déplaire. Ce genre d'opportunité ne se présentait pas tous les jours, surtout pour une jeune fille de la bonne société.

Hyacinthe se décida à poursuivre le récit des aventures d'Isabella Marinzoli. Cette dernière venait d'arriver en Angleterre. La saison des réunions mondaines battait son plein, et son mari lui avait tout juste laissé le temps d'ouvrir ses malles qu'elle s'était retrouvée propulsée dans l'arène des réceptions et autres dîners en vue. Isabella parlait alors à peine anglais. Et, pour corser le tout, la mère de lord Saint-Clair séjournait au manoir de Clair House, et elle était peu disposée à abandonner son rôle de maîtresse de maison.

La baronne douairière s'immisçait sans cesse dans les relations avec les domestiques et prenait un malin plaisir à contredire les ordres d'Isabella, si bien que les gens de maison ne savaient plus à quel saint se vouer. Voilà qui ne renvoie pas une image très flatteuse de la vie maritale, se dit Hyacinthe en fronçant les sourcils. Elle saurait s'en souvenir. Mieux valait épouser un homme dont la mère était déjà morte !

— Allons, défends-toi, Isabella, murmura-t-elle.

Elle venait de découvrir la dernière mesquinerie de la veuve. Il s'agissait d'une sombre histoire de moules qu'elle avait fait ajouter au menu d'un dîner alors qu'elle savait parfaitement qu'Isabella était allergique aux fruits de mer.

— C'est toi qui diriges cette maison ! Il faut que cette vieille bique s'y fasse ! Tu… mais, ça n'a aucun sens, s'exclama soudain Hyacinthe, interloquée. Pourquoi mentionne-t-elle son petit *bambino* ?

Hyacinthe relut trois fois le passage en question avant de penser à vérifier la date. *24 Ottobre, 1766.*

— 1766 ? Attends un peu… murmura-t-elle.

Elle revint à la page précédente. *1764.*

Isabella avait donc sauté deux années. Mais pourquoi ? Hyacinthe vérifia alors les entrées suivantes. *1766… 1769… 1770… 1774…*

— Ton journal n'est pas un modèle de précision, chère Isabella…

Hyacinthe comprenait comment Isabella avait réussi à relater des dizaines d'années en un seul volume. Elle tenait un journal intermittent.

Hyacinthe poursuivit sa traduction laborieuse. Isabella était de retour à Londres. Sans son mari cette fois-ci, et elle ne s'en portait visiblement pas plus mal. Elle semblait un peu plus confiante. Le décès de la douairière, environ un an plus tôt d'après les calculs de notre traductrice, y était sûrement pour quelque chose.

«*J'ai trouvé l'endroit idéal*», traduisit Hyacinthe. «*Jamais il ne me…*» Elle fronça les sourcils. Elle ne comprenait pas le reste de la phrase. Elle remplaça les mots manquants par des tirets et poursuivit tant bien que mal sa traduction. Elle y reviendrait plus tard. «*Il pense que je suis bien trop sotte, il ne s'imaginera jamais que j'aie pu…*»

— Mon Dieu ! laissa-t-elle échapper en se redressant d'un coup.

Elle tourna la page en hâte. Elle voulait connaître la suite. La traduction attendrait.

— Isabella, chuchota-t-elle, pleine d'admiration. Petite maligne…

Une heure plus tard. Nous retrouvons Gareth devant la porte de Hyacinthe.

Il resta planté devant le 5 Bruton Street, la coquette maison de lady Bridgerton acquise juste après le mariage de son fils aîné, ... et il maudit sa couardise ! Allait-il se comporter comme un adolescent écervelé ? Ce n'était pourtant pas la première fois qu'il embrassait une femme qu'il retrouverait ensuite en société, et Hyacinthe Bridgerton n'était pas devenue un monstre à trois têtes en l'espace d'une nuit !

Si ce n'est que... Eh bien, oui, il n'avait jamais embrassé quiconque qui ressemblât, même de loin, à Hyacinthe. Quelqu'un qui, premièrement, n'avait jamais été embrassée avant, et, deuxièmement, avait toutes les raisons de penser qu'un baiser était signifiant.

Quoi qu'il en soit, il était resté chez lui toute la matinée à attendre qu'un valet en livrée lui rapporte le journal intime de sa grand-mère. Comment Hyacinthe pourrait-elle encore vouloir le traduire après ce qui s'était passé la veille ? Ne l'avait-il pas grossièrement insultée en se comportant de la sorte ? Non qu'il en ait eu la moindre intention. Il n'avait certainement pas projeté de l'embrasser. D'ailleurs, il n'y aurait même pas songé s'il n'avait été si troublé. Son père venait de le torturer et voilà qu'elle lui était apparue, comme par magie, en plein milieu du hall, toute auréolée de lumière. Comment diable aurait-il pu résister à la tentation ? Du reste, ce baiser était fort agréable, certainement bien plus qu'il ne l'aurait imaginé, mais ce n'était rien de plus qu'un baiser volé. Les femmes avaient tendance à toujours tout dramatiser, et l'expression qu'il avait lue sur le visage de Hyacinthe ne présageait rien de bon. Elle avait l'air horrifié...

Gareth ne pouvait plus reculer. Il leva la main pour saisir le heurtoir et, lorsque la porte s'ouvrit, manqua de tomber à la renverse.

— Hyacinthe !

— Pour l'amour du ciel, Gareth ! s'exclama la jeune fille d'un air agacé. Je me demandais si vous alliez enfin vous décider à frapper.

— Vous m'épiez donc ?

— Bien sûr que je vous *observais*, corrigea-t-elle. Ma chambre se trouve juste au dessus. Aucune visite ne m'échappe !

— Voilà qui ne me surprend guère de votre part, ma chère.

Hyacinthe ignora cette dernière remarque et poursuivit ses réprimandes de plus belle :

— D'ailleurs, je vous ai envoyé un mot ! Votre éducation, malgré votre conduite, vous a appris que la demande d'une femme du monde, aussi explicite soit-elle, ne se refuse pas !

— Certes. Je vous dois des excuses.

— Je ne veux pas aborder ce sujet, rétorqua-t-elle avec dédain, même si…

Hyacinthe leva les yeux et réfléchit un instant, visiblement agacée.

— Même s'il est certain que vous *devriez* me présenter vos plus plates excuses, Gareth Saint-Clair !

— Oui, bien sûr, je…

— Là n'est pas le propos. Je ne vous ai pas fait mander pour cela, l'interrompit-elle.

Si la bienséance ne le lui avait interdit, Gareth aurait croisé les bras de dépit.

— Voulez-vous que je m'excuse ou non ?

Hyacinthe posa son index sur ses lèvres.

— Chuuuut…

— Aurais-je soudain basculé dans le monde merveilleux de *Mademoiselle Butterworth* ? s'étonna Gareth à voix haute.

Hyacinthe lui lança l'un de ses regards noirs dont elle avait le secret.

— Suivez-moi.

— Comme il vous plaira, ma chère, murmura-t-il, ravi d'échapper à la scène des excuses.

Il lui emboîta le pas et pénétra dans une salle de réception, décorée avec goût dans des tons rose et crème. C'était fort délicat et très féminin. Gareth se demanda alors si pareille décoration ne visait pas à mettre les hommes dans leurs petits souliers.

Hyacinthe lui fit signe de s'asseoir. Il la regarda tirer délicatement la porte sans toutefois la refermer complètement. « Comme c'est drôle ! pensa-t-il. Une dizaine de centimètres suffit à fixer la limite entre ce qui est convenable et ce qui ne l'est pas. »

— Je ne veux pas qu'on m'entende, précisa Hyacinthe en captant son petit air narquois.

Que voulait-elle dire ? Une fois convaincu que Hyacinthe n'allait pas se jeter sur les tentures pour vérifier que personne ne s'y terrait, Gareth finit par s'asseoir dans un large fauteuil en cuir patiné.

— Il faut que je vous parle du journal, dit-elle, le regard pétillant d'impatience.

— Vous n'allez tout de même pas me le rendre ? fit-il, inquiet.

— Bien sûr que non.

Hyacinthe marqua une pause, ce qui soulagea Gareth, tremblant à l'idée d'affronter les fureurs de la dame.

— Je *devrais* vous rendre ce journal. Vous en êtes conscient, n'est-ce pas ?

Silence.

— Vous mériteriez que je vous laisse tomber sur le champ, poursuivit-elle.

— Absolument.

D'un coup d'œil réprobateur, Hyacinthe lui fit comprendre qu'elle n'appréciait guère qu'il acquiesçât juste pour la forme.

— Cependant, Gareth… cependant, je ne vois pas pourquoi je me priverais d'une lecture aussi plaisante à cause de votre comportement irresponsable.

— Bien sûr que non.

— Par ailleurs, toute cette histoire prend un tour des plus palpitants…

— Qu'insinuez-vous, Hyacinthe ?

— Votre grand-mère avait un secret.

Hyacinthe s'empara du journal posé sur une petite table et lui indiqua le passage auquel elle venait de faire allusion.

— *Diamanti, diamanti,* lut-il à haute voix.

Hyacinthe releva la tête, incapable de contenir un immense sourire.

— Vous savez ce que cela veut dire, Gareth ?

— Je crains que non.

— « Des diamants », Gareth ! Il est question de diamants !

Gareth regarda fixement la page, même s'il était incapable d'en saisir un traître mot.

— Je vous demande pardon ?

— Gareth, votre grand-mère détenait des bijoux dont elle n'avait jamais parlé à votre grand-père.

— Que dites-vous ?

— La grand-mère d'Isabella, c'est-à-dire votre arrière-arrière-grand-mère, avait rendu visite à sa petite-fille peu après la naissance de votre père pour lui apporter plusieurs bijoux. Des bagues, il me semble. Ainsi qu'un bracelet. Isabella n'en a jamais soufflé mot à qui que ce soit.

— Qu'en a-t-elle fait ?

— Elle les a cachés, Gareth. Elle les a cachés à Clair House. Elle précise que votre grand-père n'aimait guère Londres et qu'il y avait peu de chances qu'il découvre son trésor caché.

Hyacinthe sautillait de joie tant elle était excitée. Son enthousiasme était contagieux. Sans céder à l'euphorie, Gareth ne put s'empêcher d'esquisser un sourire. Il n'allait pas se laisser aller à rêver non plus. Toute cette affaire risquait de n'aboutir qu'à une chasse aux fantômes…

— Que dites-vous, Hyacinthe ?

— Je dis que ces bijoux sont probablement encore cachés, ajouta-t-elle comme si c'était la cinquième fois qu'elle répétait la même chose. Oh ! Mais suis-je bête ! Vous étiez peut-être déjà au courant. Votre père détient-il ces bijoux ?

— Non, je ne crois pas, Hyacinthe. Pas que je sache en tout cas. Mais mon père ne m'a jamais fait de confidences, voyez-vous.

— Les bijoux sont ici ! En tout cas, il y a de grandes chances. Il faut que nous mettions la main dessus.

— Comment ça, nous ? Oh, non, se dit Gareth à voix basse, mais Hyacinthe était bien trop excitée pour prêter attention à cette dernière remarque.

— Songez un peu, Gareth, à ce qu'une telle découverte pourrait changer pour vous : elle mettrait un terme à tous vos soucis financiers.

— Voyons, Hyacinthe, qu'est-ce qui vous fait croire que j'ai besoin d'argent ?

— Oh, s'il vous plaît ! Qui n'est pas au courant de votre situation ? Votre père a des dettes un peu partout dans le pays. Vous allez en hériter, et vous le savez très bien.

— Soit.

— Eh bien, y a-t-il meilleure façon pour vous d'assurer votre futur ? Il faut que vous mettiez la main sur ces bijoux avant lord Saint-Clair. Nous savons l'un comme l'autre que, s'il les trouve, il les vendra, et qu'il ne manquera pas de tout dilapider.

— Vous semblez en savoir long sur mon père, dites-moi.

— Je ne sais qu'une chose : il vous hait.

Gareth esquissa un sourire. Personne n'avait osé une telle franchise. Décidément, Hyacinthe était unique en son genre !

— Gareth, il ne faut surtout pas que votre père s'empare de ce trésor ! Si je détestais quelqu'un, je peux vous garantir que je mettrais toute mon âme dans cette entreprise.

— Quelle bonne chrétienne vous faites !

— Trêve de plaisanterie. Quand partons-nous ?

— Partir ?

— Oui, à la chasse aux diamants, enfin ! Avez-vous écouté ne serait-ce qu'un seul mot de ce que je viens de vous dire ?

— *Nous* n'allons nulle part, Hyacinthe.

— Bien sûr que si ! Il faut trouver ces bijoux.

— Laissez-moi me charger de tout ça, voulez-vous.

— Je ne vais pas rester là à vous attendre !

Hyacinthe était catégorique.

— Si jamais je tente de pénétrer dans Clair House, mais ce n'est qu'une simple hypothèse, il faudra que j'opère en plein milieu de la nuit.

— Cela va de soi.

Mon Dieu ! Cette jeune femme ne cesserait-elle donc jamais de l'interrompre ? Gareth marqua une pause pour s'assurer qu'elle avait bien fini.

— Vous ne croyez tout de même pas que je vais vous entraîner dans les rues à point d'heure ? Oublions un instant le danger. Si nous nous faisions prendre, je serais alors obligé de vous épouser, et j'imagine, au moins, permettez-moi de vous le dire, que nous sommes bien d'accord sur ce sujet.

Gareth avait mis un peu trop d'emphase dans cette dernière phrase, mais il avait fait mouche malgré tout. Hyacinthe s'était tue un instant.

— Eh bien, Gareth, qui vous dit qu'il faudra m'entraîner ?

— Au nom du ciel ! M'avez-vous écouté, mademoiselle ?

— Bien sûr. J'ai quatre frères, tous plus âgés que moi. J'ai l'habitude des jeunes hommes qui aiment à pontifier.

— Oh, pour l'amour du...

— Monsieur, vous n'avez pas les idées très claires, il me semble. Vous ne pouvez vous passer de moi.

— Comme c'est étrange. Votre impertinence est à la hauteur de votre réputation, Mademoiselle Bridgerton.

— Vous semblez oublier, mon cher monsieur, que, de nous deux, je suis celle qui comprend l'italien ! Je ne vois donc pas très bien comment vous allez mettre la main sur les bijoux sans moi.

— Vous refuseriez de me donner ces informations ?

— Bien sûr que non.

Hyacinthe était incapable de lui mentir, même s'il aurait bien mérité qu'elle le torture un brin.

— J'ai le sens de l'honneur, que croyez-vous ? J'essayais juste de vous expliquer que vous aurez besoin de moi, une fois sur place. Certains mots ont des sens multiples, et il se peut que j'aie besoin de me rendre sur les lieux pour clarifier ma traduction.

Gareth plissa les yeux, l'air méfiant.

— C'est la vérité ! Je vous le jure ! Gareth, enfin !

Hyacinthe saisit précipitamment le journal, tourna vivement les pages avant de tomber sur le passage qu'elle recherchait.

— Tenez ! *Armadio.* Ce mot peut aussi bien désigner une vitrine qu'une armoire. Ou encore...

Hyacinthe s'arrêta un instant, la gorge nouée. Admettre qu'elle n'était pas sûre de ce qu'elle disait, voilà qui était insupportable.

— Puisqu'il faut vous le confesser, Gareth, je ne suis pas certaine du sens de certains mots. Du moins de leur sens précis.

Hyacinthe attendit la réponse de Gareth, puis, n'y tenant plus, elle ne put s'empêcher d'ajouter :

— Voyez les choses en face, Gareth, si votre père trouve ces bijoux avant nous, vous le regretterez toute votre vie... Sans parler du fait que *je* ne vous le pardonnerai jamais non plus !

Raté, se dit-elle. Hyacinthe attendit dans un silence pesant. Quel supplice ! Mais, contrairement à la rumeur, elle savait se taire, d'autant qu'il n'y avait rien à ajouter qui puisse influer sur sa décision. Si ce n'est peut-être que... non, elle n'était pas assez folle pour le menacer d'y aller seule.

— Vous vous apprêtiez à dire quelque chose, Hyacinthe ? Qu'aviez-vous sur le bout des lèvres, là, à l'instant ?

— Rien du tout, je vous l'assure.

Hyacinthe observa Gareth s'engoncer dans son fauteuil trop étroit, comme le faisaient ses propres frères, lesquels ne manquaient pas de se plaindre de cet inconfort. « Mère, votre salon est-il donc conçu pour les femmes fluettes ? Les hommes en seraient-ils exclus ? » répétaient-ils à l'envi.

Mais la ressemblance s'arrêtait là. Aucun de ses frères n'eut osé porter une queue de cheval, et Gareth Saint-Clair était bien le seul homme dont les yeux bleu azur lui fissent ainsi perdre la tête. Gareth scrutait les traits de son visage comme s'il cherchait à lire dans ses pensées. Ou peut-être essayait-il tout simplement de lui faire baisser les yeux. Troublée, Hyacinthe se mordit la lèvre, mais parvint à rester immobile, le dos droit, le menton haut, et surtout, véritable prouesse, la bouche close. Puis, n'y tenant plus, elle déclara d'une voix douce :

— Vous avez besoin de moi.

— Si je vous emmène…

— Oh, merci !

Hyacinthe, qui manqua presque de sauter de joie, réussit à se contenir *in extremis*.

— *Si* je vous emmène, donc… il faudra que vous m'obéissiez.

— Je serai exemplaire.

— Vous suivrez donc les instructions que je vous donnerai ?

— Bien entendu. Mais si j'ai une bonne idée…

— Hyacinthe !

— Puisque je comprends l'italien, contrairement à certains…

Gareth lui lança un regard las.

— Mais, Gareth, vous n'aurez pas à répondre à mes requêtes ! Il vous suffira de m'écouter.

— Très bien, soupira-t-il. Nous irons lundi soir.

Hyacinthe écarquilla les yeux. Elle ne s'attendait certainement pas à ce qu'il se décide à y aller aussi vite.

— Lundi soir, donc.

CHAPITRE NEUF

*L*undi soir. *Après une vie pour le moins dissolue, notre héros découvre, à son grand étonnement, que le plus raisonnable n'est pas toujours celui qu'on croit.*

« Ai-je perdu la tête ? » se demanda Gareth en se faufilant derrière la maison de Hyacinthe.

Premièrement : il était une heure du matin.

Deuxièmement : il serait seul avec Hyacinthe.

Troisièmement : ils se rendaient chez le baron pour y commettre un vol.

Si quiconque avait vent de l'affaire, il se retrouverait devant l'autel avant même d'avoir eu le temps dire ouf ! Gareth frémit en imaginant Hyacinthe Bridgerton pour compagne... « Ce ne serait pas si terrible », se dit-il après un temps de réflexion ce qui ne fit qu'accentuer son malaise.

Même si Hyacinthe lui avait un peu forcé la main, Gareth avait besoin de cet argent. D'ailleurs, la franchise de la jeune fille l'avait décontenancé : il ne se doutait pas que l'état de ses finances fût de notoriété publique ! En tout cas, elle avait raison sur un point : il ne pouvait pas laisser passer pareille occasion. Plutôt que d'attendre une meilleure traduction du journal, Gareth préférait partir en quête des bijoux, ne serait-ce que pour avoir le plaisir de les voler au nez et à la barbe de son père. Tentation bien trop forte à laquelle seul un fou n'aurait pas cédé.

Gareth longea la résidence des Bridgerton jusqu'à l'entrée de service. Hyacinthe lui avait donné rendez-vous à une heure et demie et il était sûr que la jeune fille serait là, toute de noir vêtue, selon ses propres conseils.

— Vous êtes pile à l'heure, monsieur saint-Clair.

Gareth la regarda, incrédule. Elle avait suivi ses instructions à la lettre, mais... non, il ne rêvait pas : elle s'était travestie en homme !

Devant sa surprise, Hyacinthe ne put s'empêcher de justifier son choix :

— J'ai pensé que ce serait plus pratique qu'une jupe. Et nettement plus raisonnable. Je ne possède pas d'ensemble noirs. Je n'ai encore jamais porté le deuil, Dieu soit loué !

Gareth ne pipa mot et se contenta de la contempler. Si les femmes ne portaient pas de pantalons, c'était pour une bonne raison. Il ne savait pas où elle avait déniché son costume, sans doute l'avait-elle dérobé à l'un de ses frères. En tout cas, il dessinait les contours de sa poitrine et révélait les courbes de ses hanches d'une façon plus que scandaleuse. Elle avait de longues jambes, les hanches rondes et frémissantes sous les plis de l'étoffe. Leur premier baiser n'était-il pas assez embarrassant pour qu'elle l'incite à commettre la même erreur…

— Je n'arrive pas à y croire, marmonna-t-il. Vraiment, Hyacinthe, vous êtes incroyable.

La jeune fille lui lança un regard sévère.

— Vous ne pouvez pas faire marche arrière maintenant !

— Loin de moi cette idée !

Cette femme ne manquerait pas de le pourchasser avec un gourdin à la main s'il s'avisait de reculer d'un seul pas.

— Venez Hyacinthe, partons avant que quelqu'un ne nous voie.

La jeune fille acquiesça et le suivit jusqu'à Barlow Place. Clair House était toute proche, mais il ne fallait surtout pas que les membres de la bonne société, de retour de soirée dans leurs voitures à cheval, les surprennent ainsi en pleine nuit.

— Quand êtes-vous entré à l'intérieur de la maison pour la dernière fois, Gareth ?

— Cela fait plus de dix ans. Mais avec un peu de chance, la fenêtre du premier n'aura pas été réparée.

— Je me demandais justement comment nous allions nous introduire.

Ils marquèrent une pause et examinèrent la fenêtre un instant.

— C'est une bonne chose que je sois venue. Vous allez pouvoir me faire la courte échelle.

Gareth la regarda. Qu'elle soit la première à entrer lui posait problème, même s'il ne savait pourquoi. En tout cas, il ne l'avait pas prévu dans ses plans.

— Ce n'est certainement pas à moi de vous faire la courte échelle, reprit Hyacinthe avec un mouvement d'impatience. À moins que vous ne disposiez d'un escabeau, je ne vois pas comment...

— Allez-y! l'interrompit Gareth en l'aidant à se hisser jusqu'au rebord de la fenêtre. Ce n'était pas la première fois, mais sentir le corps de Hyacinthe Bridgerton frôler le sien n'avait rien à voir avec les jeux de son enfance.

— Vous y êtes?

— Oui, oui.

Gareth leva les yeux et tomba pile sur son postérieur. Il décida d'admirer la vue sans vergogne, car, après tout, Hyacinthe ne se rendait compte de rien.

— Il faut juste que je parvienne à glisser les doigts sous la fenêtre.

— Allez-y, dit-il en souriant pour la première fois de la soirée.

— Mais que nous vaut ce ton si aimable, dites-moi? Voilà qui me semble fort suspect, mon cher.

— Je me contente d'apprécier, comment dire, votre aide inestimable.

— Je... vous savez, je ne vous fais pas confiance.

— Comment vous donner tort?

La jeune femme finit par ouvrir la fenêtre.

— Ça y est! fit-elle triomphante.

« Hyacinthe Bridgerton était-elle une athlète née, ou une chatte de gouttière? » se dit Gareth, admiratif.

Son visage apparut à la fenêtre.

— Je ne pense pas qu'on nous ait entendus. Vous pouvez y arriver seul, ou faut-il que je vous aide, Gareth?

— Je vais me débrouiller, rassurez-vous.

Lorsqu'il était au collège et qu'il passait, exceptionnellement, il va sans dire, les vacances chez lui, le jeune homme avait escaladé ce mur plus d'une fois. Un court effort et il était déjà en haut.

— Je suis impressionnée, Gareth.

— Il vous en faut peu.

— Il est plus facile d'offrir des fleurs!

— Vous voulez dire qu'il suffit à un homme d'escalader un mur pour s'emparer de votre cœur?

— Eh bien, il en faudrait un peu plus pour me troubler...
mettons, deux étages, au bas mot !

Gareth rit malgré lui.

— Vous m'aviez dit que le journal faisait mention d'une pièce
verte ?

— En effet, Gareth. Il peut s'agir d'un salon, d'un bureau. En
tout cas, Isabella mentionne une petite fenêtre ovale.

— Le bureau de la baronne ! Au troisième, juste à côté de la
chambre.

— Bien sûr ! C'est tout à fait logique ! Surtout si elle voulait
éviter que son mari ne les trouve : il ne lui rendait jamais visite
dans ses appartements.

— Si nous passons par-derrière, nous risquons de réveiller les
domestiques qui dorment juste à côté.

Hyacinthe acquiesça. La maison était calme. Le baron vivait
seul, et les domestiques se retiraient tôt dans leurs quartiers
lorsqu'il était de sortie. Tous, sauf un, pensa Gareth en s'arrêtant
net. Le majordome serait encore debout : il n'allait jamais se
coucher avant le retour de lord Saint-Clair, au cas où ce dernier eût
besoin de ses services.

— Par ici, dit Gareth. Ils emprunteraient l'escalier principal,
mais en effectuant un détour pour éviter le majordome.

Il leur fallut moins d'une minute pour monter. Une fois au
troisième, Gareth entraîna Hyacinthe vers le bureau de la baronne.
Une drôle de pièce rectangulaire, dotée d'une seule fenêtre ovale,
et de trois portes qui communiquaient avec le couloir, la chambre
et un cabinet de toilette qui faisait office de dressing.

Gareth laissa Hyacinthe passer la première, puis referma la
porte derrière lui.

— Redites-moi exactement ce qu'elle a écrit.

— Elle a dit qu'ils se trouvaient dans *l'armadio*. Il s'agit
vraisemblablement d'une vitrine, ou peut-être d'une commode.
Ou...

Hyacinthe posa soudain le regard sur un cabinet de curiosités
de forme triangulaire, placé dans un coin de la pièce. Le bois avait
une riche patine sombre.

— Gareth, c'est ça !

Avant même qu'il n'ait eu le temps de réagir, elle était déjà de l'autre côté de la pièce à fouiller les tiroirs.

— Vide. Vide. Vide.

Elle leva les yeux vers Gareth.

— Croyez-vous que quelqu'un ait récupéré ses effets personnels après son décès?

— Je n'en ai pas la moindre idée.

Gareth ouvrit la porte du cabinet. Rien non plus.

Hyacinthe se remit debout, les mains sur les hanches.

— Ce petit meuble a quelque chose de peu commun. Il a un style méditerranéen, ne trouvez-vous pas?

— Vous avez raison.

— Si elle l'avait fait venir d'Italie, ou si sa grand-mère le lui avait offert lors de l'une de ses visites...

— Et s'il dissimulait un compartiment secret, elle l'aurait forcément su, ajouta Gareth sans la laisser finir.

— Son mari ne l'aurait jamais trouvé!

Les yeux de Hyacinthe pétillaient d'excitation.

— Reculez, Hyacinthe, voulez-vous?

Gareth tira le meuble vers lui pour le décoller du mur. Il était bien plus lourd qu'il n'en avait l'air, mais le jeune homme parvint à le déplacer de quelques centimètres et glissa sa main derrière.

— Vous sentez quelque chose?

Gareth fit non de la tête. Il n'avait pas le bras assez long; il se mit donc à genoux pour palper le panneau en passant par en dessous.

— Et là? Toujours rien?

— Non, rien du tout, Hyacinthe. Il faut juste que je...

Il s'arrêta net. Il venait juste de tomber sur une petite pièce de bois rectangulaire.

— Qu'y a-t-il? Vous avez trouvé quelque chose?

— Je n'en suis pas certain, mais cela ressemble à une poignée de porte, ou peut-être, à une sorte de levier.

— Vous pouvez l'actionner?

— Il faudrait que je puisse allonger encore un peu plus le bras...

— Ça y est?

— Presque. Encore un effort et...

Mais la douleur était insoutenable : à mesure qu'il avançait le bras, le rebord du cabinet mordait ses chairs tandis qu'il se tordait le cou, le visage plaqué contre le meuble. On avait vu posture plus confortable ! C'est alors que Hyacinthe se colla de l'autre côté du cabinet, glissa sans peine son bras dans l'interstice et saisit la poignée.

— Elle est coincée. J'essaie dans tous les sens, mais rien n'y fait. Cette manette ne veut pas bouger.

— Poussez.

— Ça ne fonctionne pas non plus. À moins que…

Hyacinthe retint son souffle.

— Alors ?

Gareth n'y tenait plus. Hyacinthe leva les yeux vers lui, radieuse.

— J'ai senti quelque chose tourner, un mécanisme je crois. J'ai entendu un déclic. Pourtant, je ne trouve ni fentes, ni découpes.

Elle se laissa lentement glisser le long du meuble, et, une fois à genoux, pencha la tête pour l'examiner par en dessous. Quelle ne fut sa surprise lorsqu'elle vit, là, posé sur le sol, un petit morceau de papier !

— Gareth, vous souvenez-vous avoir vu ça avant que nous ne commencions à fouiller ?

— Quoi donc ?

— Ça ! répondit-elle en désignant le feuillet. Je pense qu'il a dû tomber lorsque j'ai actionné la poignée.

Sans se relever, Hyacinthe se décala de quelques centimètres pour examiner le papier à la lumière de la lune. Intrigué, Gareth s'accroupit à ses côtés. Il sentait la tiédeur de son corps tout contre le sien, et un léger frémissement qui l'animait alors qu'elle s'apprêtait à déchiffrer cette note mystérieuse.

— Qu'est-ce que ça raconte ?

— Je… je n'en suis pas certaine : c'est de l'italien, et c'est bien écrit de la main de votre grand-mère. Mais regardez toutes ces pliures. Le texte est presque illisible ! Je crois bien qu'il s'agit d'un nouvel indice.

— De la part d'Isabella, rien ne m'étonne plus ! C'est une vraie chasse au trésor.

— Vous voulez dire que votre grand-mère était fourbe ?

— Non, mais elle adorait les jeux. Je ne suis pas surpris qu'elle ait eu un meuble doté d'un compartiment secret.

Hyacinthe l'observa tandis qu'il passait la main sous le cabinet.

— Ah, c'est donc là toute l'astuce !

— Où ça ? demanda Hyacinthe.

Gareth lui prit la main et lui fit palper l'endroit où une petite pièce de bois semblait s'être déplacée de quelques centimètres, juste assez pour laisser tomber un morceau de papier.

— Vous sentez ?

La jeune fille acquiesça sans vraiment savoir si elle faisait référence à la minuscule aperture, ou à la chaleur qui émanait de la main virile de Gareth. Hyacinthe sentait le grain légèrement rugueux de sa peau, comme s'il avait omis de porter ses gants en hiver. Elle avait l'impression qu'elle aurait pu disparaître toute entière au creux de cette paume immense. Il avait la main si puissante ! Dieu du ciel ! Que lui arrivait-il donc ?

Pendant que le jeune homme remettait le meuble contre le mur, il interrogea Hyacinthe :

— Avez-vous trouvé quoi que ce soit d'intéressant dans cette note ?

— La note ? Oh, mon Dieu, la note ! Où avais-je la tête ? Pas encore. J'arrive à peine à la déchiffrer. La lumière est trop faible. Croyez-vous qu'il serait prudent d'allumer une...

Hyacinthe s'arrêta net. Gareth venait de plaquer la main sur sa bouche sans autre forme de procès. Elle lui lança un regard interloqué. Elle entendit du bruit dans le couloir et, d'un signe de la tête, lui signifia qu'elle avait compris. Gareth retira sa main.

— Votre père ? chuchota-t-elle.

Gareth ne l'avait pas entendue. Après s'être relevé avec une infinie prudence, il colla son oreille contre la porte. Soudain, il fit un bon en arrière, attrapa Hyacinthe par la main et l'entraîna dans ce qui ressemblait à un placard rempli de vêtements. Il y faisait noir comme dans un four et il y avait à peine assez de place pour deux. Hyacinthe était coincée entre une robe de brocart et le corps musculeux de Gareth : elle était au bord de l'asphyxie quand elle sentit soudain ses lèvres tout contre son oreille :

— Ne dites rien.

Hyacinthe entendit grincer la porte du bureau, puis un pas lourd. Quelqu'un venait d'entrer dans la pièce. Elle retint son souffle. Mon Dieu, était-ce le père de Gareth?

— C'est étrange, marmonna une voix masculine qui semblait venir de la fenêtre ovale, j'aurais pourtant juré...

Oh non! Ils avaient oublié de refermer les rideaux! Hyacinthe saisit la main de Gareth.

L'homme fit quelques pas, puis s'arrêta un instant devant le dressing. Terrifiée à l'idée d'être prise sur le fait, Hyacinthe étendit le bras pour jauger la profondeur du placard et se glissa entre deux robes. L'homme venait juste de jeter un coup d'œil dans la chambre de la baronne, laquelle communiquait avec le petit bureau. La jeune fille déglutit. S'il prenait la peine d'inspecter la chambre, il allait forcément vérifier le placard. Elle se terra un peu plus au fond. Gareth se trouvait tout contre elle, quand, soudain, il l'attira à lui et se plaça devant elle pour la dissimuler derrière son corps.

On entrouvrit la porte. Hyacinthe s'agrippa à Gareth. Elle sentait sa peau brûlante, se blottissait toujours un peu plus contre ses larges épaules, ses cuisses musclées... Elle était à la fois paralysée par la peur, celle d'être prise en flagrant délit d'effraction, avec un homme de surcroît, et sensible au moindre frémissement de ce corps si proche, ressentant l'irrépressible envie de se presser toujours plus près, d'envelopper Gareth, de l'accueillir. Elle se sentait envahie par un sentiment de joie mêlée d'appréhension qui lui donnait presque le vertige. Son cœur battait à tout rompre, la chaleur devenait intenable.

La jeune fille se mordit la lèvre inférieure. Contre toute attente, les pas s'éloignèrent. Elle sentit soudain ses membres se relâcher. Comment, mais comment avaient-ils bien pu ne pas être découverts? À n'en point douter, Gareth était mieux dissimulé derrière les robes qu'elle ne l'avait cru. La lumière était-elle trop faible, ou l'homme était-il myope? Ou encore... Au diable toutes ces questions! Après tout, ils avaient peut-être tout simplement eu de la chance.

Ils attendirent d'être sûrs que l'homme ait bien quitté le bureau, puis Gareth émergea du placard. Hyacinthe attendit son signal avant de sortir à son tour. Ils se faufilèrent vers la sortie, Gareth sauta d'un bond dans le jardin, puis fit à nouveau la courte échelle à Hyacinthe pour qu'elle puisse refermer la fenêtre derrière elle.

Une course effrénée à travers les rues de Mayfair s'en suivit. Il n'en fallait pas moins pour dissiper les dernières angoisses de Hyacinthe qui revivait enfin. Elle était ivre de joie ! Lorsqu'ils atteignirent Hay Hill, elle était au bord du fou rire et dut stopper net pour reprendre son souffle.

— Halte-là ! Je n'en puis plus !

— Il faut pourtant que je vous ramène chez vous.

— Je sais, je sais, Gareth…

— Mais, vous riez ?

— Non ! Euh, eh bien, si. Je veux dire… Peut-être que oui.

— Vous êtes folle.

— Vous n'avez pas entièrement tort.

— Hyacinthe ! Avez-vous perdu la raison ? On aurait très bien pu nous surprendre. Il s'agissait du majordome de mon père, et, croyez-moi sur parole, son sens de l'humour ne l'étouffe guère. S'il nous avait découverts, mon père nous aurait fait jeter en prison et votre frère nous aurait traînés jusqu'à l'autel sans autre forme de procès.

— Je sais.

Hyacinthe essaya d'adopter un ton solennel. En vain : elle exultait.

— Ne vous êtes-vous pas amusé, Gareth ?

Pendant un instant, elle crut bien qu'il ne répondrait pas. Il se contentait de la fixer d'un regard morne, comme s'il s'était soudain transformé en statue de sel.

— Amusé ?

— Soyez honnête. Vous n'allez pas me faire croire que vous ne vous êtes pas amusé, ne serait-ce qu'un tout petit peu ? Nous avons eu une belle frayeur, mais après tout, n'était-ce pas une merveilleuse aventure ? Allons, Gareth ?

Peut-être était-ce le clair de lune ou son imagination galopante, mais Hyacinthe crut voir poindre une lueur dans les yeux du jeune homme.

— Un petit peu, je vous le concède. Guère plus.

— Je savais bien que vous n'étiez pas un bonnet de nuit !

— Un bonnet de nuit ?

— Oui, un rabat-joie.

— J'avais compris, merci.

Et ainsi de suite tout au long du chemin qui les ramenait à la maison des Bridgerton...

CHAPITRE DIX

*L*e matin suivant, Hyacinthe est toujours d'excellente humeur. À tel point que sa mère n'a pas manqué de le lui faire remarquer. Notre héroïne a dû se réfugier dans sa chambre pour lui échapper. Violette Bridgerton est une femme perspicace, et si quelqu'un peut deviner que Hyacinthe est en train de tomber amoureuse, c'est bien elle. Avant même la principale concernée d'ailleurs.

Assise à son bureau, la note d'Isabella sous les yeux, Hyacinthe chantonne en battant la mesure. Elle était bien entendu un peu déçue de n'avoir pas encore découvert les diamants, mais, d'après la note, ce mystérieux trésor n'attendait plus qu'eux.

Rien ne plaisait tant à Hyacinthe que d'avoir un but. Que soit remerciée Isabella Marinzoli Saint-Clair pour avoir illuminé une saison mondaine qui s'annonçait fort monotone ! Hyacinthe se remit à lire le bout de papier en plissant le front, car la tâche n'était guère aisée. Toutefois, elle pensait en avoir compris assez pour entreprendre une nouvelle tentative. L'indice suivant, ou, qui sait ? les diamants, se trouvaient vraisemblablement dans la bibliothèque. Elle réfléchit à voix haute, sans même s'en rendre compte.

— Au cœur d'un livre, j'imagine, murmura-t-elle, le regard perdu dans le vague.

Hyacinthe se pencha à nouveau sur la note. Elle devait bien recéler quelque indication qui la mènerait au livre qui l'intéressait. Isabella avait souligné une partie des mots. Peut-être s'agissait-il du titre d'un ouvrage, sans quoi elle ne voyait pas pourquoi elle aurait procédé ainsi. Le contexte ne s'y prêtait pas, et ces mots n'auraient eu aucun sens si ce n'était pas le cas. Il devait s'agir d'un traité scientifique. Elle mentionnait en effet « l'eau » et « les mobiles », ce qui ressemblait à de la physique. Ses connaissances en la matière étaient minces, mais ses quatre frères avaient étudié dans les meilleures universités, et elle les avait assez entendu débattre de leurs cours pour se faire une petite idée.

Malgré tout, elle n'était pas sûre de sa traduction. Peut-être que si elle la soumettait telle quelle à Gareth, ce dernier y verrait des choses qui lui échappaient.

Hyacinthe sourit. Elle serait morte de honte si quelqu'un avait pu lire dans ses pensées. Il s'était passé quelque chose la nuit précédente, quelque chose de particulier. Gareth l'appréciait donc vraiment, elle, Hyacinthe Bridgerton. Ils avaient ri et bavardé tout au long du trajet du retour. Puis, lorsqu'il l'avait enfin laissée devant la porte de service de la maison, il lui avait lancé un regard un peu trop intense pour être honnête, sans parler de son sourire complice. Hyacinthe en avait frémi, imaginant qu'il allait encore l'embrasser. Mais non, il n'avait pas bougé. Peut-être que bientôt…

Elle jeta un coup d'œil à l'horloge posée sur le linteau de la cheminée. Midi passé. Gareth avait promis de lui rendre visite cet après-midi pour prendre des nouvelles de sa traduction. La jeune fille se leva prestement pour regarder par la fenêtre. Personne. Elle avait pourtant cru entendre un bruit. Elle rejoignit le couloir, le cœur battant à tout rompre.

— Bonjour, Hyacinthe, que fais-tu là?

La jeune fille sursauta, manquant de tomber à la renverse. C'était son frère Grégory et il avait l'air réjoui. Il était un rien débraillé, les cheveux un peu trop longs et décoiffés.

— Ne refais jamais ça!

Hyacinthe posa la main sur son cœur, comme si elle venait d'avoir une attaque. Grégory se contenta de croiser les bras en s'adossant au mur.

— J'adore surprendre les jeunes filles esseulées…

— Voilà une chose dont je ne me vanterais pas si j'étais toi!

Grégory ignora cette dernière remarque et, d'un revers de la main, fit mine de débarrasser son manteau d'une peluche imaginaire.

— Qui guettes-tu donc ainsi, Hyacinthe?

— Je ne guette personne.

— Bien sûr que si! C'est ton passe-temps favori!

Hyacinthe le foudroya du regard. Grégory, de deux ans et demi son aîné, passait sa vie à la taquiner. Ils étaient les cadets de la famille et se trouvaient quelque peu coupés du reste de leur fratrie du fait de leur différence d'âge. Grégory était de quatre ans plus jeune que Francesca, et de dix ans le cadet de Colin, ce qui ne faisait que le rapprocher de Hyacinthe.

— J'ai cru entendre quelqu'un entrer.

— Ce n'était que moi, pauvre sœurette abandonnée…

— C'est ce que je vois. Si tu veux bien m'excuser.

Hyacinthe s'apprêtait à regagner sa chambre, lorsque son frère lui lança :

— Te voilà bien susceptible aujourd'hui.

— Je… je rentre dans ma chambre. Je suis en pleine lecture.

— Je t'ai vue en compagnie de Gareth Saint-Clair l'autre nuit.

Hyacinthe s'arrêta net. Comment aurait-il pu savoir ?

— À Bridgerton House, tout au fond de la salle de bal, dans un recoin isolé…

Hyacinthe laissa échapper un long soupir. Grégory continuait à la regarder avec le même sourire désinvolte, et elle y décelait une petite trace d'ironie qui ne lui disait rien qui vaille. Son frère était loin d'être idiot et, pour corser le tout, il s'était autoproclamé chaperon en chef ! La bonne blague !

— Sa grand-mère est une amie, tu le sais bien.

— Aurais-tu enfin jeté ton dévolu sur un homme ?

— Depuis quand dois-je te rendre des comptes ?

— Ah ! C'est donc bien vrai.

Grégory prit un air triomphal tandis que Hyacinthe le regarda droit dans les yeux.

— Je ne sais pas.

Malgré leurs chamailleries respectives, Hyacinthe savait que son frère la connaissait bien. Autant éviter ces jeux puérils.

— Vraiment ? En voilà une nouvelle !

— À ne pas crier sur tous les toits, il va sans dire. D'ailleurs, qu'y aurait-il à clamer ? Je ne suis pas encore sûre de mon choix. Quoi qu'il en soit, ne me fais pas regretter cette confidence.

— Comment pourrais-je trahir les miens ?

— Je te fais cet aveu uniquement, tu m'entends Grégory, uniquement parce qu'il t'arrive d'avoir une lueur d'intelligence de temps à autre et que je t'aime bien malgré tout.

Une heure plus tard. Gareth est sur le point de connaître les tribulations d'une famille nombreuse. Pour le meilleur et pour le pire.

— Mademoiselle Bridgerton prend son thé, annonça le majordome après avoir invité Gareth à attendre dans le petit salon où il avait rencontré Hyacinthe, une semaine plus tôt.

Mon Dieu, cela ne faisait qu'une semaine ! Il avait l'impression que des siècles s'étaient écoulés. Il faut dire que, lors de leur dernière escapade nocturne, il avait enfreint la loi et failli ruiner la réputation d'une femme du monde. De quoi prendre un coup de vieux.

Le majordome annonça Gareth Saint-Clair, puis s'effaça.

— Monsieur Saint-Clair !

Surpris, Gareth fit volte-face et se retrouva nez à nez avec la mère de Hyacinthe, assise sur un sofa rayé. Il ne savait pas pourquoi il était étonné de voir Violette Bridgerton alors que la trouver chez elle à pareille heure n'avait rien d'incongru.

— Lady Bridgerton, dit-il en s'inclinant poliment. Quel plaisir de vous revoir.

— Vous connaissez mon fils ?

— Mon frère, Grégory, précisa Hyacinthe.

Elle était assise en face de sa mère. D'un mouvement de la tête, elle indiqua la fenêtre où était assis Grégory Bridgerton. Gareth remarqua qu'il était en train de le jauger avec un petit sourire inquiétant. C'est son frère aîné, après tout, se dit-il. Rien d'étonnant à ce qu'il cherche à protéger sa cadette.

— Nous nous connaissons, intervint Grégory.

— En effet.

Gareth l'avait rencontré plusieurs fois en ville. Ils avaient tous deux étudié à Eton à la même époque, mais Gareth était de plusieurs années son aîné.

Grégory se leva pour aller s'asseoir à côté de sa sœur.

— Qu'il est bon de vous revoir, Gareth. Hyacinthe m'a confié que vous êtes son ami de cœur.

— Grégory ! Je n'ai jamais rien dit de tel !

— Voilà qui me déçoit, rétorqua Gareth.

Hyacinthe prit un air pincé avant de lancer à son frère :

— Arrête ça tout de suite, tu veux !

— Vous prendrez bien une tasse de thé, monsieur Saint-Clair, demanda lady Bridgerton, ignorant les chamailleries de ses enfants.

— Très volontiers, madame.

Gareth s'assit aussi loin que possible de Grégory, tout en se demandant si Hyacinthe n'était pas susceptible de l'ébouillanter par accident. Il n'avait pas choisi la place la plus confortable non plus, en tête de table, trônant face aux Bridgerton, comme s'il eut été le chef de famille.

— Du lait ?

— Merci, madame. Sans sucre, s'il vous plaît.

— Hyacinthe en prend trois, intervint Grégory en attrapant un biscuit.

— En quoi cela pourrait-il bien lui importer ?

— Eh bien, Hyacinthe, ne s'agit-il pas de ton ami de cœur ?

— Certainement pas ! Ne faites pas attention à lui, monsieur Saint-Clair.

S'il était assez agaçant de se voir ainsi humilier par un homme plus jeune que soi, Gareth n'en appréciait pas moins les taquineries de Grégory à l'égard de Hyacinthe. Il ne pouvait que lui donner raison sur ce point. Il décida donc de ne pas s'en mêler et se tourna vers lady Bridgerton assise juste à côté de lui.

— Comment allez-vous aujourd'hui, chère madame ?

— Je vois que vous êtes un homme avisé, murmura-t-elle. Laissons ces marmots à leurs querelles... Votre famille n'est pas très nombreuse, n'est-ce pas, monsieur Saint-Clair ?

— Non, madame. Il n'y avait que mon frère et moi. George est mort l'an dernier.

Lady Bridgerton resta silencieuse pendant un instant, puis elle lui sourit et ajouta :

— Ne nous attardons pas sur ce douloureux sujet. Parlons d'autre chose, voulez-vous.

Gareth regarda Hyacinthe qui se tenait parfaitement immobile, contenant une respiration qui trahissait son impatience. Elle avait travaillé à la traduction, cela ne faisait aucun doute, et elle mourait d'envie de lui révéler ce qu'elle avait appris. Gareth se retint de sourire. Il venait d'imaginer la tête que ferait Hyacinthe si sa mère et son frère décidaient de les laisser s'entretenir en privé.

— Lady Danbury me dit grand bien de vous.

— Il faut dire que j'ai l'immense avantage d'être son petit-fils.

— J'ai l'ai toujours aimée, même si elle effraie la moitié de Londres.

— Je lui transmettrai vos amitiés, madame.

— Elle me dit grand bien de vous.

Lady Bridgerton venait de se répéter et Gareth se demandait si elle l'avait fait exprès ou non. En tout cas, elle aurait difficilement pu se montrer plus explicite, à moins de lui faire miroiter la dot de sa fille. Elle ne savait pas, bien entendu, qu'il était né de père inconnu. Aussi charmante et généreuse que cette femme puisse être, Gareth doutait que lady Bridgerton se fût donné tant de mal pour le convaincre, si elle avait su qu'il était l'enfant d'un quelconque valet de pied.

— Sachez que c'est réciproque. Et, de sa part, c'est un beau compliment.

— Elle voue surtout une adoration à Hyacinthe, intervint Grégory Bridgerton.

Gareth tourna la tête. Il avait presque oublié la présence du jeune homme.

— Cela est vrai, ma grand-mère adore votre sœur.

Lady Bridgerton s'éclipsa, appelée à d'autres affaires plus urgentes, tandis que Grégory poursuivait :

— Le problème est que nous n'arrivons pas à la marier.

— Grégory ! s'exclama Hyacinthe.

— Mais il s'agit un compliment ! N'as-tu pas attendu cet instant toute ta vie durant ? J'admets enfin que tu es bien plus fine que tous les nigauds qui t'ont fait la cour jusqu'à présent.

— Voilà qui t'étonneras sans doute, mon cher frère, mais je ne m'endors pas en priant : « *Oh, j'aimerais tant que Grégory me fasse enfin un compliment, du moins ce qu'il prendrait pour tel, vu son esprit retors et peu subtil !* »

Gareth manqua s'étouffer en avalant une gorgée de thé. Grégory se tourna vers lui.

— N'est-elle pas diabolique ?

— Je m'abstiendrai de tout commentaire.

— Regardez qui est là !

Lady Bridgerton était revenue. Juste à temps, pensa Gareth. Dix secondes, et Hyacinthe allait étriper son frère sans autre forme de procès. Gareth tourna la tête vers la porte et se releva d'un bond : derrière lady Bridgerton se tenaient l'une des sœurs de Hyacinthe, en l'occurrence, celle qui avait épousé un duc. Enfin, c'était sans doute elle, mais comment en être sûr ? Les Bridgerton se ressemblaient tant qu'il était difficile de les distinguer.

— Daphné ! Viens donc t'asseoir aux côtés de ta petite sœur préférée !

— Mais, Hyacinthe, il n'y a pas de place à côté de toi.

— Pas encore, mais Grégory ne va tarder à nous quitter, n'est-ce pas ?

Grégory céda ostensiblement sa place à Daphné.

— Mes enfants, soupira lady Bridgerton en reprenant sa place. Je me demande encore ce que je vais bien pouvoir faire de vous.

C'était un trait d'humour, et personne n'aurait douté de l'amour sans partage qu'elle portait à ses enfants. Gareth trouva cette dernière remarque tout à fait charmante. Le frère de Hyacinthe était une petite peste, du moins lorsque sa sœur était dans les parages. Ces deux-là ne pouvaient s'empêcher de se couper sans arrêt la parole, ni de rivaliser en bons mots et autres piques. Mais, en dépit des apparences, ils s'adoraient.

— Je suis ravi de vous revoir, madame la duchesse, dit Gareth.

— Par pitié, appelez-moi Daphné. Les amis de Hyacinthe peuvent se dispenser de telles formalités. Par ailleurs, comment voulez-vous que je me sente duchesse dans le salon de ma propre mère ?

— Comment dois-je vous appeler ?

— Hum... Daphné Bridgerton ira très bien. Il est difficile d'abandonner son nom de famille dans ce clan. On ne s'en défait jamais vraiment, vous savez.

— J'ose espérer, ma fille, qu'il s'agit d'un compliment.

— Ma chère mère, je ne vous échapperai jamais, j'en ai bien peur. Rien de tel que votre propre famille pour vous donner l'impression de n'avoir jamais grandi, vous ne trouvez pas, monsieur Saint-Clair ?

— Je suis entièrement d'accord avec vous, répondit Gareth en repensant à sa récente altercation avec le baron.

— J'espère bien, monsieur Saint-Clair, conclut la duchesse.

Gareth resta silencieux. Il était de notoriété publique qu'il ne s'entendait guère avec son père, même si l'on ne connaissait pas l'origine du différend.

— Comment vont tes enfants, Daphné? s'enquit sa mère.

— Espiègles, comme toujours. David réclame un chiot, qui atteigne, si possible, la taille d'un petit poney en grandissant. Caroline désespère de retourner un jour chez Benedict. Voyez-vous, monsieur Saint-Clair, ma fille a passé trois semaines dans la famille de mon frère aîné qui lui a dispensé quelques leçons de dessin.

— C'est un artiste accompli, n'est-ce pas?

— Déjà deux tableaux exposés à la National Gallery, monsieur Saint-Clair, lança lady Bridgerton, rayonnante de fierté.

— Benedict ne se rend que très rarement en ville, précisa Hyacinthe.

— Sa femme préfère la tranquillité de la campagne et, pour sa part, il ne s'en plaint pas, ajouta sa mère.

Gareth décela une certaine fermeté dans sa voix indiquant qu'elle ne souhaitait pas poursuivre cette conversation. Tout au moins, pas devant un étranger. Lady Bridgerton venait de lancer un coup d'œil à Hyacinthe qui semblait en dire long: il était manifeste qu'elle voulait faire taire sa fille, toujours prompte à faire entendre sa pensée. Gareth fouilla dans sa mémoire. Benedict Bridgerton avait-il fait l'objet d'un quelconque scandale? Pas à sa connaissance. Cependant, Gareth était de dix ans son cadet, et si d'aventure quelque chose s'était passé, il aurait été trop jeune pour en avoir eu vent. Quoi qu'il en soit, Hyacinthe resta de marbre et se contenta d'adopter un air absent en regardant par la fenêtre.

— Est-ce qu'il fait chaud dehors, Daphné? Le temps a l'air ensoleillé.

— Oui, Hyacinthe. Il fait bon. Je suis d'ailleurs venue à pied de Hasting House.

— Oh, comme j'aimerais faire une petite promenade!

— Je serais ravi de vous accompagner, mademoiselle Bridgerton.

Il n'avait pas fallu plus d'une seconde à Gareth pour saisir l'allusion.

— Vraiment, monsieur Saint-Clair. Comme c'est aimable à vous.

— Je suis sortie ce matin, dit lady Bridgerton. Les crocus sont en fleur à Hyde Park. Vous les trouverez non loin de Guard House.

Gareth réprima un sourire. Ce bâtiment se trouvait à l'autre bout de Hyde Park, et il leur faudrait au moins la moitié de l'après-midi pour faire l'aller-retour à pied. Il se leva et offrit son bras à Hyacinthe.

— Allons voir les crocus, ma chère.

— Quelle excellente idée ! Donnez-moi juste un instant. Je vais demander à ma femme de chambre de nous accompagner.

— Je me joindrais volontiers à vous, lança Grégory.

Hyacinthe le foudroya du regard.

— Ou peut-être pas, à la réflexion.

— J'ai besoin de vous ici, intervint lady Bridgerton.

— Vraiment ? Et pourquoi donc, mère ?

— C'est ainsi, Grégory.

— N'ayez crainte, votre sœur est entre de bonnes mains. Je vous en donne ma parole.

— Oh, je ne m'inquiète pas pour elle, monsieur Saint-Clair. Mais plutôt pour vous ! ironisa Grégory.

Fort heureusement, Hyacinthe avait déjà quitté la pièce pour prendre son manteau, sans quoi la bataille aurait pu se prolonger toute l'après-midi.

CHAPITRE ONZE

Un quart d'heure plus tard. La vie de Hyacinthe va connaître un bouleversement majeur. Mais notre héroïne ne se doute encore de rien.

— J'espère que votre femme de chambre est discrète, dit Gareth à Hyacinthe.

— Oh, ne vous inquiétez pas; J'ai toute confiance en Frances.

— Voilà qui n'est guère rassurant.

— Je puis pourtant vous garantir qu'elle se tiendra à six mètres de nous durant toute notre promenade. Il suffit que nous lui achetions une boîte de bonbons à la menthe.

— Des bonbons à la menthe?

— Comme toutes les femmes de chambre dignes de ce nom, il est facile de la soudoyer.

Frances restait déjà à bonne distance du couple et avait l'air de s'ennuyer ferme.

— Je ne savais pas que c'était aussi simple.

— J'ai du mal à croire en votre ignorance.

Compte tenu de sa réputation sulfureuse, il semblait tout à fait improbable que Gareth n'ait jamais fait l'expérience de la corruption des femmes de chambre londoniennes ! Mais, malgré sa curiosité dévorante, Hyacinthe décida de s'en tenir là. Le jeune homme ne souhaitait pas divulguer ses secrets, aussi délectables soient-ils. Alors, pourquoi s'acharner ? Mieux valait changer de sujet.

— J'ai bien cru que nous n'arriverions jamais à nous échapper. J'ai tant de choses à vous raconter.

— Avez-vous réussi à traduire la note ?

Avant de répondre, Hyacinthe jeta un coup d'œil par-dessus son épaule pour vérifier que Frances gardait ses distances.

— Oui. La plus grande partie en tout cas. Assez pour vous affirmer qu'il faut diriger nos recherches vers la bibliothèque.

Gareth gloussa.

— Qu'y a-t-il de si drôle ?

— Isabella était bien plus rusée qu'on ne le croit. Elle ne pouvait pas mieux choisir que la bibliothèque : son mari n'y mettait jamais les pieds ! Pas plus que dans sa chambre d'ailleurs…

— J'ose espérer que votre grand-père possédait peu de livres. Je pense en effet qu'Isabella a glissé un indice dans l'un de ces ouvrages.

— Pas de chance ! S'il n'aimait pas la lecture, il tenait beaucoup aux apparences. Tout baron qui se respecte se doit d'avoir une bibliothèque fournie.

— Il nous faudra une nuit entière pour feuilleter tous ces livres !

Gareth lui lança un sourire plein de compassion qui troubla Hyacinthe sans qu'elle ne sache réellement pourquoi.

— Peut-être qu'une fois sur place, tout deviendra plus clair.

— C'est très exactement ce que j'espère. Mais Isabella aimait les énigmes, j'en ai bien peur. Ou… peut-être est-ce moi qui ne parviens pas à traduire l'ensemble. J'ai toutefois le sentiment que nous n'allons pas trouver les diamants, mais plutôt un indice. Je ne vois pas très bien comment elle aurait pu cacher les diamants entre deux pages.

— Elle aurait pu évider l'ouvrage, vous ne pensez pas ?

— Je n'y avais pas songé. Il faudra que nous redoublions nos efforts. Je crois, sans pouvoir jurer de rien, qu'il s'agit d'un traité scientifique.

Hyacinthe grimaça en essayant de retrouver les termes précis qui figuraient dans la note.

— Cela avait un rapport avec l'eau. Mais je ne crois pas que ce soit un ouvrage de biologie.

— Hyacinthe, si je ne vous l'ai pas encore dit, merci !

La jeune fille faillit trébucher. Ce dernier compliment était si inattendu.

— Je vous en prie. Je suis ravie de vous aider. Pour être tout à fait honnête, la vie va me paraître bien fade une fois cette aventure terminée. Ce journal est des plus distrayants.

— Malheureusement, toutes les bonnes choses ont une fin.

Mais Hyacinthe n'en était pas si convaincue. Depuis qu'elle avait commencé cette traduction et s'était mise en quête du trésor, elle avait pris conscience de la routine de son quotidien : toujours les mêmes gens, les mêmes mets, les mêmes soirées. Quel ennui ! Elle étouffait dans ce carcan. Peut-être était-ce la malédiction du journal d'Isabella Marinzoli Saint-Clair ? Tout était normal avant qu'elle ne commence à le traduire. Comment faire marche arrière après tout cela ? Rien ne serait plus comme avant, elle en était convaincue à présent.

— Quand retournons-nous à Clair House, Gareth ?

— J'imagine que vous ne le prendriez pas très bien si j'y allais seul, n'est-ce pas ?

— Extrêmement mal.

— L'obstination est-elle un trait familial des Bridgerton ?

— Non, mais certains n'ont rien à m'envier. Ma sœur Éloïse, par exemple, est des plus têtues. Sans parler de mon frère Grégory ! Quel animal ! fit-elle en levant les yeux au ciel.

— Mais pourquoi ai-je donc le sentiment que vous lui avez rendu au centuple la moindre de ses taquineries ?

— Vous pensez donc que je ne puis tendre l'autre joue ?

— Pas un instant.

— Eh bien, laissez-moi vous dire que vous avez entièrement raison, mon cher Gareth.

— « Œil pour œil et dent pour dent » telle est donc la loi du Talion selon mademoiselle Bridgerton ?

Hyacinthe resta interloquée. Gareth ne put résister à la tentation de la taquiner de plus belle :

— En tout cas, on ne peut pas dire que votre famille se soit montrée très subtile à notre propos.

— Je l'admets, il faut avoir un palais bien aguerri pour savourer pleinement leur compagnie. Je devrais sans doute vous présenter mes excuses.

— N'en faites rien, ma chère Hyacinthe, je vous en prie.

La jeune fille laissa échapper un soupir. Elle avait l'habitude de voir sa famille s'acharner pour lui trouver un mari, mais elle savait aussi combien ces manœuvres pouvaient embarrasser leur victime.

— Si cela peut vous rassurer, vous n'êtes pas le premier dans les bras duquel ils essaient de me jeter.

— Comme c'est joliment dit.

— Remarquez, c'est tout à notre avantage. Mieux vaut qu'ils continuent à penser que nous pourrions éventuellement convoler en justes noces.

— Tiens donc. Et pourquoi cela ?

Hyacinthe était au supplice. Elle ne savait pas encore très bien si elle souhaitait jeter son dévolu sur Gareth, mais ne voulait surtout pas qu'il comprenne qu'elle se posait ce genre de question. Car, si jamais il s'en rendait compte et la repoussait, quelle humiliation ! Jamais elle n'oserait remettre les pieds dans une salle de bal.

— Nous allons devoir passer beaucoup de temps ensemble, au moins jusqu'à ce que nous ayons terminé la traduction du journal. Si ma famille croit voir se profiler la flèche d'un clocher à l'horizon, personne ne trouvera rien à redire, c'est certain.

Gareth réfléchit à ces paroles et ne fit aucun commentaire. Hyacinthe poursuivit sa démonstration, avançant des arguments qu'elle inventait au fur et à mesure.

— Pour tout dire, ils ne rêvent que d'une chose : me voir enfin mariée !

— Je crois que vous ne leur rendez guère justice.

Contre toute attente, Gareth se montrait plus grave que de coutume. Il se tourna vers elle et la contempla avec une intensité peu commune.

— Vous avez beaucoup de chance d'avoir une telle famille, une famille qui vous aime et vous veut du bien.

Hyacinthe se sentit soudain mal à l'aise. Il avait un tel regard qu'elle avait l'impression que le monde s'évanouissait soudain autour d'eux. Mais il était hors de question qu'elle laisse transparaître son émoi, aussi plaisanta-t-elle :

— Seriez-vous donc le Prince Charmant ?

— Ce n'est pas ce que j'ai voulu dire, et vous le savez parfaitement !

— Je suis désolée.

Effrayée par la réaction de Gareth, Hyacinthe recula d'un pas.

— Vous devriez vous estimer heureuse d'avoir une famille aussi aimante !

— Je n'ai jamais prétendu le contraire.

— Savez-vous combien de gens me sont chers en ce monde ? Une seule personne ! Ma grand-mère. Et je donnerais ma vie pour elle.

Hyacinthe ne l'avait jamais vu aussi furieux. Lui, d'ordinaire si calme, si imperturbable. Même lors de cette fameuse nuit à Bridgerton House, alors qu'il était bouleversé par la rencontre avec son père, il ne s'était pas montré aussi véhément. Hyacinthe venait de comprendre ce qui le distinguait des autres : il gardait toujours une certaine légèreté en toutes circonstances. Pourtant, aujourd'hui, il semblait différent. Comme hypnotisée, elle ne parvenait pas à détacher les yeux de son visage.

— Savez-vous ce que c'est que d'être seul ? D'être absolument seul ? De savoir que, dans quelques années, vous n'aurez plus personne ?

Hyacinthe se tut pendant une minute qui lui sembla une éternité.

— Monsieur Saint-Clair ? Gareth ?

— J'aimerais tant connaître une autre personne pour qui je pourrais donner ma vie !

Hyacinthe eut soudain une révélation : elle allait épouser cet homme. Voilà une idée qui s'imposait soudain à elle comme une évidence. Seul Gareth Saint-Clair saurait se montrer à la hauteur de ses attentes. Il était drôle, piquant, parfois arrogant, mais il savait ce qui était important dans la vie. Incapable de parler, elle observait cet homme au port altier qui venait de faire chavirer son cœur. Elle eut soudain l'irrépressible envie de le toucher, de lui caresser la joue, de glisser ses doigts dans sa chevelure soyeuse... Mais elle resta figée. C'est alors qu'il plongea soudain ses yeux dans les siens et qu'il lui sembla enfin voir l'homme blessé derrière le masque du séducteur mondain.

— Et si nous rentrions, Hyacinthe ?

Gareth avait repris un ton ordinaire. La tension venait de retomber.

— Bien sûr. Quand voulez-vous retourner à Clair...

Hyacinthe s'arrêta net. Gareth regardait fixement un point au loin. La jeune fille se tourna, et quelle ne fut sa surprise lorsqu'elle vit le père de Gareth venir vers eux. Elle regarda rapidement autour d'elle et aperçut quelques membres de la bonne société de l'autre côté de la clairière ; mais personne n'était assez près pour entendre leur conversation. Encore fallait-il que Gareth et son père se dispensent de rivaliser en invectives.

Hyacinthe aurait voulu entraîner Gareth hors du chemin et éviter une scène, mais la curiosité était trop forte. Elle les voyait ensemble pour la première fois : peut-être pourrait-elle apprendre ce qui divisait les deux hommes.

— Voulez-vous que nous partions, Gareth ?

— Non. Ce parc est un endroit public et nous n'avons aucune raison de nous effacer.

— Êtes-vous sûr ?

Gareth n'entendit pas sa question. Un tremblement de terre ne l'aurait pas fait broncher, tant il était concentré sur l'homme qui approchait.

— Père. Quel plaisir de vous revoir.

— Gareth, quelle étrange coïncidence ! Vous trouver ici, en compagnie de Mademoiselle Bridgerton.

Hyacinthe resta pantoise. Elle avait perçu une légère ironie dans le ton de Lord Saint-Clair lorsqu'il avait mentionné son nom. Elle ne s'attendait certainement pas à se voir prise entre deux feux, mais il était déjà trop tard.

— Vous connaissez mon père, n'est-ce pas, mademoiselle Bridgerton ?

— Nous avons été présentés, monsieur.

— Mademoiselle Bridgerton. Toujours aussi charmante.

Lorsque le baron se pencha pour lui faire le baisemain, Hyacinthe sentit que quelque chose clochait. Depuis quand était-elle si charmante ?

— Vous appréciez donc la compagnie de mon fils ?

— Bien entendu. Vous devez être très fier de lui.

Hyacinthe n'avait pu résister : il fallait qu'elle lui lance cette dernière pique. L'occasion était trop belle.

— Fier. Voilà un adjectif qui ne manque pas d'intérêt.

— C'est un terme plutôt simple, vous savez, baron, rétorqua-t-elle non sans une certaine insolence.

— Rien n'est jamais simple avec mon père !

— Mademoiselle Bridgerton, mon fils veut sans doute dire que je suis capable d'apprécier les nuances, du moins lorsque le contexte s'y prête.

Mais de quoi parlent-ils donc ? se demanda Hyacinthe. Il n'y avait pas la moindre trace d'humour dans le ton du baron. Jamais elle n'avait entendu discussion plus absurde ! Elle retint sa langue car ce n'était pas à elle d'intervenir. Impatiente de connaître la suite, elle se tourna vers Gareth. Il souriait, mais son regard était de glace.

— Je crois bien que tout est parfaitement limpide.

— Et qu'en est-il de vous, mademoiselle Bridgerton ? Comment voyez-vous le monde ? Tout en nuances ou de manière plus tranchée ?

— Tout dépend du contexte, rétorqua Hyacinthe.

La jeune fille releva le menton avec insolence pour mieux le dévisager. Lord Saint-Clair était grand, comme son fils. C'était un homme vigoureux, au visage étonnamment jeune et avenant, sans parler de ses yeux bleu acier et de ses pommettes hautes et larges. Pourtant, dès le premier regard, Hyacinthe avait senti une colère sourde qui grondait en lui, quelque chose de sournois et de cruel. Son comportement à l'égard de Gareth était intolérable. Il suffisait d'observer son visage aux traits tendus ou de percevoir le léger tremblement dans sa voix.

— Voilà une réponse de diplomate, mademoiselle Bridgerton.

— Comme c'est amusant ! La diplomatie n'est pourtant pas mon fort, lord Saint-Clair.

— En effet, vous avez la réputation d'une jeune fille, comment dirais-je, plutôt directe.

— On m'aura sous-estimée, sans conteste !

— Assurez-vous cependant d'avoir toutes les cartes en main avant de vous forger une opinion, mademoiselle Bridgerton. Ou même... de prendre une décision.

Le baron venait de se tourner vers Gareth avec un petit air qui déplut fortement à Hyacinthe. Elle s'apprêtait à lui asséner une réponse cinglante, quand elle sentit soudain la pression des doigts de Gareth sur son bras. Il serrait tant qu'elle en avait presque mal.

— Il est temps de partir, Hyacinthe. Votre famille va vous attendre.

— Mes respects à votre mère, mademoiselle Bridgerton. Votre famille appartient à la crème de la bonne société, et je suis certain qu'ils ne veulent que ce qu'il y a de meilleur pour vous.

Hyacinthe n'avait aucune idée de ce que signifiaient toutes ces allusions ; il était évident qu'il lui manquait plusieurs cartes. Or, si elle détestait bien une chose, c'était de se trouver ainsi dans les ténèbres. Elle sentit Gareth la tirer vivement par le bras pour l'entraîner dans sa marche, ou plutôt sa course. À bout de souffle, incapable de maintenir l'allure, elle finit par trébucher sur un caillou et s'arrêta net.

— Qu'est-ce que c'est que toute cette histoire, Gareth ?

— Rien.

— Comment ça, rien ?

— Rien, vous dis-je.

Hyacinthe jeta un coup d'œil par-dessus son épaule et fut rassurée de voir le baron prendre la direction opposée. Soudain, elle trébucha de nouveau, s'effondrant sur son compagnon, lequel ne semblait guère enclin à la galanterie. Il marqua cependant une pause pour lui permettre de retrouver l'équilibre. Les questions pressantes de Hyacinthe l'agacaient. Elle n'aurait pas dû insister comme cela. Quand apprendrait-elle donc à tenir sa langue ?

— Qu'allons-nous faire, Gareth ?

Le jeune homme s'arrêta si brusquement qu'elle faillit lui rentrer dedans.

— Faire ? Nous ?

— Eh bien, oui, nous. Qui d'autre ?

— Nous n'allons rien faire du tout, ma chère. Nous allons tout simplement vous ramener à bon port, ensuite nous allons regagner nos appartements pour boire un verre.

— Pourquoi détestez-vous tant votre père ?

Gareth ne répondit pas. Il ne fallait rien attendre de lui. Cela ne regardait pas Hyacinthe, mais toute cette affaire avait tout de même piqué sa curiosité.

— Dois-je vous raccompagner ou bien souhaitez-vous rentrer avec votre femme de chambre ?

Hyacinthe regarda derrière elle : Frances était bien là, adossée à un grand orme et elle n'avait plus l'air de s'ennuyer le moins du monde. Elle n'avait pas perdu une miette de leur conversation. Hyacinthe soupira : il allait falloir lui acheter des tombereaux de bonbons à la menthe cette fois-ci !

CHAPITRE DOUZE

Vingt minutes plus tard, après une longue marche silencieuse.

Il est remarquable, pensa Gareth, qu'une simple rencontre avec le baron puisse anéantir une journée jusqu'alors si plaisante. Il détestait cet homme mais ce n'était pas ce qui l'irritait ni l'empêchait de trouver le sommeil. Ce qui le perturbait vraiment, c'était qu'une conversation le bouleverse à ce point. Tout cela aurait pourtant dû le laisser de marbre, mais non, à chaque confrontation avec son père, c'était la même chose : il cédait à la colère et se montrait provocant, pour le plaisir de voir le baron se décomposer. C'était grossier et fort peu mature de sa part. En outre, Hyacinthe avait assisté à toute la scène, il l'avait raccompagnée en silence, même s'il était manifeste qu'elle aurait bien voulu parler. Mais Gareth avait découvert que, si besoin, elle était capable de tenir sa langue. Ils étaient à présent arrivés devant chez elle et, aussi pénible que cela fût pour lui, il lui fallait maintenant s'excuser.

— Je suis navré. Vous n'auriez pas dû assister à pareille scène.

— Vous m'accompagnerez bien à l'intérieur, mon cher ? dit-elle sans lui répondre directement.

— Pardon, mais je crois qu'il vaut mieux que je rentre.

Hyacinthe prit soudain un air grave.

— J'aimerais vraiment que vous m'accompagniez.

L'invitation était si directe que Gareth ne pouvait la décliner. Il hocha la tête et la suivit dans le hall d'entrée. Grégory et Violette Bridgerton avaient rejoint leurs appartements : le petit salon était vide. Hyacinthe attendit que Gareth se soit assis avant de refermer la porte derrière elle. Il lui jeta un coup d'œil interrogateur. Pourquoi prenait-elle donc la peine de s'enfermer ainsi ? Dans certains cercles, il n'en fallait pas moins pour que l'on exige le mariage.

— Moi qui croyais que la présence d'un père aurait changé ma vie. Lorsque j'étais en colère contre ma mère, ou contre l'un de mes frères et sœurs, je me disais : « Ah, si seulement j'avais un père, il n'aurait pas manqué de prendre ma défense. » C'était un rêve d'enfant, bien entendu.

Gareth resta muet. Il l'imaginait enfant parmi les Bridgerton, tous les gamins, gambadant, hilares, dans cette vaste demeure… Hyacinthe avait eu tout ce qu'il aurait pu espérer, et cette pensée lui était particulièrement pénible.

— Vous savez, j'ai toujours été jalouse de mes amies. Elles avaient un père ! Depuis, j'ai changé d'avis.

Il se tourna vivement vers elle, plongeant ses yeux au plus profond des siens, incapable de détacher son regard de ce charmant visage.

— Mieux vaut être orpheline que d'en avoir un comme le vôtre. Je suis sincèrement désolée.

Hyacinthe possédait pourtant tout ce que lui, Gareth Saint-Clair aurait voulu détenir, et, malgré tout, elle comprenait sa situation.

— J'ai quelques souvenirs. C'est déjà ça, vous savez, Gareth. À dire vrai, ce sont les souvenirs que d'autres m'ont transmis. Mon père était un homme bon à ce qu'on m'a dit. Il m'aurait chérie sans réserve s'il avait vécu.

Gareth perçut le trouble de Hyacinthe à son air soudain frémissant. Il ne lui avait jamais vu cette expression qui lui ressemblait si peu, ce qui le fascinait d'autant plus. Elle avait le souffle court de quelqu'un qui se laisse peu à peu gagner par l'émotion.

— Et je sais aussi qu'il est souvent difficile de m'aimer.

Soudain un éclair traversa l'esprit de Gareth. C'était inexplicable, mais il savait, enfin, alors même qu'il se tenait là, à regarder Hyacinthe, que… Mais non ! Il serait au contraire si simple d'aimer une femme comme Hyacinthe Bridgerton. Gareth ne savait pas d'où lui était venue cette idée.

Hyacinthe tira le jeune homme de sa réflexion :

— Je parle trop, je sais.

— Que dites-vous ?

— Je suis bien trop bavarde, j'en ai conscience. Et puis, j'ai des idées arrêtées.

— Il est vrai que…

— Lorsque je n'obtiens pas ce que je veux, je suis parfaitement insupportable, je l'avoue. Et ce, même si j'aime à croire que c'est moi qui ai raison, enfin, la plupart du temps…

Gareth éclata de rire. Mon Dieu, voilà que Hyacinthe énumérait les défauts à cause desquels il était difficile de l'aimer ! Elle avait, bien sûr, entièrement raison, mais qu'importait tout cela ?

— Taisez-vous, voulez-vous, Hyacinthe ?

— Quoi ?

— Chut.

— Mais…

— Plus un mot, je vous prie.

Gareth posa l'index sur les lèvres de Hyacinthe qui, chose incroyable, se tut enfin.

Pendant un moment, Gareth se contenta de la fixer, captivé. Il était si rare de la voir ainsi, calme et posée, le visage immobile, les traits détendus, qu'il ne voulait pas gâcher cet instant précieux. Il voulait tout retenir : la courbure de ses sourcils semblables à deux ailes de colombe au plumage blond, ses yeux immenses d'un bleu azuréen où l'on se serait volontiers baigné. Il appréciait la palpitation de son pouls sous la légère pression qu'exerçait son doigt sur ses lèvres vermeille, cet infime bruit de gorge, ce roucoulement lointain qu'elle émettait sans s'en rendre compte.

Alors, n'y tenant plus, Gareth l'étreignit, attrapa son visage entre ses mains, approcha ses lèvres des siennes et lui donna un long baiser. Cette fois-ci, c'était différent. La première fois, il l'avait embrassée sous le coup de la colère : elle n'était rien de plus qu'un fruit défendu, la jeune fille inaccessible évoquée par son père. Aujourd'hui, il lui donnait son *premier baiser*, et il serait mémorable.

Hyacinthe avait la bouche d'une douceur infinie. Il attendait qu'elle soupire enfin et s'abandonne dans ses bras pour la serrer plus fort contre lui. Ce n'est qu'alors qu'il se laisserait aller à son tour. Gareth effleura ses lèvres et la taquina du bout de la langue jusqu'à ce qu'elle l'accueille enfin et lui rende son baiser. Jamais il ne l'aurait crue aussi diaboliquement séduisante. Elle ne savait pas ce qu'elle faisait, mais Gareth n'en était pas moins sous le charme. Il était comme fou.

Il durcit la langue tout en laissant glisser ses mains au creux de ses reins. Il l'attira à lui, transporté par le désir de ne faire plus qu'un avec ce corps frêle qui pliait sous ses assauts. Comment était-ce Dieu possible ? Avait-il perdu la raison ? Ils se trouvaient à deux pas d'une porte qui menaçait de s'ouvrir à tout moment... Si le frère de Hyacinthe venait à faire irruption dans la pièce, il n'hésiterait pas à écarteler Gareth. Et pourtant... Il ne pouvait contenir son désir. Il voulait la posséder tout entière ; qu'enfin, Hyacinthe Bridgerton lui appartienne sans partage. Que Dieu lui vienne en aide, il voulait connaître sa chair, ici et maintenant...

— Aimez-vous cela ? lui murmura-t-il.

Gareth la sentit hocher la tête, puis l'entendit soupirer tandis qu'il lui mordillait le lobe de l'oreille. C'en était plus qu'il fallait pour l'encourager à poursuivre ! Il n'y tenait plus.

— Et cela ? susurra-t-il en lui caressant le sein gauche.

Hyacinthe acquiesça à nouveau et laissa s'échapper un « oui » à peine audible tant elle avait le souffle court.

Gareth ne put contenir sa joie ni son irrépressible envie de palper sa chair. Il glissa la main sous les plis de son manteau, si bien que seul le fin tissu de sa robe faisait encore obstacle au contact de leurs peaux brûlantes. Il s'attarda sur son sein, en caressa l'auréole et sentit le téton durcir sous ses doigts.

— Vous aimerez cela bien plus encore, croyez-moi.

Hyacinthe laissa échapper un long gémissement de plaisir. Plus téméraire que jamais, Gareth se mit à jouer, délicatement, avec son téton, toujours plus réactif à ses caresses expertes. Hyacinthe gémit de plus belle et s'agrippa de toutes ses forces à son amant.

Nos ébats n'en seront que plus torrides, pensa instinctivement Gareth. Elle ne saura que faire, au début tout au moins, mais elle apprendra vite. Quoi qu'il en soit, nous aurons toute une vie pour parfaire notre union. Elle serait à lui, et à lui seul.

Gareth chercha sa bouche et l'embrassa, avide. Pourquoi ne l'épouserait-il pas, enfin ? Pourquoi pas ? Il s'écarta soudain, tenant encore son visage dans ses mains. Certains sujets méritaient réflexion, et Dieu sait pourtant si la raison lui faisait défaut lorsqu'il étreignait Hyacinthe Bridgerton.

— Ai-je fait quelque chose de mal ? murmura-t-elle.

Gareth secoua la tête en plongeant ses yeux dans les siens.

Pourquoi ne pas l'épouser après tout ? Tout le monde semblait vouloir les marier, à commencer par sa propre grand-mère, lady Danbury. Avait-elle cessé d'y faire une seule fois allusion depuis un an ? Quant aux Bridgerton, ils n'avaient pas exactement fait preuve d'une subtilité renversante non plus... De surcroît, il appréciait *vraiment* Hyacinthe et c'était déjà bien plus que ce qu'il avait pu éprouver pour toute autre femme. Elle était certes incorrigible, mais il l'aimait. Il devenait de plus en plus clair qu'il ne parviendrait guère plus longtemps à résister à la tentation : il fallait qu'il la possède enfin. Un autre après-midi comme celle-là, et ils couraient à la ruine. Il voyait déjà leur mariage. Sa famille, sa grand-mère, lady Danbury. Et puis surtout lord Saint-Clair.

Il épouserait Hyacinthe de son plein gré, provoquant une fois encore le baron qui ne s'en remettrait jamais ! Mais, pensa-t-il, en laissant glisser ses doigts le long du visage de Hyacinthe, il fallait bien faire les choses. Il n'avait pas toujours respecté les convenances, mais on devait parfois savoir se montrer gentleman : Hyacinthe n'en méritait pas moins. Gareth prit sa main dans la sienne et la porta à sa bouche pour y déposer un baiser d'adieu.

— Il faut que je vous quitte maintenant, ma chère Hyacinthe.

— Mais où allez-vous ?

Gareth pouvait encore lire toute l'ardeur de leur baiser dans les yeux de Hyacinthe, ce qui n'était pas pour lui déplaire. Il aimait à la voir ainsi confuse, moins assurée qu'à l'ordinaire, vulnérable pour tout dire.

— J'ai besoin de réfléchir à deux ou trois choses. Et puis, j'ai quelques affaires à régler aussi.

— Mais... quoi donc ?

— Vous le saurez bien assez tôt.

— Quand ?

— Vous n'avez donc que des questions cet après-midi ?

Gareth se dirigea vers la porte puis marqua une pause en entendant la réponse de Hyacinthe, qui venait visiblement de retrouver ses esprits :

— Je n'aurais pas à en poser si vos propos avaient un peu plus de substance.

— À notre prochaine rencontre, chère mademoiselle Bridgerton.

— Mais *quand*, enfin ? Ne faites pas tant de mystères ! *Quand* ?

Gareth s'éclipsa dans le hall, hilare, repensant à l'air exaspéré de Hyacinthe. Il avait fait mouche.

Une heure plus tard, dans le hall de Bridgerton House. Notre héros n'a apparemment pas perdu de temps.

— Le vicomte va vous recevoir, monsieur.

Gareth emboîta le pas au majordome qui le conduisit jusqu'aux appartements privés de la maison. C'était la première fois qu'il y mettait les pieds.

— Monsieur est dans son bureau.

Gareth acquiesça. C'était l'endroit adéquat pour un tel entretien. Anthony Bridgerton, chef de famille, voulait sans doute apparaître tout à son avantage.

Bien qu'il n'ait fourni aucune indication sur l'objet de sa visite, Gareth ne doutait pas que le frère de Hyacinthe en avait deviné le motif.

Pourquoi Gareth viendrait-il ainsi à lui si ce n'était pour demander la main de sa sœur ? Maintenant qu'il avait passé un peu plus de temps en compagnie de la famille de Hyacinthe, il ne doutait pas que sa mère ait déjà parlé à son aîné de la possibilité d'une union.

— Monsieur Saint-Clair, dit le vicomte en se levant pour l'accueillir.

Voilà qui était prometteur : le protocole n'exigeait nullement que le vicomte quittât son siège pour venir à la rencontre de Gareth. C'était un signe de respect.

— Lord Bridgerton.

Le frère de Hyacinthe avait la même chevelure cuivrée que sa sœur, à ce détail près qu'il avait les tempes grisonnantes, un signe de maturité qui lui conférait d'autant plus de prestance. C'était un bel homme, grand, solide et puissant. D'un geste de la main, le vicomte l'invita à s'asseoir face à lui, sur un magnifique fauteuil en cuir patiné.

— Je vous en prie, monsieur Saint-Clair, prenez place.

Gareth s'assit. Il avait toutes les peines du monde à garder son calme et surtout, à se retenir de faire des gammes sur les accoudoirs. Jamais il n'avait demandé la main de quiconque, et ciel, quel supplice ! Il devait paraître posé, sûr de lui, et éviter à tout prix de bafouiller. S'il épousait finalement Hyacinthe, il fréquenterait le vicomte, alors autant éviter de faire figure de bouffon !

— J'imagine que vous devinez la raison de ma visite, vicomte.

Ce dernier avait repris place derrière son bureau d'acajou. Inclinant légèrement la tête et joignant les mains en prière, il déclara :

— C'est possible. Mais pour nous épargner tout embarras, à l'un comme à l'autre, veuillez me faire connaître vos intentions.

Gareth reprit son souffle. Le frère de Hyacinthe ne lui facilitait pas la tâche. Cela importait peu : il s'était juré de bien faire les choses, et il ne se laisserait pas intimider.

— Je souhaite épouser Hyacinthe.

Le vicomte ne leva pas même un sourcil et ne pipa mot. Pris au dépourvu, Gareth ajouta :

— Si elle veut bien de moi, évidemment.

À la surprise de Gareth, le vicomte soupira comme s'il était soulagé d'entendre enfin cette demande en mariage. Gareth l'avait pourtant vu à maintes occasions et connaissait bien sa réputation : il n'était pas homme à soupirer, et encore moins à grogner. Il avait eu l'impression que le vicomte avait murmuré, les yeux levés vers le ciel, « Dieu, merci mon Dieu » en entendant sa requête. Lord Bridgerton laissa retomber ses mains sur le bureau avec une force surprenante, regarda Gareth droit dans les yeux et lui dit d'un ton solennel :

— Oh, elle vous épousera. Ce ne sera pas un problème.

Ce n'était pas tout à fait la réponse qu'attendait Gareth.

— Je vous demande pardon ?

— J'ai besoin de boire quelque chose. Nous avons quelque chose à fêter, n'est-ce pas ?

— Euh… Oui ?

Lord Bridgerton se leva, traversa la pièce et prit une carafe en cristal taillé posée sur une étagère de sa bibliothèque. Non, se dit-il à lui-même, en la remettant à sa place. Il nous faut le meilleur, rien de moins.

— Le meilleur, n'est-ce pas ? poursuivit-il, l'œil étrangement brillant.

— Euh…

Gareth ne savait comment prendre cette interpellation.

— Le meilleur, reprit le vicomte avec fermeté. Il déplaça quelques livres et glissa la main derrière la première rangée pour en extirper une très vieille bouteille de cognac.

— Il faut que je le cache, vous savez.

Le vicomte remplit généreusement deux verres avant d'en tendre un à Gareth.

— Vos domestiques ?

— Non, mes frères. Bienvenue dans la famille !

Gareth accepta volontiers ce toast, même s'il était un rien déconcerté. Tout s'était passé si facilement qu'il n'en revenait pas. Il ne manquait plus qu'un contrat en bonne et due forme et un prêtre pour compléter le tableau.

— Merci, lord, je…

— Vous devriez m'appeler Anthony. Nous allons bientôt être frères après tout.

— Anthony. Je voulais juste…

— C'est un jour merveilleux. Merveilleux. Vous n'avez pas de sœur, n'est-ce pas, Gareth ?

— Aucune.

— J'en ai quatre pour ma part. Quatre ! Maintenant qu'elles sont toutes en main, ma tâche est finie. Je suis enfin libre !

Le vicomte avait l'air si joyeux qu'il aurait pu se mettre à danser quelque gigue endiablée sans surprendre Gareth.

— Mais vous avez des filles, n'est-ce pas ?

— Une fille, et elle n'a que trois ans. J'ai de belles années devant moi avant de devoir recommencer. Avec un peu de chance, elle se convertira au catholicisme et se fera nonne.

Gareth manqua de s'étrangler.

— Ce cognac est délicieux, vous ne trouvez pas, Gareth ? Vingt-quatre ans d'âge.

— Je ne crois pas en avoir goûté de plus vieux.

— Bien, vous souhaitez sans doute discuter de la dot, j'imagine.

À dire vrai, Gareth n'y avait pas même songé, ce qui était fort surprenant venant d'un homme qui possédait si peu de fonds. Il avait lui-même était si surpris par cette envie subite d'épouser Hyacinthe qu'il n'avait pas songé aux détails pratiques de leur union.

— Tout le monde sait que j'ai augmenté son trousseau l'an passé, et je m'y tiendrai. J'ose espérer que ce n'est pas ce qui vous pousse à la demander en mariage.

— Bien sûr que non, répondit Gareth sur la défensive.

— J'en suis convaincu, mais je me devais de m'en assurer.

— Cela dit, j'aurais peine à croire que quiconque vous avouerait pareille motivation…

— J'aime à penser que je puis lire sur le visage d'un homme s'il est en train de mentir.

— Bien sûr.

Le visage du vicomte s'était durci, mais il ne semblait pas vexé pour autant. Gareth reprit donc place dans son fauteuil.

— Reprenons, Anthony, si vous voulez bien. Il me semble que sa dot s'élève à…

Un rien confus, il observa son interlocuteur qui secouait la tête sans paraître l'entendre.

— Anthony ?

— Toutes mes excuses. Je ne suis pas tout à fait moi-même aujourd'hui.

— Je comprends.

— Je ne pensais jamais voir venir ce jour. Nous avons reçu plusieurs demandes, certes, mais c'est bien la première fois que j'éprouve l'envie d'en satisfaire une. Il émit un long soupir, puis reprit le fil de la conversation :

— Je commençais à désespérer de voir enfin quelqu'un qui soit à la hauteur.

— Vous ne rendez guère justice à votre sœur, il me semble.

— Pas du tout. Mais je ne suis pas aveugle et je vois clairement les… comment dire… les qualités qui font d'elle une femme unique.

Lord Bridgerton se releva et Gareth comprit qu'il cherchait à l'intimider en se servant de son impressionnante taille. Mieux valait de ne pas oublier que cet homme était potentiellement dangereux, et ce malgré le soulagement initial qu'il avait exprimé.

— Ma sœur Hyacinthe est un trésor, ne l'oubliez jamais et, si vous tenez à la vie, vous la traiterez comme la prunelle de vos yeux.

Gareth se tut. Le moment aurait été mal choisi pour rétorquer.

— Mais Hyacinthe n'est pas commode pour autant, je suis le premier à l'admettre. Rares sont les hommes qui peuvent prétendre l'affronter, et si jamais elle se retrouve liée à quelqu'un qui ne sait pas apprécier sa personnalité singulière, elle sera extrêmement malheureuse et je ne pourrais le tolérer.

Gareth garda le silence, sans cesser toutefois de soutenir le regard sombre du vicomte.

— Je vous accorde sa main, mais vous devriez bien réfléchir avant de la lui demander vous-même.

— Que dites-vous ? demanda Gareth, plein de soupçons.

Le vicomte haussa les épaules et, d'une voix calme et posée, informa Gareth de ses propres intentions :

— Je ne lui toucherai pas mot de notre entrevue. C'est à vous de décider si vous voulez conclure dans un sens ou dans un autre. Si vous deviez abandonner votre projet, elle n'en saurait jamais rien.

Combien d'hommes le vicomte avait-il bien pu faire fuir ainsi ? se demanda Gareth. Mon Dieu, était-ce la raison pour laquelle Hyacinthe n'était toujours pas mariée ? Il aurait sans doute dû lui rendre grâce car, après tout, c'était grâce à lui qu'il pouvait encore prétendre l'épouser. Malgré tout, Hyacinthe avait-elle conscience de la folie de son frère aîné ? Il avait le regard enflammé des fous lorsqu'il parlait d'elle.

— Si vous ne faites pas le bonheur de ma sœur, vous en pâtirez, croyez-moi. J'y veillerai personnellement.

Gareth s'apprêta à lui lancer une réplique cinglante… Au diable les politesses et autres convenances ! Il en avait assez de prendre des gants avec sa Majesté lord Bridgerton ! Mais il se ravisa, ne voulant pas se brouiller à vie avec son futur beau-frère.

— Vous l'aimez, n'est-ce pas, Anthony ?

— Bien sûr que je l'aime ! Il s'agit de ma soeur !

— J'aimais mon frère pour ma part. Ma grand-mère exceptée, je n'avais personne d'autre au monde.

— Vous n'avez donc nulle intention de vous rapprocher de votre père ?

— Non.

Anthony ne posa pas d'autres questions et se contenta de lui dire :

— Si vous épousez Hyacinthe, nous serons votre famille.

Gareth voulut parler mais sa voix lui fit défaut. Il était incapable d'exprimer ses sentiments.

— Pour le meilleur et pour le pire.

Les deux hommes restèrent un temps silencieux, puis le vicomte reprit la parole :

— Y'a-t-il quelque chose que je devrais savoir à son sujet ?

— De qui parlez-vous ?

Gareth sentit son sang se figer.

— De votre père.

— Non.

Anthony réfléchit un instant avant de demander :

— Fera-t-il des histoires ?

— C'est possible.

Gareth ne pouvait mentir plus longtemps, cela était trop douloureux ; trop dangereux aussi, car il ne savait pas du tout à quoi s'attendre de la part du baron. Qu'allait-il faire ? Comment les Bridgerton allaient-ils réagir s'ils venaient à apprendre la vérité ? C'est à cet instant que Gareth comprit qu'il devait épouser Hyacinthe dès que possible. Elle ne manquerait pas, poussée par sa mère, d'exiger une de ces cérémonies interminables qui requéraient des mois d'organisation, mais il faudrait qu'il soit ferme. Si le baron venait à divulguer la vérité sur ses origines obscures, les Bridgerton ne pourraient plus annuler le mariage.

Il fallait qu'il la compromette irrévocablement et le plus tôt serait le mieux. Elle traduisait le journal d'Isabella et ce dernier pouvait bien recéler la vérité. Cela n'avait guère d'importance dans l'absolu, mais il était vital qu'elle n'apprenne le secret de ses origines qu'une fois leur mariage assuré. Gareth détestait avoir à se comporter ainsi, mais la conquête de Hyacinthe n'avait pas de prix.

CHAPITRE TREIZE

*Une heure plus tard. Notre héros met au point son projet.
Peut-être avons-nous oublié de vous le préciser, mais la
scène se déroule un mardi.*

— Pardon ? fit lady Danbury d'une voix de chouette. Parlez plus fort !

— Mais pourquoi ai-je donc l'impression d'avoir déjà entendu ça quelque part ?

— Ma chère, vous parlez toujours trop bas.

— Comme c'est amusant... ma mère ne me fait jamais cette remarque.

— Votre mère a des oreilles d'un tout autre millésime. Et puis, où est donc passée ma canne ?

Depuis qu'elle avait vu Gareth à l'oeuvre, Hyacinthe n'hésitait plus à prendre les devants lorsqu'elle se retrouvait confrontée à la canne de lady Danbury. Elle lui lança d'un sourire malin :

— Je l'ai cachée.

— Hyacinthe Bridgerton, vous êtes plus rusée qu'une chatte.

— Une chatte ?

— Je n'aime pas les chiens, ni les renards d'ailleurs.

Lady Danbury accompagna cette dernière remarque d'un geste de dédain, mais Hyacinthe décida qu'il s'agissait d'un compliment. C'était toujours la meilleure chose à faire lorsque lady Danbury se mettait à dire n'importe quoi. Elle reprit donc, chapitre dix-sept.

— Voyons... où en étions-nous ?

— Où l'avez-vous cachée ?

— Si je vous le disais, elle ne le serait plus, n'est-ce pas ?

— Je suis coincée dans ce fauteuil si je n'ai pas ma canne. Vous n'oseriez tout de même pas priver une pauvre vieille de son seul moyen de locomotion ?

— Mais si. Bien sûr que si.

— Vous avez passé bien trop de temps en compagnie de mon petit-fils !

Hyacinthe ne se leva pas et resta concentrée sur son roman. Elle avait beau feindre l'indifférence, elle savait qu'elle ne trompait personne. Elle pinça les lèvres, puis adopta une moue boudeuse, comme à chaque fois qu'elle cherchait à éviter le regard de quelqu'un. Mais elle sentait déjà ses joues rosir.

Règle numéro un : lors d'un entretien avec lady Danbury, ne jamais montrer la moindre faiblesse.

Règle numéro deux : dans le doute, toujours appliquer la règle numéro un.

— Hyacinthe Bridgerton, dites-moi un peu… vous avez les joues roses !

La jeune fille releva la tête avec un air des plus détachés.

— Vous m'en voyez fort marrie, mais n'ayant point de miroir à portée de main, je ne saurais vous répondre.

— Roses ! Je vous en fiche mon billet !

— Si vous le dites, comtesse.

Hyacinthe tourna une page, l'air un peu trop appliqué pour être honnête, puis observa la petite déchirure à la base de la reliure. Tant pis, pensa-t-elle. Après tout, Priscilla Butterworth en avait vu d'autres.

— Pourquoi rougissez-vous ?

— Je ne rougis pas.

— Je crois bien que si.

— Je ne…

Hyacinthe se reprit à temps. Elle n'allait tout de même pas se chamailler avec la comtesse comme une enfant ! Elle déclara donc avec une dignité extrême et le plus profond respect des convenances :

— J'ai chaud, voilà tout.

— La température de cette pièce est idéale. Pourquoi rougissez-vous, enfin ?

Hyacinthe lui lança un regard réprobateur.

— Voulez-vous que je vous lise ce roman, oui ou non ?

— Non. J'aime autant savoir pourquoi vous rougissez.

— Je ne rou-gis pas ! fit-elle en hurlant presque.

Lady Danbury esquissa un sourire tout à fait diabolique.

— Eh bien, vous êtes toute rouge maintenant !

— Si j'ai les joues roses, c'est de colère, voyez-vous !

— Seriez-vous en colère contre moi ?

Lady Danbury posa la main sur son cœur. On lui aurait donné le bon Dieu sans confession.

— Si vous permettez, j'aimerais reprendre ma lecture.

— S'il le faut, soupira lady Danbury. Je crois que Miss Butterworth escaladait une colline.

Hyacinthe rouvrit le livre avec un air résolu.

— Eh bien ?

— Donnez-moi le temps de retrouver le passage.

Hyacinthe parcourut l'ouvrage à la recherche de Miss Butterworth et de la colline en question. Il y en avait plus d'une dans le roman, et elle les avait toutes escaladées, et c'est le visage de Gareth qu'elle distinguait entre les lignes.

Ah ! Gareth. Son regard canaille, ses lèvres parfaites, sans parler de la fossette qu'il ne manquerait pas de renier si d'aventure elle la lui faisait remarquer. Gareth… Mais voilà que se réveillait l'oie blanche qui sommeillait en elle. On aurait cru entendre Miss Butterworth en personne ! Pourquoi renier une fossette ? Quelle idiotie.

Prise d'un doute, Hyacinthe revint quelques pages en arrière. Voilà, c'était bien le passage qu'elle cherchait, pile au milieu du chapitre seize :

« Il avait le regard canaille et des lèvres au contour parfait. Il avait une fossette au menton, à peine marquée, mais néanmoins visible. Mais il n'aurait pas manqué de nier tout en bloc si elle avait eu le courage de la lui faire remarquer. »

Grand Dieu ! pensa Hyacinthe qui comprit tout à coup que Gareth n'avait probablement pas de fossette.

— Vous n'êtes pas si perdue que vous ne puissiez trouver la page, rassurez-moi ? Vous venez de feuilleter au moins trois chapitres.

— Je cherche, je cherche.

Hyacinthe était en train de perdre la raison. Comment pouvait-il en être autrement si elle se mettait à citer, bien malgré elle, des passages de *Miss Butterworth* !

Il l'avait embrassée.

Il l'avait vraiment embrassée. La première fois ne comptait pas : leurs lèvres s'étaient trouvées, sans que ce soit un véritable baiser. Ce n'était plus le cas après leur seconde étreinte.

Hyacinthe soupira.

— Pourquoi soupirez-vous maintenant ?

— Ce n'est rien.

— Vous n'êtes pas vous-même cette après-midi, mademoiselle Bridgerton.

Hyacinthe ne tenait pas vraiment à en débattre, aussi reprit-elle sa lecture : « *Miss Butterworth escaladait le flanc de la colline, plongeant ses doigts dans la terre à chaque pas...* »

— Vous croyez qu'on peut marcher sur les doigts ?

— Dans ce roman, il semblerait que ce soit le cas.

Hyacinthe s'éclaircit la voix avant de poursuivre : « *Elle l'entendait marcher derrière elle. Il se rapprochait peu à peu, et il ne tarderait pas à franchir la distance qui les séparait encore. Mais pourquoi ? Quelle étaient ses intentions ? Allait-il lui faire du mal ? Voulait-il son bien ?* »

— Du mal, j'espère. Cela rend les choses plus piquantes.

— Entièrement d'accord avec vous. « *Comment savoir. Comment savoir ? Mais COMMENT savoir ?* »

Hyacinthe leva les yeux.

— C'est moi qui souligne.

— Je vous l'accorde.

Elle reprit sa lecture : « *Puis elle se souvint du conseil que lui avait donné sa mère, avant que la pauvre femme ne périsse, picorée à mort par une horde de pigeons...* »

— Vous voulez rire !

— Mais pas du tout. Il s'agit d'un roman après tout. Je vous assure que c'est écrit là, page 193.

— Faites-moi voir ça, je vous prie.

Hyacinthe écarquilla les yeux. Lady Danbury l'accusait souvent d'enjoliver les histoires, mais c'était bien la première fois qu'elle voulait vérifier. Elle se leva et lui montra le passage en question.

— Eh bien, que Dieu ait pitié. La pauvre femme, morte sous les assauts de pigeons. J'aimerais mieux mourir dans mon lit.

— Je ne pense pas que vous ayez à vous faire trop de souci.

Lady Danbury tendit la main pour attraper sa canne, puis gronda en s'apercevant qu'elle n'était toujours pas réapparue.

— Continuez ! aboya-t-elle.

— Bien. Voyons, oui... « *picorée à mort par une horde de pigeons.* »

Hyacinthe leva les yeux, hilare.

— Je suis navrée, je ne peux poursuivre sans rire.

— Contentez-vous de lire !

Hyacinthe s'éclaircit la voix plusieurs fois avant de reprendre : « *Elle n'avait que douze ans. Elle était bien trop jeune pour une telle conversation, mais peut-être sa mère avait-elle anticipé sa fin prochaine.* »

— Je suis désolée, mais comment pourrait-on anticiper pareil événement ?

— Comme vous me l'avez si justement fait remarquer, c'est un roman, ma chère Hyacinthe.

« *Sa mère lui avait pris la main, puis, le regard plein de tristesse, elle lui avait parlé en ces termes : "Ma chère, ma très chère Priscilla, il n'y rien de plus que l'amour en ce bas monde".* »

Hyacinthe jeta un coup d'œil à la comtesse et quelle ne fut sa surprise en voyant que lady Danbury buvait chacune de ses paroles. Elle qui s'attendait plutôt à la voir faire des mines et autres grimaces de dégoût ! « *Mais, tu rencontreras des fourbes, Priscilla, ma chérie. Certains hommes chercheront à profiter de toi sans éprouver le moindre sentiment.* »

— C'est vrai, confirma lady Danbury.

Hyacinthe leva les yeux. Il était manifeste qu'elle avait parlé sans même s'en rendre compte et qu'elle se trouvait bien embarrassée maintenant.

— Eh bien, oui, c'est vrai, Hyacinthe.

Elle se décida à continuer sa lecture comme si de rien n'était : « *Il faudra apprendre à te fier à ton instinct, Priscilla, ma chérie. Je vais te donner un bon conseil. Garde-le près de ton cœur et ne l'oublie jamais, car je te jure que ce que je vais te dire est bien vrai.* »

Hyacinthe tourna la page, à son tour gênée de se voir ainsi captivée par l'histoire. « *Priscilla se pencha en avant et toucha la joue pâle de sa mère. "Qu'est-ce, Maman ?" demanda-t-elle.* »

Lady Danbury dressa l'oreille tandis que Hyacinthe approchait le livre plus près de ses yeux. « *Tout est dans son baiser, murmura sa mère. Tout est là, dans son baiser.* »

Sans même s'en rendre compte, Hyacinthe porta la main à ses lèvres et les effleura de ses doigts.

— Eh bien, si je m'attendais à ça ! s'exclama lady Danbury.

Tout est dans son baiser. Était-ce possible ?

— Lady Danbury, monsieur Saint-Clair désire s'entretenir avec vous.

Le majordome venait d'entrer dans la pièce.

— Gareth sollicite une audience ? Lui qui d'ordinaire se contente d'entrer sans frapper !

— Il demande aussi à voir mademoiselle Bridgerton.

— Moi ?

— Hyacinthe ! Dans *mes* salons ?

— C'est ce qu'il a annoncé, Madame.

— Eh bien, ma foi...

Gareth pénétra dans la pièce et, sous le regard curieux de sa grand-mère, fonça sur Hyacinthe, non sans se demander s'il avait bien fait de venir directement ici après son entretien avec Anthony Bridgerton. Mais, à peine était-il sorti de la maison, qu'il s'était souvenu que nous étions mardi. N'était-ce pas le jour où Hyacinthe faisait immanquablement la lecture à sa grand-mère ? S'il voulait la demander en mariage, il n'avait qu'à parcourir les quelques centaines de mètres qui le séparait de Danbury House.

Il aurait probablement dû attendre et choisir un endroit bien plus romantique, mais il avait pris sa décision et il ne voulait plus attendre. Et puis, après tout ce que sa grand-mère avait fait pour lui toutes ses années durant, elle méritait d'être la première à l'apprendre. Il n'avait cependant pas prévu de faire sa demande en mariage en sa présence. Il lui lança un regard.

— Qu'y a-t-il ? aboya-t-elle.

Il brûlait d'envie de lui demander de partir, mais il savait pertinemment qu'elle refuserait. Il fit donc comme si elle ne le scrutait pas et se tourna vers la jeune fille.

— Hyacinthe ?

Elle le regarda, attendant qu'il s'exprime enfin.

— Hyacinthe, répéta-t-il avec un peu plus d'assurance cette fois. Puis il lui sourit en plongeant ses yeux dans les siens.

— Nous savons comment elle s'appelle !

Gareth ignora l'intervention de sa grand-mère, poussa la petite table qui l'empêchait de mettre un genou à terre, puis se glissa au sol.

— Hyacinthe, me ferez-vous l'immense honneur d'être ma femme ?

Elle écarquilla les yeux, puis son regard s'embua. Gareth remarqua le léger tremblement qui parcourut ces lèvres délectables qu'il avait embrassées quelques heures auparavant.

— Je... Je...

— Oui, hurla enfin lady Danbury. Oui, bien sûr ! Elle vous épousera !

— Je crois qu'elle peut parler pour elle-même.

— Non, c'est évident. Elle est en incapable. Voyez vous-même !

— Oui, répondit Hyacinthe en retenant ses larmes. Je le veux.

— Bien.

— Eh bien, eh bien... Qu'on me donne ma canne !

— Sous l'horloge.

Hyacinthe ne pouvait détacher ses yeux de Gareth. Lady Danbury n'en revenait pas, mais elle parvint à se lever pour récupérer sa canne.

— Pourquoi, Gareth ?

— Pourquoi quoi ?

— Pourquoi me demandez-vous en mariage ?

— Je pense que c'est assez clair, non ?

— Dis-lui, beugla lady Danbury tout en assénant un grand coup de canne au tapis, ravie d'avoir retrouvé son jouet favori.

Hyacinthe et Gareth se tournèrent tous deux vers elle, ce dernier avec un brin de condescendance à peine marquée, visiblement impatients de voir la vieille dame s'éclipser.

— Oh, très bien ! J'ai compris. J'imagine que vous aimeriez un peu d'intimité maintenant.

Ni l'un ni l'autre ne soufflèrent mot.

— Je m'en vais, je m'en vais.

Lady Danbury s'achemina vers la porte avec une lenteur des plus suspectes.

— Mais, n'imaginez pas que vous avez tout le temps du monde. Je reviens dans un instant. Je vous connais, *Gareth,* et si vous croyez que je vais vous confier sa vertu !

— Ne suis-je pas votre petit-fils ?

— Cela ne fait pas de vous un saint, mon cher.

Elle sortit enfin de la pièce et referma la porte derrière elle.

— Je pense plutôt qu'elle souhaite me voir vous compromettre. Elle n'aurait jamais fermé la porte si ce n'était pas le cas.

— Ne soyez pas idiot.

Hyacinthe sentait qu'elle rougissait malgré elle.

— Non, je crois que, bien au contraire, c'est ce qu'elle veut. Elle veut que vous soyez enfin sa petite-fille, et elle vient tout juste de faire en sorte d'assurer votre ruine… et notre union !

Gareth prit ses mains dans les siennes et les approcha de ses lèvres pour les baiser.

— Je ne reculerai pas. Je viens de vous donner ma parole.

— C'est vrai, n'est-ce pas ?

Gareth prit l'un de ses doigts pour le glisser entre ses lèvres.

— Gareth, vous n'avez pas répondu à ma question.

— Vous m'avez demandé quelque chose ?

Le jeune homme faisait courir la pointe de sa langue au creux de la première phalange de son index, titillant sa peau diaphane. La voir troublée par une caresse aussi légère, avait quelque chose de fascinant.

— Vous êtes si charmante. Et vous serez bientôt mienne.

Il retourna sa main pour lui caresser la paume. Puis, il s'inclina pour effleurer de ses lèvres le creux de son poignet. Elle avait le souffle de plus en plus court, transportée par tant de caresses.

— J'aime votre peau si douce, si veloutée.

Il tenait son bras comme une rose délicate qu'il aurait voulu protéger. La journée avait été chaude et Hyacinthe ne portait qu'une robe légère dont les manches ballon laissaient son avant-bras à sa merci. S'il poursuivait son exploration jusqu'aux épaules, Hyacinthe allait s'évanouir de bonheur.

— Mais j'aime surtout leur forme. Ils sont fins, avec juste ce qu'il faut de fermeté et de rondeur. Vous êtes un brin athlétique, n'est-ce pas ?

Il lui sourit à demi.

— Je l'ai remarqué à votre façon de marcher, d'occuper l'espace.

— Quoi ?

Sa main s'était déplacée sur sa hanche, avait glissé sur sa jambe, s'attardant sur la courbe de sa cuisse.

— Je crois que vous savez...

Hyacinthe sentit son corps soudain submergé par un flot de chaleur tandis qu'un torrent d'images lui venaient à l'esprit. Elle savait fort bien de quel commerce les relations entre hommes et femmes étaient faites. Elle avait extorqué la vérité à ses sœurs depuis fort longtemps. Et puis, elle avait trouvé un livre d'images tout à fait scandaleuses dans la chambre de Grégory. Il s'agissait de gravures orientales dont la contemplation l'avait laissée toute chose.

Or rien ne l'avait préparée à cette montée de désir : elle ne pouvait s'empêcher de l'imaginer en train de la couvrir de baisers. Elle se sentait faible, cherchant par tous les moyens à ignorer les sensations qui s'emparaient de sa poitrine.

Il se leva.

— J'ai bien peur qu'il ne me faille vous quitter maintenant avant que ma grand-mère ne se mette à nous espionner depuis la maison d'en face.

Hyacinthe tourna les yeux vers la fenêtre, horrifiée.

— Ne vous inquiétez pas. Elle n'a pas d'aussi bons yeux !

— Elle possède un télescope.

— Voilà qui ne me surprend pas.

Hyacinthe le regarda quitter la pièce. Il lui avait toujours fait penser à un lion, et maintenant, c'était à elle de le dompter.

— Je vous rendrai visite demain.

Gareth s'inclina légèrement avant de franchir le seuil du salon. Hyacinthe acquiesça.

— Oh, mon Dieu !

— Que vous a-t-il dit ?

Trente secondes à peine venaient de s'écouler depuis le départ de Gareth que lady Danbury faisait irruption dans la pièce. Hyacinthe se contenta de la regarder d'un air neutre.

— Vous lui avez demandé pourquoi il souhaitait vous épouser. Alors ? Alors ?

Hyacinthe s'apprêta à parler et c'est à cet instant précis qu'elle se rendit compte qu'il ne lui avait jamais répondu.

CHAPITRE QUATORZE

Deux semaines ont passé. Le Tout-Londres sait déjà que Hyacinthe doit devenir Madame Saint-Clair. Gareth jouit pleinement de son nouveau statut de Bridgerton honoraire, mais s'attend malgré tout à voir son bonheur ravi par quelque catastrophe.

Il est minuit et nous retrouvons notre héros sous la fenêtre de Hyacinthe.

Il avait tout planifié dans les moindres détails. Il avait joué et rejoué la scène dans sa tête, répété son texte au point de le connaître par cœur car il savait que tout irait très vite.

Ce serait magnifique.

Ce serait passionné.

Cela durerait toute la nuit.

Ce soir, pensa Gareth avec un étrange mélange de plaisir et de calcul, il séduirait Hyacinthe.

Il avait bien quelques remords à échafauder des plans qui la conduiraient à la ruine, mais il les chassa bien vite de son esprit. Il n'allait pas non plus la laisser choir sans la rattraper et l'abandonner en pâture aux vautours. Car il avait la ferme intention d'épouser cette jeune fille, grand Dieu ! Personne ne le saurait jamais, personne ! Comment oserait-elle annuler un mariage après s'être offerte à son fiancé ? Ils avaient initialement prévu de fouiller Clair House ce soir, mais Gareth allait l'en dissuader grâce à un léger mensonge.

Cette nuit serait parfaite, point d'orgue de ces deux dernières semaines délicieuses. Il avait dû assister à d'innombrables bals et autres soirées mondaines. Il était allé à l'opéra et au théâtre, toujours accompagné de Hyacinthe. S'il avait eu quelques doutes quant à la sagesse de sa décision, ils étaient bien loin maintenant. Elle était parfois vexante, voire agaçante, mais jamais ennuyeuse, ô non ! Elle ferait une épouse parfaite, pour lui en tout cas.

Gareth devait toutefois s'assurer qu'elle ne pourrait plus reculer en scellant leur union dans la chair. Il avait continuer à flirter avec elle, lui lançant des œillades, l'effleurant comme par mégarde et lui volant quelques baisers à la dérobée. Il lui avait fait perdre le souffle et, mon Dieu, c'est à peine s'il pouvait respirer lui-même au sortir de leurs étreintes. Jusqu'à présent, il s'était contenté de simples baisers : ce soir, il allait lui montrer où pouvait conduire un baiser...

« Tout s'est très bien passé dans l'ensemble », pensa Hyacinthe en remontant à vive allure les escaliers qui menaient à sa chambre. Elle aurait préféré rester à la maison cette nuit-là pour avoir le temps de préparer leur escapade jusqu'à Clair House, mais Gareth lui avait fait remarquer que, s'il devait décliner l'invitation des Mottram, il fallait qu'elle se rende au bal pour ne pas les froisser. Sans compter que les langues risquaient d'aller bon train s'ils étaient tous deux absents. Ainsi, après avoir passé trois heures à papoter, rire et danser, Hyacinthe avait repéré sa mère et prétendu souffrir d'une terrible migraine. Violette s'amusait fort bien et elle n'avait aucune envie de rentrer. Elle renvoya donc sa fille chez elle dans sa voiture.

Parfait, voilà qui était parfait. Il devait donc être environ minuit, ce qui signifiait que Hyacinthe disposait d'une quinzaine de minutes pour se changer, descendre et guetter l'arrivée de Gareth. Elle bouillait d'impatience, espérant, à défaut des bijoux, trouver au moins quelque indice. Quelle aventure ! Avait-elle toujours été aussi téméraire ? se demandait Hyacinthe. Avait-elle toujours cultivé le goût du danger ? Ou bien était-ce l'occasion qui la rendait aussi intrépide ?

Elle se déplaça en silence dans le couloir qui menait à sa chambre. La maison était tranquille et pour rien au monde elle n'aurait pris le risque d'éveiller les domestiques. Elle ouvrit la porte et se faufila à l'intérieur.

— Hyacinthe.

Elle laissa presque échapper un cri.

— Gareth ?

Dieu ! Mais que faisait-il allongé sur son lit ?

— Je vous attendais.

Elle jeta un coup d'œil dans la pièce pour voir si tout était en ordre. Comment diable était-il parvenu jusque-là ?

— Que faites-vous ici?

— Je suis arrivé en avance et je me suis dit que je pouvais tout aussi bien monter vous attendre.

Il lui décocha un sourire ravageur tout en rivant ses yeux aux siens.

— *Ici*?

Il haussa les épaules.

— Il faisait froid dehors.

Il ne manquait pas d'aplomb! La chaleur de la saison constituait même le sujet du moment dans les salons mondains.

— Comment êtes-vous entré?

Les domestiques étaient-ils donc au courant? Quelqu'un l'avait-il vu? Hyacinthe se sentit soudain prise d'un mouvement de panique.

— J'ai escaladé le mur.

— Vous avez escaladé le… quoi?

Hyacinthe courut jusqu'à la fenêtre.

— Comment avez-vous pu?

Mais Gareth s'était déjà levé pour se rapprocher dangereusement d'elle, puis l'avait enlacée. Il murmura d'une voix suave, le souffle chaud contre son oreille:

— Je suis très agile.

— Ou bien peut-être êtes-vous un peu chat, qui sait? fit-elle en laissant échapper un rire nerveux.

— Sans doute aussi. Vous m'avez manqué.

— Je…

Elle aurait voulu pouvoir lui dire qu'il lui avait manqué à elle aussi, mais il était bien trop près d'elle, elle avait trop chaud, les mots lui faisaient défaut… Gareth se pencha et posa ses lèvres tout contre le creux de son oreille avec tant de délicatesse que Hyacinthe n'aurait su dire s'il s'agissait d'un baiser ou d'une caresse subtile.

— Vous êtes-vous bien amusée ce soir?

— Oui, enfin, non, j'étais trop…

Hyacinthe déglutit, incapable de rester indifférente au contact de ses lèvres brûlantes.

— J'étais trop… trop excitée.

Gareth prit ses mains dans les siennes et les baisa l'une après l'autre.

— Excitée ? Mais pourquoi donc ?

— Les bijoux de votre grand-mère bien sûr.

Dieu du ciel, les autres femmes avaient-elles toutes autant de peine à respirer dans les bras d'un bel homme ?

— Ah, oui. Les bijoux.

Gareth lui enlaça la taille et l'attira à lui.

— Gareth, ne voulez-vous pas…

— Oh que si… j'en ai même très envie. Énormément.

— Gareth, soupira-t-elle en sentant ses mains posées sur ses hanches et ses lèvres sur son cou.

Combien de temps allait-elle pouvoir résister ? Il lui faisait perdre la tête, il lui faisait ressentir des choses inouïes.

— Je pense à vous toutes les nuits, Hyacinthe.

— Vraiment ?

— Hummm. Je suis allongé sur mon lit, et je vous imagine, là, tout contre moi, si proche.

Dans un ultime effort, elle parvint à reprendre son souffle, mais le petit diable qui l'habitait la poussa à titiller le jeune homme.

— À quoi pensez-vous donc, Gareth ?

— C'est à *ça* que je pense, murmura-t-il en descendant la main posée sur sa hanche et en l'attirant à lui pour qu'elle puisse sentir toute l'ampleur de son désir.

Quand de son autre main il fit sauter trois boutons de sa robe, elle crut suffoquer.

— Mais, par-dessus tout, j'ai une envie furieuse de faire *ceci* !

Gareth la fit pivoter sur elle-même comme une danseuse, tandis que son corsage glissait le long de sa poitrine, laissant apparaître ses seins d'albâtre. Hyacinthe s'agrippa à ses épaules musculeuses. Elle aurait voulu prononcer quelque phrase subtile, mais ne parvint qu'à laisser échapper un piaulement. Le sol se dérobait sous elle : elle eut l'impression de flotter dans les airs jusqu'à ce qu'il la dépose sur son lit.

Gareth s'allongea à ses côtés et caressa sa poitrine.

— Si belle, si douce…

— Que faites-vous ?

— Tout dépend. Que ressentez-vous ?

Gareth se pencha sur elle pour la couvrir de baisers.

— Je ne saurais dire.

Il rit alors de bon cœur.

— C'est une très bonne chose, excellente même.

Ses doigts, ses lèvres, s'affairaient. Hyacinthe inspira profondément en se sentant ainsi livrée à la merci de la nuit, du vent, de cet homme qui lui faisait perdre la tête.

— Vous êtes si belle, si désirable, dit Gareth avec un regard qui l'enflamma tout entière.

Sa main effleura la pointe de son sein gauche avec la légèreté d'un souffle. La jeune fille sentit soudain une boule crépitante se former au creux de son ventre avant qu'une onde électrique d'une puissance inouïe ne la parcoure. Hyacinthe se cambra, avide d'une étreinte plus intense.

— J'étais sûr que vous seriez parfaite. Mais je ne savais pas que...

Gareth riva ses yeux aux siens.

— Que vous étiez tout simplement plus que parfaite !

— C'est im... impossible. Non, vous ne pouvez pas... Oh !

Il venait de lui faire subir une torture plus exquise encore.

— Que puis-je y faire ? demanda-t-il tout en agaçant ses tétons qu'il sentait se durcir sous sa langue.

— Pouvez pas, pouvez... pas... Gareth !

— Je ne peux pas ? Ah, mais je crois bien que si. Jugez plutôt.

— Non ! Vous ne pouvez pas dire que je suis plus que parfaite. La grammaire l'interdit, lança-t-elle contre toute attente.

Gareth s'immobilisa, mais son regard n'avait rien perdu de sa flamme, et elle en sentait la brûlure sur toute sa peau.

— La perfection est absolue, vous avez raison. On ne peut être « un peu unique » ni « plus que parfait ». Malgré tout, vous êtes...

— Un peu unique ?

— Plus que parfaite !

Gareth avait un large sourire qui illuminait son visage.

Hyacinthe tendit la main, lui caressa la joue. La lune se reflétait dans sa chevelure qui semblait plus dorée que jamais. Elle ne savait que dire ni que faire. Une chose était sûre : elle aimait cet homme. Quand était-ce arrivé ? Elle n'en avait aucune idée, mais c'est lui qu'elle épouserait. Ce sentiment étrange s'était emparé d'elle et l'avait peu à peu envahie. Plus rien ne serait jamais comme avant. Elle le savait.

Maintenant, allongée sur son lit, plongée dans le calme mystérieux de la nuit, elle voulait se donner à lui et l'aimer jusqu'à l'aube, le corps rompu. Ils n'étaient pas encore mariés, mais quelle importance ? La cérémonie ne tarderait pas à avoir lieu. Elle ne pouvait plus attendre : elle voulait qu'il la possède.

— Embrassez-moi, Gareth.

— J'ai bien cru que vous ne me le demanderiez jamais.

Il se pencha sur elle, effleura à peine ses lèvres, puis plongea vers son corsage. Elle sentait son souffle brûlant sur sa peau jusqu'à ce que sa bouche, avide, se referme sur son sein tendu.

Hyacinthe poussa un long gémissement. Non, il ne pouvait pas… Elle plongea les doigts dans sa chevelure, s'agrippant à la tête de son amant de toutes ses forces pour l'attirer à elle. C'était intenable, et pourtant elle ne voulait à aucun prix qu'il s'arrête.

Elle sentit soudain sa robe glisser, encore quelques centimètres et il dévoilerait le sanctuaire de sa féminité. Elle en mourait d'envie, cela ne faisait aucun doute, mais voilà qu'une terreur soudaine s'emparait d'elle.

— Gareth, j'ai peur.

— Tout va bien. Ne vous inquiétez pas, laissez-moi vous guider.

Il arracha sa chemise, dénudant son torse luisant au clair de lune.

— Je sais, mais…

— Laissez-vous aller…

Gareth posa son index sur sa bouche.

— Mais je crains de ne…

— Je savais que vous ne sauriez tenir votre langue.

Elle feignit de le foudroyer du regard, mais Gareth avait cette incroyable aptitude à la faire rire d'elle-même. Elle mit alors les mains sur ses hanches en signe d'indignation, posture des plus ridicules compte tenu de sa nudité.

— Très bien, mais je ne veux rien entendre d'autre, si ce n'est « Oh ! Gareth ! », « Oui, Gareth ».

La réponse de Hyacinthe ne se fit pas attendre :

— Que diriez-vous de « Encore, Gareth ! » ?

— Cela me paraît acceptable. Mais je ne tolérerai aucun autre commentaire ! rétorqua-t-il en gardant tant bien que mal son sérieux.

Hyacinthe était si nerveuse, si impatiente au seuil de l'inconnu. Elle ressentait un frémissement au creux de son être, mais Gareth allait bientôt lui faire oublier tout cela. Elle avait l'intuition que tout irait pour le mieux. Sans doute avait-il connu des centaines de femmes avant elle, peut-être étaient-elles cent fois plus belles ? Cela était sans importance. Il était son premier amant, elle serait sa dernière maîtresse.

Gareth s'allongea à ses côtés, l'attira à lui et l'embrassa. Il plongea ses doigts dans sa chevelure dont il défit le chignon alambiqué : les cheveux ainsi lâchés, Hyacinthe se sentait libre et indomptée. Audacieuse. Elle posa la main sur son torse, dessina les contours de ses muscles. Elle n'avait jamais osé le toucher jusqu'à présent, pas comme cela en tout cas. Elle laissa glisser ses doigts le long de ses flancs. Puis elle s'aventura vers son ventre, s'attardant avec délices sur cette zone obscure située juste en dessous du nombril. Elle entendit le souffle de Gareth se faire plus lourd.

Hyacinthe était comblée : elle se sentait d'autant plus femme qu'elle était investie d'une puissance nouvelle. Elle lui caressa l'épiderme du bout des ongles, juste assez pour faire frémir ses muscles abdominaux. Elle laissa courir ses doigts sur ce ventre sculptural, parsemé de poils qui dessinaient une ligne verticale, semblant indiquer le chemin interdit.

— Vous aimez, Gareth ?

— Hummm.

Du bout des doigts, Hyacinthe traçait des cercles concentriques autour de son nombril et se rapprochait toujours un peu plus de la frontière que marquait la ceinture de son pantalon.

— Et cela ?

Le silence de Gareth disait tout.

— Et cela...

— Défaites les boutons !

— Vous voulez que...

Sa main se figea. Elle n'avait pas songé qu'elle pût participer à leur effeuillage respectif. Cette tâche ne revenait-elle pas au séducteur ? Voilà Gareth lui prenait déjà la main pour la guider vers les boutons de son pantalon. Les doigts tremblants, Hyacinthe en défit un sans oser poursuivre plus avant. Elle n'était pas encore prête à affronter la bête qui semblait s'y tapir.

Gareth perçut sa réticence. Il se releva d'un bond pour se débarrasser du reste de ses vêtements. Hyacinthe baissa les yeux, au début du moins, incapable de résister à la tentation de contempler ce qu'elle n'avait jamais vu.

— Mon D…

— Ne vous inquiétez pas… surtout, ne vous inquiétez pas. Tout ira bien.

Il s'allongea à ses côtés, tira sur sa robe pour l'en libérer avant d'embrasser son ventre. Hyacinthe aurait voulu lui répondre qu'elle lui faisait confiance, qu'elle était sienne, quand soudain elle sentit ses doigts s'immiscer entre ses cuisses. Elle en eut le souffle coupé.

— Détendez-vous…

— Je suis détendue.

— Non !

— Je vous assure que je suis détendue.

— Faites-moi confiance, s'il vous plaît, Hyacinthe.

La jeune fille essayait de se laisser aller. Mais comment pouvait-elle relâcher ses muscles lorsqu'il transformait ainsi sa peau en un champ de bataille où s'affrontaient mille et une sensations ? Ses doigts se refermèrent sur sa cuisse avant de se glisser là où aucune main n'avait encore osé s'aventurer.

— Oh, mon D… Oh ! Gareth !

Elle se cambrait, sans savoir ce qu'elle devait faire, ce qu'elle devait dire. Ni même ce qu'elle était censée ressentir.

— Vous êtes parfaite.

Il l'embrassa au creux de l'oreille.

— Gareth. Que faites-vous ?

— Je vous fais l'amour, ma chère.

Son pouls s'accéléra. Elle avait bien entendu. Ce n'était pas une déclaration, mais cela y ressemblait fort. Ce fut sa dernière pensée cohérente car, à cet instant même, Gareth fit glisser son majeur sur son sexe avant d'y pénétrer si doucement... Elle s'agrippa à ses épaules et laissa échapper :

— Gareth !

— Chut ! Les domestiques !

— Non, non. Continuez Gareth, je vous en supplie.

Soudain , livrée toute entière aux doigts experts de son amant qui lui infligeait un supplice exquis, Hyacinthe sentit l'univers entier vaciller.

— Gareth, murmura-t-elle à mi-voix.

Ils étaient si bien ainsi, leurs corps enlacés, enfin réunis. Parce que c'était lui, parce que c'était elle, cet instant était sacré. Hyacinthe sentit son membre palpitant se presser contre son ventre en attente.

— S'il te plaît, viens !

Cette fois, c'était une supplique. Elle le désirait. Elle voulait qu'il l'emporte.

— S'il te plaît…

Gareth s'attarda un instant au seuil de sa féminité, le temps de reprendre son souffle et de contempler son visage au clair de lune. Hyacinthe inspira profondément et Gareth s'immisça un peu plus entre ses cuisses, marqua une nouvelle pause.

— Détends-toi, Hyacinthe. Détends-toi…

— Mais *j'essaie.*

Gareth sourit. Hyacinthe avait parlé, ce qui rassura le jeune homme. Alors qu'elle vivait l'expérience la plus étrange de sa vie, elle était… la même.

— Hyacinthe. Que se passe-t-il ? Il y a un instant, tu semblais plus heureuse.

— Je ne sais pas.

— Eh bien, crois-tu que nous puissions raviver cette flamme ?

Gareth se mordit la lèvre pour ne pas rire en voyant l'expression de la jeune femme.

— Cela ne serait pas pour me déplaire, Gareth.

Il l'embrassa derrière l'oreille, la titillant du bout de la langue tout en glissant sa main entre ses cuisses.

— Voilà qui devrait t'aider à te détendre.

— Quoi ?

Elle lâcha un soupir et se cambra soudain : elle venait d'être happée par un tourbillon de plaisir.

— Cette sensation si particulière… Tu sais… Celle qui te fait dire : « Oh, Gareth ! Oui, Gareth ! Encore, Gareth ! ».

— Oh ! Cette sensation-là ! Elle va me… Oh !

Hyacinthe luttait contre la vague qui menaçait de la submerger tout entière. Gareth la sentit s'abandonner enfin. Il ne voulait surtout pas lui faire mal ! Pour elle, il irait cueillir les étoiles et plus encore, dût-il en mourir ! Mais cette attente était un véritable supplice. Il n'était plus très loin du but… Aucun autre homme n'aurait fait preuve d'une telle délicatesse, c'était certain !

Il franchit alors les dernières lignes de résistance et se perdit dans ses entrailles. Il frémit en la sentant l'enserrer dans son écrin de velours, palpitant comme un cœur impatient. Sa chair hurlait de désir, mais il s'immobilisa. Pas encore. Jamais, ô grand jamais ! il ne se le pardonnerait si sa future femme devait garder un souvenir douloureux de leur première union. Or Hyacinthe semblait ignorer la souffrance. Elle se cambrait, se plaquait contre son ventre, comme prise d'une faim dévorante qu'il lui revenait d'assouvir. C'est alors que Gareth perdit toute maîtrise et s'abandonna au rythme de leurs corps passionnés.

Hyacinthe émit un son à peine audible, une plainte subtile. Un plaisir sourd grondait en elle et l'orage n'allait pas tarder à éclater de toute sa force.

— Gareth. Oh, Gareth ! Gareth !

Soudain les voiles du temps se déchirèrent et l'univers tout entier bascula dans un songe sans fin : la nuit ouvrait sa cape de velours pour y accueillir le jour resplendissant dans sa parure d'or, le soleil dardait la lune de ses rayons ardents qui dissipaient les brumes matinales en délicates volutes de dentelle. C'en était trop. Ses gémissements, son parfum, le grain de sa peau moite plaquée contre la sienne… La jouissance était proche. Gareth serra les dents. Non ! Pas encore ! Hyacinthe était si près de connaître l'abandon du plaisir suprême. Il avait rivé ses yeux aux siens et l'on eût dit qu'ils viraient au marine à mesure que s'approchait l'instant ultime.

— Gareth !

Gareth ne parvenait plus à maîtriser sa fougue et la serra contre lui, un peu brusquement sans doute, mais il n'y tenait plus, il voulait la posséder tout entière, lui apposer son sceau et la faire sienne à jamais. Hyacinthe entrouvrit les lèvres, à bout de souffle, le corps secoué de spasmes.

Gareth colla ses lèvres aux siennes pour étouffer ses gémissements dans un baiser vorace. Elle enfonçait profondément ses ongles dans sa chair, mais il sentait à peine la douleur. Elle était tendue, tremblante, et l'intensité de son étreinte était si délectable. Quand soudain, tel un volcan en fusion, Gareth explosa jusqu'aux tréfonds de son être. Jamais il n'avait connu tel plaisir. Jamais il n'aurait pu imaginer que…

— Oh, Gareth ! Mon Dieu ! Gareth !

Hyacinthe reprit son souffle alors que son amant se détachait d'elle, le corps rompu, pour s'étendre à ses côtés. Il était trop épuisé pour parler, mais ressentait néanmoins l'envie furieuse de la toucher encore, de sentir sa peau, de respirer son odeur animale. Hyacinthe lui murmura à l'oreille :

— Je ne savais pas que l'on pouvait connaître pareilles délices.

— Moi non plus.

— Est-ce toujours aussi ?

Il lui pressa la main et secoua la tête.

— Eh bien, c'est une bonne chose que nous nous mariions !

Gareth se mit à rire.

— Qu'y a-t-il ?

Il ne pouvait pas parler, secoué d'un fou rire inextinguible.

— Qu'y a-t-il de si drôle ?

— Toi.

Hyacinthe fronça les sourcils, mais finit par sourire. Un sourire malicieux qui fit fondre Gareth : quel bonheur d'épouser cette femme !

— Je crois bien qu'il va nous falloir avancer la date du mariage maintenant.

— Je suis prêt à vous emmener jusqu'en Écosse s'il le faut.

— Je ne peux pas.

Il était sérieux. Quant à Hyacinthe, elle aurait bien voulu pouvoir le suivre.

— J'en parlerai à ma mère. Si je la harcèle comme il se doit, je suis sûre d'arriver à mes fins.

— Mais… en tant que futur époux, ne devrais-je pas m'inquiéter de vous entendre employer de tels mots ? La harceler, dites-vous ?

— Mais non, il vous suffira de céder à tous mes caprices, vous verrez.

— Voilà qui ne me rassure guère.

Hyacinthe se contenta de lui sourire. Au moment où il commençait à retrouver ses esprits, elle s'exclama :

— Oh !

— Qu'y a-t-il ?

— Les bijoux ! Je les ai complètement oubliés. Ciel, quelle heure est-il ? Nous devons partir sur le champ.

— Vous pouvez *bouger* ?

— Quoi ? Vous seriez donc paralysé ?

— Si je ne devais pas libérer les lieux avant l'aube, je serais ravi de pouvoir ronfler jusqu'à midi.

— Mais les bijoux ! Nos plans !

Il ferma les yeux.

— Nous irons demain.

— Non, c'est impossible.

— Pourquoi donc ?

— Parce que j'ai déjà prévu autre chose, et que ma mère va finir par se poser des questions si je continue à prétexter une migraine. Qui plus est, nous avions décidé que nous irions ce soir !

Il ouvrit un œil.

— Mais personne ne nous attend, vous savez ?

— Eh bien, restez si vous voulez. Moi, j'y vais !

Hyacinthe tira le drap du lit pour ménager sa pudeur avant de se lever. Étendu nu sur le lit, Gareth lui adressa un sourire carnassier qui la fit rougir. Ou peut-être était-ce la vue du corps musculeux de son amant dans son plus simple appareil ? En tout cas, elle se tourna et bredouilla quelques paroles confuses avant de filer vers son cabinet de toilette.

Pendant ce temps, Gareth s'habillait nonchalamment. Il n'arrivait pas à croire qu'elle puisse vouloir sortir cette nuit-là. Les jeunes vierges n'étaient-elle pas censées souffrir le martyre la première fois ?

Elle passa la tête dans l'embrasure de la porte.

— J'ai acheté des chaussures plus adéquates. Au cas où il faudrait prendre la fuite.

Il secoua la tête. Décidément, Hyacinthe n'était pas une vierge ordinaire !

— Vous êtes sûre de vouloir opérer ce soir ?

Gareth avait repris naturellement le vouvoiement, réservant des échanges plus intimes à leurs ébats futurs. Et puis, que dirait-on si par mégarde ils venaient à se tutoyer en public ? Le scandale leur serait fatal.

Hyacinthe réapparut toute de noir vêtue, les cheveux tirés en arrière.

— Absolument ! Pas vous ?

— Je suis épuisé.

— Vraiment ? Moi, je déborde d'énergie !

— Vous allez me faire *mourir*, vous savez ça ?

Elle sourit.

— Mieux vaut que vous mouriez par ma main que par celle d'une autre.

Il soupira et se dirigea vers la fenêtre.

— Voulez-vous que je vous attende en bas, ou bien préférez-vous emprunter les escaliers avec moi ?

Gareth marqua une pause, un pied posé sur le rebord de la fenêtre.

— L'escalier de service fera bien l'affaire, puisque vous insistez...

Il lui emboîta le pas.

CHAPITRE QUINZE

*D*ans la bibliothèque des Saint-Clair. Sur le trajet, Hyacinthe semblait dotée d'une énergie sans bornes qui contrastait avec l'extrême mollesse de Gareth, lequel n'aurait pas rechigné devant une bonne nuit de sommeil.

— Gareth, vous voyez quelque chose ?

— Des livres.

Hyacinthe lui lança un de ses regards noirs et jeta un coup d'œil au rayonnage devant elle : trois romans, deux traités de philosophie, une histoire de la Grèce en trois volumes, et puis *Comment engraisser les pourceaux*.

— Y a-t-il seulement un ordre logique dans tout ce fouillis ?

— En quelque sorte.

Perché sur un tabouret, Gareth inspectait les rayons en hauteur.

— Regardez donc ce que je viens de trouver.

— Non ! *Mademoiselle Davenport et le noir marquis !* Je ne puis le croire !

— Vous devriez sans doute l'apporter à ma grand-mère. Il ne manquera à personne ici.

Hyacinthe ouvrit le livre à la page de garde.

— C'est du même auteur que *Mademoiselle Butterworth et le baron fou*.

— Comment voulez-vous qu'il en soit autrement ?

— Nous ne savions pas qu'il avait été publié. Nous avons lu *Mademoiselle Sainbury et le mystérieux colonel*, bien sûr.

— Un conte militaire ?

— Campé au Portugal ! Les descriptions ne m'ont pas semblé très authentiques, mais, après tout, je n'y ai jamais mis les pieds.

Il acquiesça, puis descendit de son tabouret pour explorer un autre rayonnage.

— Rappelez-moi ce que nous cherchons au juste.

— *Discorso intorno alle cose che stanno in sù l'acqua*, littéralement : « Discussion des choses intérieures qui se trouvent dans l'eau. »

— Des choses intérieures ?

— Qui se trouvent dans l'eau. Ou bien qui bougent, ajouta-t-elle. *Ò che in quella in muovono.* C'est la deuxième partie du titre.

— Vous voudriez me faire croire que quelqu'un pourrait avoir envie de lire cet ouvrage pour...

— Je n'en ai pas la moindre idée. Vous sortez bien de Cambridge, n'est-ce pas ?

— Oui, mais je n'y ai guère étudié les sciences, vous savez.

Hyacinthe s'abstint de tout commentaire et reprit son inspection. Devant elle, une encyclopédie botanique en sept volumes, deux pièces de Shakespeare, un très gros ouvrage intitulé *Fleurs sauvages et plantes exotiques.*

— Il me semble, dit-elle en se mordant la lèvre, qu'il fut un temps où ces ouvrages étaient en ordre. Si vous jetez un coup d'œil à cette étagère, vous verrez qu'il ne s'agit que de poésie. Mais, pile au milieu de cette série d'ouvrages, on tombe sur un traité écrit par Platon, et puis, un peu plus loin encore, sur une *Histoire illustrée du Danemark.*

— Bien. C'est sans doute de ma faute.

— Je vous demande pardon ?

— Je n'étais pas très mûr, et puis j'étais dans une colère noire. J'ai déplacé tous les livres.

— Quoi ?

Elle aurait voulu hurler de rage.

— Le pire, c'est que cela n'a pas gêné mon père le moins du monde qui n'a jamais remarqué quoi que ce soit d'anormal.

— Pourtant quelqu'un a dû entrer dans cette bibliothèque depuis votre acte de rebellion. Je ne pense pas que *Mademoiselle Davenport* date de plus de cinq ans.

— Quelqu'un l'aura oublié ici. La femme de mon frère, par exemple. J'imagine que l'un des domestiques l'aura rangé sur la première étagère venue.

Hyacinthe émit un long soupir. Quelle stratégie adopter à présent ?

— Vous souvenez-vous de l'organisation des titres ? Une petite idée ? Étaient-ils classés par titres ? Par auteurs ?

— J'étais pressé par le temps, voyez-vous. J'ai juste pris les livres au hasard pour les replacer ailleurs.

Il s'immobilisa, posa les mains sur ses hanches en observant la pièce :

— Je me souviens qu'il y avait une large section d'ouvrages traitant des chiens de chasse. Et puis là-bas, il y avait…

Hyacinthe le regarda avec impatience.

— Qu'y a-t-il, enfin ?

— Il y avait une section en italien !

Il descendit de son tabouret et se précipita de l'autre côté de la pièce tandis que Hyacinthe lui emboîtait le pas.

— C'est bien la dernière chose qu'un Saint-Clair aurait pensé à consulter.

— Les voyez-vous ?

Gareth secoua la tête en passant la main sur les reliures.

— Je présume que vous n'avez pas songé à les laisser en ordre.

— Je ne m'en souviens pas. Mais la plupart devraient être encore à leur place car je me suis vite ennuyé. À dire vrai…

Il se redressa soudain.

— Les voilà !

— Y en a-t-il beaucoup ?

— Deux étagères à peine. Faire venir des livres d'Italie était fort coûteux, vous savez.

Pendant que Hyacinthe examinait les ouvrages, Gareth tenait la chandelle à hauteur de son visage. La plupart ne comportaient qu'un titre partiel. C'est pourquoi elle dut en ouvrir plus d'un pour vérifier s'il ne s'agissait pas du livre dont parlait Isabella dans sa note. Le suspense était insoutenable et à chaque nouvel échec, elle entendait Gareth pousser un soupir de déception. Il s'était donc pris au jeu. Elle se haussa sur la pointe des pieds pour inspecter l'étagère supérieure. Gareth était juste derrière elle, Hyacinthe sentait son souffle chaud sur sa nuque, ce qui ne manquait pas de la troubler. Isabella possédait essentiellement des ouvrages de poésie. Certains étaient en anglais, d'autres en italien. Puis elle finit par tomber sur des ouvrages scientifiques : histoire, histoire, philosophie, histoire… Hyacinthe retint soudain son souffle ; les mains tremblantes, elle tira un petit volume et lut : «*Galileo Galilei, Discorso interno alle cose che stanno, in sù l'acqua, ò che in quella si muovono.* »

Hyacinthe ouvrit l'ouvrage avec une extrême délicatesse, espérant y découvrir quelque indice. Mais, ne trouvant rien, elle feuilleta les pages un peu plus vite. Toujours rien. Alors Gareth lui arracha le livre des mains et, sans autre formalité, le secoua violemment.

— Gareth, vous…

— Nous n'allons pas y passer la nuit !

Il continua à secouer le livre jusqu'à ce qu'enfin se détache un morceau de papier qui tomba à terre.

— Donnez-moi ça ! Vous n'arriverez pas à le lire de toute façon.

Il lui tendit la note, mais se rapprocha d'elle pour regarder par-dessus son épaule.

— Qu'est-ce que ça raconte ?

— Je ne sais pas.

— Qu'est-ce que vous voulez dire ? Comment ça, vous ne savez pas ?

— Je ne sais pas ! Je ne comprends rien. Je ne suis même pas sûre que ce soit de l'italien. Savez-vous si votre grand-mère parlait d'autres langues ?

— Aucune idée.

Hyacinthe serra les dents, découragée par la tournure des événements. Elle ne pensait pas forcément trouver les bijoux ce soir-là, mais jamais elle n'aurait imaginé que cet indice les mènerait droit dans le mur.

— Puis-je la voir ?

Hyacinthe tendit la note à Gareth.

— Je ne sais pas ce que c'est, mais ce n'est pas de l'italien. C'est certain.

— Ni même une langue apparentée, ajouta Hyacinthe.

Gareth laissa échapper un juron qu'elle n'était pas censée entendre. Hyacinthe décida d'adopter le ton approprié à la situation. Voir un homme en colère n'avait rien d'exotique, bien au contraire. Elle avait passé sa jeunesse à calmer ses frères, et ils ne manquaient pas de tempérament !

— Avec votre permission, Gareth, je pourrais montrer cette note à mon frère Colin. C'est un grand voyageur et, même s'il ne parvient pas à la traduire, il pourrait peut-être reconnaître cette langue étrange. Vous pouvez lui faire confiance, croyez-moi sur parole.

Il acquiesça.

— Nous ferions mieux de partir, Hyacinthe. Nous n'avons plus rien à faire ici de toute façon.

Hyacinthe replaça le tabouret contre le mur, Gareth rangea une chaise, et le tour était joué.

Hyacinthe prit *Mademoiselle Davenport et le noir marquis* :

— Vous êtes certain que personne ne le cherchera ?

— Absolument.

Hyacinthe le regarda coller son oreille contre la porte. Tout le monde semblait dormir, mais le majordome ne partait jamais se coucher avant le retour du baron. Il se pouvait donc qu'il fasse sa ronde, sans parler de son père qui pouvait surgir d'une minute à l'autre.

Gareth lui fit signe de se taire et de le suivre en tournant la poignée. Il l'entrouvrit pour jeter un coup d'œil dans le couloir, puis se faufila hors de la pièce en direction des escaliers qui menaient au rez-de-chaussée. Hyacinthe lui emboîta le pas. Il leur fallut moins d'une minute pour rejoindre la salle de réception dont la fenêtre fermait mal. Gareth passa le premier, enjamba le rebord de la fenêtre, se laissa glisser au sol, puis fit la courte échelle à Hyacinthe qui referma la fenêtre derrière elle.

— Il faut que je vous ramène chez vous maintenant.

— Je suis déjà compromise au dernier degré, vous savez.

— Certes, mais je suis le seul à le savoir.

Il l'embrassa sur le bout du nez. Hyacinthe trouvait charmant qu'il se préoccupe tant de sa réputation. Après tout, qu'ils se fassent ou non surprendre n'avait guère d'importance : elle avait déjà couché avec lui et elle devait donc l'épouser. Une femme de son rang ne pouvait pas faire moins. Elle avait perdu sa virginité. Mon Dieu, et si elle était enceinte ! Mais Hyacinthe avait agi en connaissance de cause lorsqu'elle s'était donnée à lui. Elle était loin d'être une oie blanche.

Ils remontèrent l'allée qui menait à Dover Street. Il fallait qu'ils se hâtent, car, même si le bal des Mottram était réputé pour se terminer à point d'heure, ils s'étaient mis en route plus tard que prévu. Et pour cause ! La bonne société londonienne ne tarderait pas à rentrer chez elle.

— Attendez là, dit Gareth en lui barrant la route de son bras.

Hyacinthe resta tapie dans l'ombre tandis que Gareth entrait dans Dover Street en longeant les murs. L'instant d'après, Gareth lui faisait signe d'avancer. Mais à peine avait-elle fait un pas que Gareth la repoussa violemment dans l'ombre.

— Vous !

Cette voix lui était familière. Grand Dieu, oui, c'était le père de Gareth en personne ! Le cœur battant à tout rompre, elle serra *Mademoiselle Davenport* contre sa poitrine.

Gareth avait à peine eu le temps de réagir. Il ne savait comment le baron avait pu apparaître si soudainement, mais il avait réussi à éviter qu'il ne voie Hyacinthe. Il fit un pas en avant, s'éloignant le plus possible de l'allée afin de détourner l'attention de son père.

— Salutations.

— Que faites-vous ici ?

Gareth haussa les épaules, ce qui ne manqua pas d'accroître la colère de son père, déjà passablement furieux de tomber ainsi sur son fils à pareille heure.

— Je rentrais chez moi, dit-il avec nonchalance.

— Vous me semblez bien loin du but.

— J'aime à flâner la nuit pour venir admirer mon héritage et pour vérifier que vous n'avez pas encore tout fait brûler.

— J'aurais dû le faire il y a déjà longtemps.

— Oh, je ne doute pas que l'idée vous ait effleuré l'esprit.

Le baron se tut un instant, puis ajouta :

— Je ne vous ai pas vu au bal ce soir.

Gareth ne savait que répondre et se contenta de hausser les sourcils.

— Ni mademoiselle Bridgerton, d'ailleurs.

— Ah, vraiment ?

Gareth espérait que la demoiselle en question aurait assez de retenue pour ne pas surgir de l'ombre et rétablir la vérité en hurlant telle une furie : « Mais si, j'y étais bien ! »

— Sans doute était-elle là au début, mais elle sera partie très tôt.

— C'est le privilège des femmes, que voulez-vous…

— Pour se changer les idées peut-être ? J'espère pour vous qu'elle est un peu plus posée que cela.

Gareth le fusilla du regard, mais parvint, chose extraordinaire, à garder le contrôle de lui-même. Il ne ressentait pas le désir puéril de lui asséner quelque remarque désobligeante pour le seul plaisir de le voir sortir de ses gonds. À ce jour, tout ce qu'il souhaitait, c'était de se débarrasser de ce fardeau. S'il ne parvenait pas encore à l'ignorer complètement, il n'était plus très loin du but. Peut-être qu'enfin il avait trouvé quelqu'un d'autre qui puisse emplir le vide de son cœur.

— On peut dire que vous n'avez pas perdu de temps pour la séduire !

— Il faut bien qu'un gentleman finisse par se marier.

Il aurait préféré éviter pareille déclaration devant Hyacinthe, mais il fallait impérativement qu'il continue à détourner l'attention de son père. Le romantisme pouvait attendre encore un peu.

— Oui, il le *faut* en effet.

Gareth sentit soudain un picotement derrière la nuque. Il savait bien où voulait en venir son père et, même si Hyacinthe était désormais compromise, il aimait autant qu'elle apprenne la vérité après le mariage. Non, il n'était pas un Saint-Clair. Et puis, peut-être ne l'apprendrait-elle jamais, après tout. Cela semblait pourtant fort peu probable : entre le venin de son père et le journal d'Isabella, son destin semblait scellé. On pouvait toujours croire aux miracles !

Il fallait qu'il parte. Maintenant.

— Si vous voulez bien m'excuser…

Le baron lui répondit par un sourire narquois.

— Oui, oui. Il faut que vous vous arrangiez un brin avant d'aller vous jeter aux pieds de mademoiselle Bridgerton pour les lui lécher demain dès l'aube… Ce qui m'étonne le plus, c'est qu'elle vous ait accordé sa main. Comment avez-vous donc réussi votre coup, dites-moi ? L'avez-vous séduite ? Vous avez dû vous assurer qu'elle ne pourrait dire non, vous connaissant… même si…

Gareth s'était promis de ne pas céder à la colère en pareilles circonstances, mais à l'entendre parler ainsi de Hyacinthe, il perdit toute maîtrise de lui-même. Il se jeta à la gorge de son père et le plaqua violemment contre un mur.

— Je vous interdis de me reparler d'elle, vous m'entendez !

— Seriez-vous donc prêt à commettre l'erreur fatale de m'assassiner ici, sur la voie publique ?

— Voilà qui est tentant.

— Certes, mais vous perdriez le titre, et la vie. Comme j'aimerais vous voir pendu au bout d'une corde !

Gareth dénoua ses doigts de la gorge de son père : Hyacinthe n'était pas loin et il devait éviter tout dérapage.

— Je savais bien que vous n'en étiez pas capable.

— Pas capable de quoi ?

— De lui demander sa main.

Son père semblait ravi de cette dernière pique.

— Vous êtes si prévisible ! Mon pauvre garçon ! Il suffira d'un seul mot, un seul, pour que s'écroule votre bel édifice !

— Je ne sais pas de quoi vous parlez.

— Allons, allons. Je vous avais bien dit que vous ne pourriez faire sa conquête.

Gareth sentit son cœur se serrer. Quel jeu jouait son père ?

— Vous n'avez pas perdu une seconde pour demander sa main.

— Vous n'avez rien à voir avec cette demande en mariage, sachez-le bien !

— Oh, s'il vous plaît, un peu d'honnêteté. Vous ne pouvez pas faire un pas sans que je sois derrière vous. Ne l'avez-vous donc toujours pas compris ?

Gareth le regarda avec horreur. Y avait-il ne serait-ce qu'une once de vérité dans ces paroles ?

— Eh bien, je crois bien qu'il est temps que j'aille me coucher maintenant, dit le baron avec un soupir plein d'affectation. Cette rencontre était fort amusante, n'est-ce pas ?

Le baron s'éloignait déjà, mais, arrivé sur le seuil de Clair House, il lui lança une ultime pique :

— Oh, et avant d'épouser Mademoiselle Bridgerton, il serait sage de rompre vos fiançailles…

— Quoi ?

— Vous ne saviez pas ? Vous êtes toujours officiellement fiancé à cette pauvre Mary Winthrop. Elle n'a jamais épousé personne.

— Ce n'est pas légal ! C'est impossible.

— Oh, je vous assure que si. J'y ai soigneusement veillé…

Gareth resta planté là, bouche bée, les bras ballants. Son père venait de lui asséner un coup de massue.

— Tenez-moi au courant de l'évolution des choses...

Le baron gloussa une dernière fois, lui fit un petit signe de la main, visiblement content de lui, et disparut à l'intérieur.

— Mon Dieu, implora Gareth. Mon Dieu, pourquoi m'as-tu abandonné ?

Dans quel pétrin était-il tombé ? Un homme ne pouvait demander la main que d'une seule femme à la fois. S'il n'avait pas sollicité Mary Winthrop, son père s'en était chargé pour lui et ce monstre avait signé le contrat de mariage en son nom. Gareth ne savait pas très bien ce que cela impliquait pour Hyacinthe, mais cela n'augurait rien de bon.

Oh non ! Hyacinthe ! Elle avait tout entendu.

Gareth s'élança vers sa cachette, mais s'arrêta pour s'assurer que son père ne l'épiait pas. Les fenêtres étaient encore sombres, mais on ne sait jamais. Au diable ce vieux fou ! Il reprit sa course effrénée.

Trop tard : Hyacinthe avait disparu.

CHAPITRE SEIZE

Gareth est planté dans l'allée où il a laissé quelques minutes plus tôt sa future épouse, maudissant son infortune.

Où diable était donc passée Hyacinthe ? Il était tard, et même s'ils se trouvaient dans l'un des quartiers les plus huppés de Londres, elle pouvait toujours faire une mauvaise rencontre.

Non, c'était impossible. Elle n'avait pas été victime d'un crime. Pas ici. Il aurait entendu quelque chose. Un cri au moins. Hyacinthe ne se serait jamais laissé enlever sans se débattre comme une lionne.

Il ne restait donc qu'une seule explication possible... Elle avait dû entendre son père mentionner Mary Winthrop et s'était enfuie. Satanée Hyacinthe ! Gareth scruta les alentours. Elle avait pu partir de n'importe quel côté : il y avait tant de ruelles et de petites allées ! Pourvu qu'elle ait eu le bon sens d'éviter ces coupe-gorge, quitte à prendre une artère passante pour y trouver quelques voitures. Gareth préférait que ce soit la rumeur qui la rattrape plutôt que quelque gredin malveillant.

Il se mit donc à courir vers Berkeley Square, ne ralentissant qu'aux carrefours pour jeter un œil dans les rues adjacentes.

Rien.

Hyacinthe était certes très athlétique, mais pouvait-elle courir si vite ? Il dépassa Charles Street et croisa une voiture sans y prêter attention. On ne manquerait pas de parler le lendemain de sa course folle à travers les rues de Londres, mais sa réputation en avait vu d'autres. S'engageant dans Bruxton Street, il l'aperçut enfin, filant comme le vent.

Gareth accéléra. Il avait les muscles en feu, la poitrine proche de l'explosion, sa chemise était trempée, mais il n'en avait cure. Hyacinthe tourna à l'angle de la rue, ralentit un peu, le temps de jeter un coup d'œil en arrière, et stoppa net en apercevant Gareth sur ses talons. Puis, elle se reprit et détala vers l'entrée de service de la maison, résolue à lui fausser compagnie.

Il arriva sur le seuil au moment même où Hyacinthe tournait le verrou. Furieux, il aurait voulu tambouriner contre la porte et hurler son nom. Cela ne servirait qu'à rapprocher la date du mariage, et, après tout, n'était-ce pas ce qu'il souhaitait ? Mais certaines choses sont si profondément ancrées dans l'esprit d'un gentleman, que jamais il ne ruinerait ainsi sa réputation.

Les mains sur ses hanches, il leva les yeux vers la fenêtre de la chambre. Il avait déjà grimpé jusque-là, et pouvait très certainement réitérer cet exploit.

Gareth vérifia d'abord que la voie était libre, puis il se mit à escalader le mur, poussa la fenêtre entrouverte et, se hissant d'un coup, bascula dans la pièce pour retomber sur l'épais tapis dans un bruit sourd, au moment même où Hyacinthe ouvrait la porte.

— Vous, vous me devez une explication, ma chère !

— Moi ? Comment cela, moi ? Vous ne pensez tout de même pas que… Et puis, sortez immédiatement de chez moi, voulez-vous !

— Dois-je emprunter l'escalier principal ?

— Vous repartirez par là où vous êtes entré, espèce de mufle !

Gareth prit tout d'un coup conscience qu'il n'avait encore jamais vu Hyacinthe en colère. Irritée, contrariée, certes, mais jamais dans cet état-là.

— Comment osez-vous ? Comment ? Je vous le demande !

Puis, sans même attendre sa réponse, elle se précipita sur lui et lui administra une gifle magistrale.

— Sortez ! Maintenant !

— Pas avant que vous me promettiez de ne jamais recommencer pareille folie. Partir ainsi dans les rues de Londres ! Vous avez perdu la tête !

Elle manqua de s'étouffer en entendant ces mots.

— Vous n'êtes pas en mesure d'exiger quoi que ce soit de moi !

— Ah non ? fit-il, le sourcil levé et l'air narquois. N'oubliez pas que je suis votre futur époux…

— N'y faites pas même allusion !

— Vous avez l'intention d'annuler les noces ?

— Non ! Je crois que vous vous en êtes chargé tout seul ce soir même. Était-ce votre but ? Me forcer la main en m'ôtant toute autre perspective ?

Elle avait vu juste. Gareth ne pouvait décemment rien objecter.

— Vous allez le regretter amèrement. Vous maudirez ce jour, croyez-moi sur parole, *mon tendre époux*. Je suis votre future épouse et soyez sûr que je ferai de votre vie un enfer.

Gareth n'en doutait pas un instant, mais il décida d'ignorer ces propos pour le moment.

— Cela n'a rien à voir avec ce qui s'est passé entre nous ce soir, dit-il, ni avec ce que vous avez entendu. Ce qui importe, c'est que…

— Oh, pour l'amour de Dieu… Mais pour qui vous prenez-vous donc ?

— Pour l'homme qui va vous épouser. Et vous, Hyacinthe Bridgerton, future Madame Saint-Clair, ne vous promènerez jamais dans les rues de Londres sans chaperon, quelle que soit l'heure du jour ou de la nuit !

Hyacinthe se tut un moment. Gareth en était presque à croire que sa sollicitude avait fini par la toucher, or il n'en était rien. Elle fit un pas en arrière et déclara :

— Le moment est fort mal choisi pour parler convenances…

Gareth résista à l'envie de l'attraper par les épaules et de la secouer.

— Avez-vous seulement idée, Hyacinthe, de ce que j'ai ressenti lorsque je suis revenu sur mes pas et que je ne vous ai pas trouvée ? Avez-vous réfléchi ne serait-ce qu'un instant à ce qui aurait pu vous arriver ?

— Mais rien de pire que ce qui m'est arrivé ici même.

Touché, et en plein cœur. Mais Gareth parvint à se contrôler :

— Vous ne le pensez pas. Vous le croyez en ce moment même car vous êtes en colère. C'est pourquoi je vous pardonne.

Hyacinthe resta immobile, les poings serrés et le visage de plus en plus rouge.

— Ne me reparlez jamais sur ce ton, vous m'entendez, plus jamais ! Et n'allez pas imaginer que vous savez ce qui se passe dans ma tête ! Je veux que vous quittiez cette pièce sur le champ.

— Pas avant d'avoir obtenu votre promesse.

— Je ne vous dois rien, monsieur Saint-Clair.

— Votre promesse, Hyacinthe.

Comment osait-il entrer ainsi et tenter de retourner la situation à son avantage ? Il l'avait blessée. Il était celui qui… Mon Dieu, elle n'arrivait même plus à penser en phrases complètes.

— Je veux que vous partiez.

— Et moi, je veux votre promesse.

Hyacinthe resta muette. Il eût été facile de lui donner sa parole : elle n'avait certainement pas l'intention d'errer toutes les nuits dans les rues de Londres. Mais il aurait interprété cela comme des excuses, et ça, c'était hors de question ! Aussi stupide, aussi juvénile que cela puisse paraître, elle ne céderait pas. En tout cas, pas après ce qu'il venait de lui faire subir.

— Mon Dieu, que vous êtes têtue !

Elle lui adressa un rictus malsain.

— Vous allez connaître les joies du mariage... Pour le pire...

— Hyacinthe. Je comprends votre colère...

— Ne me parlez pas comme à une enfant, Gareth !

— Ce n'est pas le cas.

— À d'autres !

Gareth poursuivit :

— Ce que mon père a dit à propos de Mary Winthrop...

Hyacinthe le regarda bouche bée.

— Vous croyez que c'est à cause de cela que je suis en colère ?

— Ce n'est donc pas ça ?

— Bien sûr que non. Grand Dieu ! Me prenez-vous donc pour une idiote ?

— Je... Euh... Non.

— Je crois assez bien vous connaître pour savoir que vous ne demanderiez pas la main de deux femmes en même temps. Du moins, pas sciemment.

— C'est vrai. Et donc ?

— Savez-vous pourquoi vous m'avez demandée en mariage ?

— Que diable racontez-vous maintenant ?

— Le savez-vous ? Allez-vous répondre à la fin ?

— Bien sûr que oui. C'est parce que...

Gareth bégailla, comme pris au dépourvu.

Elle secoua la tête, clignant des yeux pour masquer ses larmes.

— Je ne veux plus vous voir.

— Mais que se passe-t-il ?

— Rien du tout, Gareth. Je sais au moins pourquoi j'ai accepté votre demande. Mais vous... Vous n'avez pas la moindre idée de ce qui vous a poussé à le faire !

— Eh bien dites-moi, puisque vous le savez si bien. Dites-moi ce que vous croyez être si important, vous qui semblez toujours savoir ce qui est mieux pour les uns et les autres ; peut-être êtes-vous douée de voyance, après tout ? Alors ? Expliquez-moi, ma chère…

Hyacinthe tremblait, elle était au bord des larmes, mais elle n'abdiquerait pas.

— Vous avez agi ainsi à cause de *lui* !

Gareth se contenta de l'implorer du regard.

— Oui, lui… Votre père !

Elle aurait voulu hurler cette dernière réplique.

— Oh, pour l'amour de Dieu. C'est donc ce que vous croyez ? Cela n'a strictement rien à voir avec lui.

Hyacinthe lui lança un regard plein de compassion, tandis que le jeune homme se défendait :

— Il ne signifie rien pour moi, sachez-le ! Je suis libre de mes actes !

— Vous vous bercez d'illusions, mon pauvre ami. Vous ne pouvez pas faire un pas sans qu'il vous y pousse. Je ne l'avais pas compris avant qu'il ne le mentionne, mais je vois clair maintenant. Votre père a raison.

— C'est sa parole contre la mienne, et vous choisissez la sienne ?

— Cela n'a rien à voir avec l'honneur de quiconque. Les choses sont ainsi, voilà tout. Et vous… Vous m'avez demandée en mariage pour lui prouver que vous en étiez capable. Que ce soit moi ou une autre importait finalement peu.

— C'est absurde !

— Vraiment ?

Hyacinthe sourit, mais elle gardait un air triste, presque résigné.

— Je sais que vous n'auriez pas demandé ma main si vous étiez déjà fiancé, mais je sais que vous feriez tout pour impressionner votre père, même m'épouser.

— Vous n'avez donc rien compris, Hyacinthe.

Gareth n'était plus aussi sûr de lui qu'il voulait le faire croire. Ne s'était-il pas maintes fois réjoui en pensant au désarroi de son père lorsqu'il apprendrait son mariage ? Ce coup de grâce devait couronner leur partie d'échecs.

Échec et mat.

Quel délice en effet !

Mais ce n'était pas la raison qui l'avait poussé à demander la main de Hyacinthe. Les choses étaient plus compliquées.

Il l'appréciait. Cela ne comptait-il donc pas ? Il aimait même sa famille. Quant à Hyacinthe, elle adorait sa grand-mère, lady Danbury. Jamais il n'aurait pu épouser une femme qui ne se serait pas bien entendue avec la comtesse.

Il la désirait. À en perdre le souffle. L'épouser s'imposait comme une évidence.

Voilà tout ce qu'il fallait dire pour lui faire comprendre pourquoi il tenait tant à elle. Hyacinthe était loin d'être idiote et elle saurait l'écouter.

Il s'apprêta à parler, fit un geste de la main pour se donner un peu de contenance. Il n'avait plus droit à l'erreur.

— Si vous y repensez en gardant la tête froide…

— C'est ce que je fais, Gareth. Sinon, j'aurais déjà annulé ce mariage, enfin !

Elle était sur le point d'éclater en sanglots.

— Je savais ce que je faisais avec vous, dans cette chambre, il y a quelques heures de cela. Je savais ce que cela signifiait, que c'était irrévocable. Que croyez-vous donc ?

Sa lèvre inférieure tressaillit un instant. Puis elle ajouta :

— Je ne m'attendais pas à devoir le regretter un jour.

C'était comme si elle lui avait décoché un coup-de-poing dans l'abdomen. Pendant un moment, ils se tinrent tous deux face à face, vidés de leurs forces.

— Savez-vous ce que ça fait de se sentir ainsi manipulée, Gareth ? En avez-vous la moindre idée ?

— Oui.

— Dans ce cas, vous comprendrez pourquoi je veux que vous partiez, maintenant.

Hyacinthe n'avait plus l'air en colère, simplement triste. Il ne pouvait rien y faire, la blessure était encore à vif ; mais quelque chose incitait Gareth à rester. Il aurait voulu la prendre dans ses bras et lui faire comprendre à quel point il l'aimait, la chair saurait exprimer ce qu'il ne parvenait pas à formuler. Il imaginait très bien ce qu'elle pouvait ressentir en ce moment même, cette douleur ne lui était pas étrangère… Il savait qu'il ne pourrait la convaincre ce soir. Le temps panserait ses plaies : mieux valait attendre, plutôt que de risquer de la perdre à jamais.

— Nous en reparlerons plus tard.

Il se dirigea vers la fenêtre, trouvant sa sortie un tantinet ridicule. Mais après tout, quelle importance ?

— Cette fameuse Mary… Quels que soient vos engagements envers elle, je suis sûre que nous pourrons tout arranger. Ma famille paiera la sienne au besoin.

Hyacinthe essayait de reprendre le contrôle d'elle-même, d'atténuer la douleur en se concentrant sur les détails matériels. Gareth reconnaissait cette technique pour l'avoir employée lui-même, à maintes reprises.

Il se retourna pour lui faire face.

— Il s'agit de la fille du comte de Wrotham.

— Oh ! Voilà qui change quelque peu la donne, mais je suis sûre que c'était il y a fort longtemps…

— Oui.

— Est-ce pour cela que vous vous êtes fâché avec votre père ? Ces fiançailles ?

— Vous ne trouvez pas que vous posez beaucoup de questions ? Vous venez d'exiger mon départ, je vous le rappelle.

— Je vais vous épouser. Je finirai bien par l'apprendre.

— Oui, mais pas ce soir.

Sur ces dernières paroles, il se laissa glisser vers la sortie.

Une fois en bas, il leva les yeux dans l'espoir d'apercevoir Hyacinthe une dernière fois. Ne serait-ce que sa silhouette, ou même son ombre. Mais non, rien.

Saurait-il la reconquérir un jour ?

CHAPITRE DIX-SEPT

Chez les Bridgerton à l'heure du thé, Hyacinthe est seule dans le salon en compagnie de sa mère ; situation fort délicate pour qui a des choses à cacher. C'est pourquoi notre héroïne s'efforce, tant bien que mal, de se concentrer sur sa broderie.

— Monsieur Saint-Clair est-il en voyage ? Il ne vous a pas rendu visite depuis plusieurs jours ?

— Il me semble que des affaires concernant sa propriété du Wiltshire le retiennent, répondit Hyacinthe sans lever les yeux.

Elle ne savait même pas s'il détenait quelque bien en Angleterre. Mais avec un peu de chance, sa mère ne prêterait guère attention aux propriétés fantômes de Gareth Saint-Clair et changerait de sujet.

— Je vois.

Hyacinthe planta son aiguille dans le tissu avec un peu trop de vigueur, et émit un grognement sourd en contemplant son ouvrage. Quelle piètre brodeuse elle faisait ! Jamais elle n'avait eu la patience ni le goût du détail, mais elle persistait. Cela pouvait toujours servir en cas de besoin. Rien de tel, par exemple, pour détourner une conversation. Elle y avait eu recours des années durant, mais maintenant qu'elle était la seule fille à vivre encore sous ce toit, elle se retrouvait souvent seule avec sa mère, et cette ruse ne fonctionnait plus aussi bien. Les silences pouvaient être pesants.

— Quelque chose ne va pas ?

— Bien sûr que non, mère.

Hyacinthe aurait préféré garder les yeux rivés sur son ouvrage, mais cela n'aurait pas manqué d'éveiller les soupçons de Violette Bridgerton. Elle posa donc son aiguille et leva le menton. Puisqu'il fallait mentir, autant être convaincante.

— Gareth est très occupé, voilà tout. Je ne l'en admire que plus encore. Vous ne voudriez tout de même pas que j'épouse un incapable ?

— Non, bien sûr que non. Malgré tout, c'est étrange. Cela fait si peu de temps que vous êtes fiancés.

En toute autre occasion, Hyacinthe se serait tournée vers sa mère et lui aurait lancé : « Bien, si vous avez une question, posez-la ! »

Or c'est justement ce que Hyacinthe voulait éviter. Voilà trois jours qu'elle avait appris la vérité sur Gareth. « Appris la vérité » : comme si elle avait découvert un terrible secret ou encore un squelette d'enfant enterré dans les caves de la maison Saint-Clair. L'amour l'avait aveuglée, mais le connaissait-elle vraiment ? Il l'avait manipulée, pour remporter une éternelle lutte contre son père. Sa douleur était bien plus grande qu'elle ne l'aurait cru.

Elle se répétait que c'était idiot, qu'elle coupait les cheveux en quatre, et qu'après tout, elle l'épouserait. Il l'appréciait, il la trouvait fine, drôle, parfois sage. Il la protégerait et lui ferait honneur. Tout cela n'avait-il donc aucune importance ? Son passé n'était pas sans taches, mais cela l'empêcherait-il d'être un bon mari, fidèle et aimant ? Pourquoi fallait-il qu'elle connaisse les raisons qui l'avaient incité à la demander en mariage ? Cette demande en elle-même ne suffisait-elle donc pas ?

Eh bien, non ! Elle se sentait flouée, insignifiante, un vulgaire pion sur l'échiquier d'une partie qui la dépassait. Pire encore : elle ne comprenait rien à ce jeu !

— Dites-moi, ma fille, pourquoi soupirez-vous donc ainsi ?

Hyacinthe reprit soudain ses esprits. Mon Dieu ! combien de temps était-elle restée assise ainsi, plongée dans ses pensées ?

— Quelque chose ne va pas ? Voulez-vous m'en parler ?

Hyacinthe fit non de la tête. Comment faire une telle confidence à sa mère ?

Ah, oui, mais j'y pense... Si vous voulez tout savoir, il m'est apparu dernièrement que mon futur mari m'a demandé en mariage pour le plaisir de provoquer son père... Mais, j'oubliais... j'ai perdu ma virginité au passage...

— C'est votre première querelle d'amoureux, n'est-ce pas ?

Hyacinthe tenta en vain de ne pas rougir. Amoureux... « Amants » aurait été mieux choisi !

— Il n'y a pas de quoi avoir honte, ma fille.

— Mais il n'en est rien.

Violette leva les sourcils. Hyacinthe se serait donné des gifles ! Elle venait de tomber dans le piège tendu par sa mère ! Une vraie novice !

— Mère, ce n'est rien, soyez rassurée.

Hyacinthe ponctua cette dernière remarque de petits coups d'aiguilles qui défigurèrent la jonquille qu'elle brodait : on aurait dit un poussin ébouriffé ! Elle se contenta de hausser les épaules et poursuivit son ouvrage avec du fil orange. Au point où elle en était, autant la doter d'un bec et de pattes !

— Je sais qu'il n'est guère convenable de montrer ses émotions, et je ne vous encourage certainement pas dans cette voie-là... mais cela pourrait vous faire du bien d'en parler à quelqu'un, vous savez.

— En général, j'exprime mes sentiments de manière assez directe, non ?

— Il faut bien l'admettre. Mais ne pensez-vous pas qu'une mère puisse s'inquiéter pour ses enfants ?

— Certes, mais je crois vous avoir tout dit.

Ciel ! Elle venait de planter le bec un peu trop haut et voilà que son poussin se retrouvait affublé d'un chapeau pointu ! Quel carnaval !

— Vous ne me facilitez pas la tâche, ma fille... vous n'êtes décidément pas facile à approcher.

Un brin irritée, Hyacinthe lui montra son ouvrage.

— J'*essaie* de broder !

— Vous essayez surtout d'éviter cette conversation... Mais pourquoi cette fleur a-t-elle une oreille ?

— Ce n'est pas une oreille. Et puis, ce n'est pas une fleur non plus !

— C'était pourtant bien une jonquille hier, il me semble...

— J'ai l'esprit créatif, que voulez-vous. Je me serai laissé emporter par mon imagination...

— Je n'en ai jamais douté !

— C'est un chat tigré. Il ne lui manque plus que la queue.

Violette pinça les lèvres et garda le silence un instant avant de remarquer :

— Hyacinthe, vous pouvez être parfois si dure.

— Comment ça ? Dure ?

— Vous savez très bien ce que je veux dire.

— Vous prenez donc sa défense ? Ne suis-je pas votre fille ? Pourquoi serait-ce donc forcément de ma faute ?

— Je n'ai jamais rien dit de tel !

— Mais si ! Comme toujours, d'ailleurs.

— Hyacinthe, c'est totalement faux ! Je vous connais mieux que monsieur Saint-Clair, voilà tout.

— Vous connaissez tous mes défauts, c'est donc cela ?

— Eh bien... oui.

Violette eut l'air surprise par sa propre réponse et se hâta d'ajouter :

— Ce qui ne signifie pas que monsieur Saint-Clair soit la perfection incarnée, ne vous méprenez pas sur mes propos.

— Eh bien, sachez qu'il y a beaucoup à redire, et peut-être même un peu trop, au sujet de mon futur mari.

— Oh, Hyacinthe ! Que se passe-t-il donc ? Je ne vous ai jamais vue dans cet état.

Sa mère avait l'air si soucieuse que Hyacinthe eut peine à retenir ses propres sanglots. Elle détourna la tête. Elle n'aurait jamais dû lui dire cela ! Quelle idiote ! Violette allait se ronger les sangs des heures durant ! Elle aurait voulu se jeter dans les bras de Violette pour panser sa douleur, mais elle ne pouvait pas confier à sa mère qu'elle avait fauté. Cela la tuerait !

— Hyacinthe, souhaitez-vous annuler le mariage ? Vous pouvez être honnête avec moi.

La jeune fille opina du chef. Elle était piégée, mais... Voulait-elle vraiment tout annuler ? Si seulement elle ne s'était pas donnée à Gareth, s'ils n'avaient pas fait l'amour, si rien ne la retenait, quelle solution choisirait-elle ?

Elle venait de passer les trois derniers jours à ressasser cette fameuse nuit, ce moment terrible où elle avait entendu le père de Gareth se vanter de ses exploits : il avait réussi à manipuler son fils et ce dernier était tombé dans le piège. Il l'avait demandée en mariage. Elle avait passé en revue chacune de ses phrases, s'était interrogée sur le sens de chaque mot... Mais tout cela ne comptait plus vraiment. Tout ce qui importait, c'était qu'elle voulait épouser Gareth Saint-Clair. Oui, elle le voulait. Elle l'aimait, passionnément.

— Non, je ne tiens pas à annuler notre mariage.

— Il faudra que vous l'aidiez dans ce cas. Quelles que soient ses difficultés, il faudra que vous soyez toujours à ses côtés.

Hyacinthe acquiesça lentement. En serait-elle seulement capable ? Était-ce possible ? Elle le connaissait depuis un mois à peine alors que la haine qui l'opposait à son père était immémoriale. Voudrait-il de son aide ? Les hommes étaient si fiers...

— Je pense qu'il vous aime. Je le crois sincèrement, Hyacinthe.

— J'en suis sûre, répondit Hyacinthe.

La force de son amour parviendrait-elle à surpasser la haine qu'il éprouvait pour son père ? Lorsqu'il s'était agenouillé devant elle pour lui demander sa main, pour lui demander de devenir sa femme et la mère de ses enfants, quelle était sa motivation véritable ?

— Cela ne vous ressemble pas, ma fille.

Hyacinthe lui lança un regard interrogateur.

— Oui, vous êtes si calme. Je ne vous reconnais pas. Je ne pensais pas que vous pourriez rester à l'attendre aussi longtemps.

— L'attendre ?

— Oui, c'est bien ce que vous faites, n'est-ce pas ? Vous attendez qu'il vous rende visite pour vous demander pardon.

— Je...

Violette avait raison. C'était très exactement ce qu'elle faisait sans même en avoir conscience. Voilà donc pourquoi elle se sentait si malheureuse. Elle avait placé son destin et son bonheur entre les mains d'un autre : cette idée était insupportable !

— Pourquoi ne pas lui écrire ? Exigez qu'il vous rende visite. C'est un gentleman et vous êtes sa fiancée. Il n'osera jamais refuser.

— Vous avez raison. Mais que lui diriez-vous si vous étiez à ma place ?

Quelle question idiote ! Violette ne connaissait même pas l'objet de leur querelle, comment pourrait-elle proposer une solution ? Pourtant, comme d'habitude, elle parvint à trouver les mots justes pour sa fille.

— Dites-lui ce que vous avez sur le cœur. Si cela ne marche pas, je vous suggère de prendre un livre et de lui en asséner un grand coup sur la tête pour qu'il comprenne mieux !

— Je vous demande pardon ? fit Hyacinthe interloquée.

— Je n'ai rien dit.

— J'ai pourtant bien entendu.

— Vous croyez ? Vous avez dû rêver.

— Un gros livre, disiez-vous ?

— Très gros. C'est mieux, vous ne croyez pas, Hyacinthe ?

— Avons-nous une encyclopédie dans notre bibliothèque ?

— Je crois bien que oui.

Hyacinthe sentait un fou rire lui monter aux lèvres, tandis que Violette tentait tant bien que mal de garder son sérieux et de poursuivre la conversation.

— Je vous aime, mère. Je voulais juste que vous le sachiez.

— Je sais, ma chérie. Moi aussi, je vous aime.

Quelle chance inestimable elle avait de pouvoir chérir sa mère. Jamais elle ne l'oublierait. Pauvre Gareth qui détestait tant son père ! Dieu seul savait ce qu'il avait dû endurer pendant son enfance. Il n'en avait jamais parlé. Peut-être aurait-elle dû se montrer un peu plus compréhensive ; il avait tant souffert après tout. Ce qui ne signifiait pas qu'elle allait lui pardonner facilement ! Il faudrait qu'il la supplie à genoux, rien de moins ! Elle n'était pas charitable au point de se laisser maltraiter de la sorte.

Mais elle pouvait faire quelques efforts... Grâce à l'amour qu'elle lui prodiguerait, peut-être comblerait-elle ce vide intérieur qui l'habitait et saurait-elle le rendre heureux, qui sait ? C'était sans doute ce dont il avait besoin. Rien d'autre n'avait d'importance. Cependant, il allait falloir faire en sorte que toute cette histoire se termine bien, et la partie n'était pas gagnée. Hyacinthe avait le sentiment qu'une simple lettre ne suffirait pas à régler la situation. Allons ! Il était temps de retrouver un peu d'audace et d'aller taquiner le lion jusque dans sa tanière...

— Hyacinthe, vous vous sentez bien ?

— Je me porte comme un charme. J'étais plongée dans mes pensées, voilà tout.

L'amour fait parfois perdre la tête...

CHAPITRE DIX-HUIT

Plus tard, dans le petit bureau de Gareth. Après moult réflexions, notre héros est parvenu à la conclusion suivante : il faut qu'il agisse ! Or il ne sait pas que Hyacinthe s'apprête à le coiffer au poteau.

« Un geste grand et généreux. Voilà ce qu'il faut », se dit Gareth.

Les femmes adoraient cela, et, si Hyacinthe n'était pas n'importe quelle cruche, elle n'en était pas moins femme. Elle ne pourrait rester de marbre, n'est-ce pas ?

Mais le problème, c'est que ce genre de choses tendaient à être fort coûteuses... Et Gareth ne roulait pas sur l'or. Il existait bien une autre possibilité, mais elle ne l'enchantait guère : il ne tenait pas vraiment à s'humilier en public pour se faire pardonner en déclamant quelque poème de son cru, en chantant une ballade amoureuse ou, pire encore, en faisant à Hyacinthe une déclaration solennelle devant huit cents témoins ! Non, décidément, il laisserait volontiers ce plaisir à d'autres.

Peut-être qu'un geste original suffirait à la reconquérir ? Après tout, elle n'était pas vraiment adepte de la norme non plus. En lui prouvant son amour, elle oublierait toutes les sornettes de son père et tout irait pour le mieux dans le meilleur des mondes...

— Monsieur Saint-Clair, vous avez une visite.

Gareth releva la tête. Il était resté là depuis si longtemps qu'il s'étonna lui-même de ne pas encore avoir pris racine. Son valet se tenait dans l'embrasure de la porte. Gareth ne pouvait s'offrir les services d'un majordome, et puis, pourquoi aurait-il besoin d'un autre domestique dans une résidence aussi étroite ? Un seul serviteur suffisait largement pour s'occuper de quatre malheureuses pièces.

— Faites entrer ce monsieur, je vous prie.

— Hum...

— Un problème, peut-être ?

— Eh bien, non, c'est que… Euh…

Son valet avait l'air gêné, le pauvre homme. Lorsque Gareth l'avait engagé, il n'avait pas compris qu'il devrait parfois faire office de majordome, et personne ne l'avait averti qui lui fallait impérativement contenir son émotion et rester impassible en toutes circonstances. Gareth eut pitié de lui.

— Monsieur Phelps ? Qu'y a-t-il ?

— Ce monsieur est une dame…

— Un hermaphrodite ? Comme c'est amusant…

Phelps se mit à rougir.

— Il s'agit de mademoiselle Bridgerton.

À ces mots, Gareth se leva d'un bond.

— Ici ? Vous êtes sûr ?

Phelps acquiesça, un rien amusé par la réaction de son maître.

— Elle m'a même donné sa carte. Une femme distinguée.

Que venait-elle donc faire ici ? Quelle idée, vraiment ! Lui rendre ainsi visite, en plein jour ! Non que la nuit eût été plus appropriée, mais n'importe qui avait pu la voir entrer ! Et seule qui plus est !

— Ah, faites-la entrer, je vous prie.

Il ne pouvait se permettre de la renvoyer chez elle sans lui accorder une entrevue. Et il faudrait qu'il la raccompagne car elle n'était sans doute pas venue avec une escorte, si ce n'est cette petite femme de chambre qui semblait tant apprécier les bonbons à la menthe… Comment aurait-elle pu la protéger contre un agresseur dans les rues de Londres ? Folie ! C'était pure folie que de sortir ainsi !

— Gareth.

— Que diable faites-vous ici ?

— Je suis heureuse de vous voir aussi, dit-elle avec tant d'aplomb qu'il se trouva pris au dépourvu.

— N'importe qui aurait pu vous voir entrer ! Où avez-vous donc la tête ? Avez-vous songé un instant à votre réputation ?

Hyacinthe haussa les épaules puis retira ses gants.

— Je suis fiancée, vous semblez l'oublier. Vous ne pouvez plus reculer et je n'ai pas l'intention d'annuler ce mariage non plus. Je doute donc que cette visite me conduise à la ruine.

Gareth essaya de masquer le soulagement apporté par ces dernières paroles. Il avait certes tout fait pour qu'elle ne puisse pas changer d'avis, mais il était doux de l'entendre de sa bouche même.

— Très bien, Hyacinthe, qu'est ce qui vous amène ?

— Je ne suis pas ici pour parler de votre père, si c'est ce qui vous préoccupe.

— Je n'ai nulle inquiétude à ce sujet.

Elle haussa un sourcil. Diable ! Pourquoi avait-il choisi d'épouser la seule femme au monde qui fût capable de faire cela ?

— Non, je vous assure, Hyacinthe. C'est la vérité.

Elle ne répondit pas, mais son regard en disait long. Elle n'en croyait pas un mot.

— Je suis venue pour parler des bijoux.

— Des bijoux ?

— Oui. J'espère que vous n'avez pas oublié…

— Comment aurais-je pu ?

L'attitude de Hyacinthe l'agaçait déjà. Il était bouleversé, alors qu'elle affichait un calme et une froideur parfaitement intolérables.

— J'ose espérer que vous n'avez pas changé d'avis et que vous avez toujours l'intention de les trouver. Nous sommes allés bien trop loin pour abandonner maintenant.

— Par où devons-nous commencer, Hyacinthe ? En avez-vous seulement la moindre idée ? Si j'ai bonne mémoire – arrêtez-moi si je me trompe – nous nous sommes heurtés à… comment dirais-je ?… un mur de briques.

Elle glissa la main dans son sac pour en extirper le dernier indice laissé par Isabella. Elle déplia soigneusement le petit bout de papier et le posa à plat sur le bureau.

— J'ai pris la liberté de soumettre ce texte à mon frère Colin qui, comme je vous l'ai dit, a beaucoup voyagé en Europe. D'après lui, il s'agit d'une langue slave. Nous avons cherché sur une carte, il pourrait s'agir du slovène. C'est bien la langue que l'on parle en Slovénie, n'est-ce pas ?

— C'est un pays imaginaire ?

— Bien sûr, je viens tout juste de l'inventer. Allons… Un peu de sérieux, voulez-vous !

Derrière des dehors peu affables, Hyacinthe avait du mal à cacher son amusement.

— Bien, j'admets que je ne connaissais pas cette contrée non plus, mais elle existe bien. Elle se trouve au nord-est de l'Italie. Votre grand-mère n'était-elle pas originaire du nord de cette région ?

Gareth prit soudain conscience qu'il n'en savait absolument rien. Sa grand-mère adorait lui raconter des histoires sur son enfance italienne, mais elle lui avait surtout parlé de mets délicieux et de vacances ensoleillées ; le genre de choses qui pouvaient intéresser un petit garçon. Si elle avait mentionné sa ville natale, il ne s'en souvenait pas.

— Je ne sais pas, Hyacinthe. Elle n'était pas très brune. Nous avons à peu près la même couleur de cheveux.

— C'est bien ce qui m'étonnait chez vous. Ni vous, ni votre père, n'avez l'air très méditerranéens.

Gareth esquissa un sourire crispé. Et pour cause, pensa-t-il. Il n'avait pas la moindre goutte de sang italien. Encore une chance qu'il ressemblât à lord Saint-Clair !

— Eh bien, si Isabella venait de là, il n'est pas surprenant qu'elle ait pu vivre non loin de la frontière slovène et acquis au moins quelques rudiments de cette langue. En tout cas, assez pour rédiger ces deux phrases énigmatiques.

— Je ne vois pas très bien qui, en Angleterre, pourrait connaître cette langue.

— Justement ! Réfléchissez un peu, Gareth. Si vous vouliez rendre un texte indéchiffrable, quoi de mieux que de l'écrire dans une langue exotique que personne ne parle ? Je suis persuadée qu'il s'agit du dernier indice. L'obstacle est tel que je doute qu'il puisse en exister beaucoup d'autres. Vous ne pensez pas ?

— Eh bien, *vous,* vous n'auriez certainement pas hésité à semer quelques embûches supplémentaires pour corser l'enquête…

— Certes. Mais vous reconnaîtrez que je suis un tantinet plus diabolique que la plupart des femmes du monde, non ?

— Oui… Pour le meilleur et pour le pire !

Hyacinthe ignora ce dernier commentaire.

— Pensez-vous vraiment que votre grand-mère ait pu être de la même engeance ?

— Elle est morte alors que j'étais encore bien jeune, mes souvenirs sont ceux d'un enfant de sept ans.

— Eh bien, nous pouvons sans doute commencer à chercher un traducteur. Il doit bien y en avoir un à Londres !

Gareth perçut une pointe d'irritation dans l'expression de Hyacinthe. Elle n'était pas aussi détachée qu'elle voulait en avoir l'air.

— Entre-temps, je crois qu'il faut que nous retournions à Clair-House pour fouiller les lieux de fond en comble. Il me semble que les bijoux doivent être cachés dans sa chambre.

— Qu'est-ce qui vous fait penser qu'elle les aurait cachés dans cette pièce ?

— Vous voyez d'autres endroits propices ?

— Son cabinet de toilette, par exemple. Le salon, le grenier, le cagibi du majordome, la chambre d'amis...

Agacée, Hyacinthe l'interrompit :

— Quelle serait la cachette la plus logique ? Jusqu'à présent, elle a semé ses indices dans toutes les pièces que votre grand-père évitait. C'est pourquoi sa chambre me semble le lieu idéal !

Gareth regarda Hyacinthe assez longtemps pour la faire rougir.

— Nous savons pourtant qu'il lui avait rendu visite au moins deux fois...

— Deux fois ?

— Oui. Mon père avait un frère cadet. Il est mort à Trafalgar.

Cette dernière remarque l'avait coupée dans son élan.

— Oh, je suis navrée.

— C'était il y a longtemps. Ne vous inquiétez pas.

Hyacinthe acquiesça lentement comme si elle n'était pas très sûre de ce qu'elle devait dire à présent.

— Bien. Bien.

— Bien, répondit Gareth en écho.

— Fort bien.

— Oui, fort bien.

— Oh, halte-là ! Je ne supporte plus votre petit jeu, Gareth. Je ne suis pas du genre à faire comme si de rien n'était en balayant tout sous le tapis.

Gareth tenta d'intervenir, mais Hyacinthe ne lui en laissa pas le temps.

— Je sais que je devrais garder mon calme et repartir seule, mais je n'y parviens pas. Vous comprenez, Gareth ?

— Non, je ne comprends rien du tout.

— J'ai besoin de savoir, vous m'entendez, j'ai besoin de savoir pourquoi vous m'avez demandé de vous épouser !

Gareth n'avait nulle envie de reparler de tout cela.

— Je croyais que vous ne teniez pas à parler de mon père.

— Eh bien, j'ai changé d'avis ! De toute façon, vous ne m'avez pas crue, n'est-ce pas ?

— Non, c'est vrai.

— J'ai besoin de savoir...

Hyacinthe se tordait les mains et était si agitée qu'elle en avait le chignon défait. La colère la rendait encore plus belle. Néanmoins, son désarroi le préoccupait. Il ne l'avait jamais vue aussi mal en point.

Il comprit soudain que c'était justement ce qu'il appréciait par-dessus tout chez Hyacinthe : elle était toujours à l'aise. Elle savait ce qu'elle voulait. Elle assumait sa personnalité tranchée et c'est ce qui la rendait si différente des autres femmes. Il avait toujours désiré la compagnie d'une épouse forte, déterminée, prête à montrer son esprit peu banal et à croiser le fer à la moindre occasion. Comment résister face à une telle personnalité ?

— Si vous avez le moindre sentiment pour moi, Gareth, vous comprendrez à quel point il m'est difficile de vous poser cette question. Pour l'amour de Dieu, dites quelque chose !

— Je...

Les mots s'étranglèrent dans sa gorge. Pourquoi lui avait-il demandé sa main ? Pour mille et une raisons... Il essayait de retrouver ce qui l'avait poussé, mais en vain. Tout avait été si subit. Or, aujourd'hui, un seule certitude l'animait : il ne pouvait vivre sans elle. Il l'aimait. Gareth sentit le sol se dérober sous ses pieds et se retint *in extremis* au bureau. Comment était-ce donc arrivé ? Il était amoureux de Hyacinthe Bridgerton !

— Je vous laisse, Gareth.

— Non ! Attendez ! S'il vous plaît, ne partez pas.

Il fallait qu'il le lui dise. Non pas qu'il l'aimât, car il n'était pas encore prêt pour cela, mais il fallait qu'il lui dise la vérité sur sa naissance. Il ne pouvait plus lui mentir.

— Hyacinthe, je…

Il n'arrivait plus à parler. Dix années durant, il avait gardé ce lourd secret pour lui seul. Cela faisait trop longtemps déjà.

— Il faut que je vous avoue quelque chose. Je… Mon père…

Hyacinthe semblait avoir perçu son trouble, car elle se tenait immobile face à lui.

— Je… il n'est pas mon véritable père.

Hyacinthe cligna des yeux.

— Je ne sais pas qui est mon véritable père.

Silence.

— Et je crois que je ne le saurai jamais.

Gareth observa le visage de Hyacinthe pour déceler quelque trace d'émotion, mais rien. Elle ressemblait à une statue de marbre. Puis, alors qu'il était au désespoir, persuadé de l'avoir perdue à jamais, elle parla enfin :

— Eh bien, quel soulagement !

— Je vous demande pardon ?

— L'idée de voir couler le sang de lord Saint Clair dans les veines de mes enfants ne m'enchantait pas particulièrement, vous savez. Je serais ravie qu'ils héritent de son titre car, après tout, c'est une excellente carte de visite. Quant au reste, je m'en dispense fort bien ! Il a un caractère épouvantable, vous n'aviez pas remarqué ?

Gareth sentait l'émotion le submerger peu à peu. Il n'en croyait pas ses oreilles.

— J'imagine qu'il faudra que nous gardions tout ça secret, n'est-ce pas ? Qui d'autre est au courant ?

Hyacinthe prenait les choses en main comme s'il s'agissait d'une banale affaire domestique.

— Le baron et moi-même, pour autant que je sache.

— Et votre véritable père, Gareth.

— J'espère bien que non.

— Il se peut qu'il n'en ait jamais eu vent, ou qu'il ait estimé que vous seriez mieux loti chez les Saint-Clair. La noblesse a son charme…

— Je sais tout cela, mais croyez-vous que cela soit un réconfort ?

— Allons, Gareth, pourquoi tant d'amertume ? Interrogeons votre grand-mère. Elle en saura peut-être un peu plus long sur la question.

Gareth lui lança un regard stupéfait.

— Isabella, évidemment. Je parlais de son journal, pas de lady Danbury ! Quelle idée saugrenue !

— Mais elle n'était pas vraiment ma grand-mère.

— Vous l'a-t-elle jamais fait sentir ?

— Non.

— Eh bien, vous voyez bien que vous dramatisez tout !

— Vous avez raison, elle m'aimait tendrement.

— Peut-être parce que vous êtes quelque peu, comment dirais-je, aimable, attentionné…

À ces mots, le visage de Gareth s'illumina soudain.

— Vous voulez dire que vous ne tenez pas à rompre nos fiançailles ?

— Est-ce ce que vous souhaitez ?

Gareth fit non de la tête.

— Alors pourquoi pensez-vous que je puisse en avoir l'intention ?

— Votre famille pourrait s'y opposer.

— Pfff ! Nous ne sommes pas aussi guindés ! La femme de mon frère n'est autre que la fille illégitime du comte de Penwood et d'une actrice aux origines obscures, pourtant aucun de nous n'hésiterait à les défendre corps et âme au besoin. Quant à vous, lord Saint-Clair vous a reconnu.

— Pour son plus grand désespoir.

— Eh bien, je ne vois pas le problème. Mon frère et sa femme Sophie adorent vivre à la campagne, ce qui leur permet de se préserver des potins malveillants. Mais je ne vois pas pourquoi nous devrions nous exiler à notre tour, à moins que vous ne le souhaitiez ardemment.

— Le baron pourrait faire éclater un scandale sans précédent.

— Essayez-vous de me convaincre de renoncer à ce mariage ?

— Je veux simplement que vous compreniez…

— Qu'il est inutile d'essayer de me dissuader de faire quelque chose une fois ma décision prise. Vous devriez l'avoir compris depuis longtemps, mon cher Gareth. Votre père ne pipera mot. Quel serait son intérêt ? Vous n'êtes pas né hors mariage, il ne peut donc vous ôter le titre. Croyez-vous, qui plus est, qu'il ait vraiment envie de jouer le rôle du cocu devant toute la bonne société londonienne ? Aucun homme ne tient à se voir affublé de ce genre de cornes, pas même à l'occasion d'un bal masqué !

— Connaîtriez-vous donc le cœur des hommes ?

— Aimeriez-vous que l'on dise pareille chose de vous ? Permettez-moi d'en douter…

— Certes, mais je n'ai aucune inquiétude à ce sujet.

Hyacinthe semblait de plus en plus enjouée tandis que Gareth se rapprochait imperceptiblement d'elle.

— Pas si vous me rendez heureuse, mon cher Gareth.

— Dites-moi, Hyacinthe Bridgerton, oseriez-vous me menacer ?

— Qui sait ? rétorqua-t-elle, faussement innocente.

— Je vois que nous n'allez pas me faciliter la tâche.

— Vous m'auriez donc prise pour une femme facile ? Erreur fatale, cher ami.

À ces mots, Gareth lui prit la main et la porta à ses lèvres pour y déposer un baiser.

— J'adore relever les défis.

— En garde !

À peine avait-elle osé cette ultime provocation que Gareth se mit à lui mordiller les doigts, lui arrachant un soupir.

— Je vois que ce duel prend une tournure des plus inhabituelles, ma douce…

Il se mit lui effleurer le creux du poignet avec délicatesse et sentit que Hyacinthe se laissait peu à peu aller au plaisir prodigué par ses caresses. Il exultait.

— Je meurs d'impatience de vous épouser pour que vous puissiez vous exprimer tout à votre aise.

Gareth l'attira à lui et se mit à l'embrasser passionnément dans le cou. Il sentait sa peau s'échauffer sous ses baisers. Hyacinthe avait le corps parcouru de frissons.

— Nous devrions arrêter. Ce n'est pas raisonnable.

— Vous n'en pensez pas un mot.

Il glissa alors la main sous sa jupe faute de pouvoir défaire le corset qui emprisonnait sa poitrine.

— Non… Pas vraiment…

— Bien.

À mesure qu'il caressait l'intérieur de sa cuisse en remontant doucement vers son ventre, Hyacinthe laissait échapper des soupirs de plus en plus profonds. Il lui faisait perdre la tête.

— Non, nous ne pouvons…

— Non, c'est vrai.

Le bureau ne serait guère confortable, pensa-t-il. Il n'y avait pas de place sur le sol, et Dieu seul savait si son valet avait bien refermé la porte de sa chambre qui donnait sur le hall. Il la plaqua contre le mur et lui adressa un sourire diabolique.

— Mais il nous reste tant d'autres choses à faire ensemble…

— De quoi parlez-vous ? fit-elle, un rien suspicieuse.

— Fais-moi confiance, dit-il en l'embrassant.

Il ne l'avait embrassée que trois fois, mais sa saveur était caractéristique. Elle avait le goût du thé, de la menthe poivrée… Elle était unique, elle serait bientôt à lui. À jamais.

Gareth laissa couler ses doigts le long de son bras, caressant bientôt l'épaule, le cou, la joue, tandis que son autre main s'insinuait sous sa jupe. Hyacinthe gémit. Il lui embrassait déjà l'oreille avec avidité tout en remontant le long de sa cuisse…

— Oh !

— Vous voilà bien tendue, je trouve.

— Gareth !

— Encore, Gareth ? C'est bien ça ? murmura-t-il un rien moqueur.

— Encore, s'il-te-plaît…

— J'adore entendre supplier ainsi une femme…

À ces mots, Hyacinthe se reprit et le fusilla du regard.

— Tu me le paieras, sois-en sûr !

— Vraiment ?

Gareth l'effleurait avec tant de tact qu'elle en était toute frémissante. Sa respiration était irrégulière, elle avait les lèvres entrouvertes et le regard perdu. Lorsqu'elle était ainsi offerte, elle resplendissait de mille feux, pour lui et pour lui seul. Il voulait saisir son ultime soupir de plaisir lorsqu'elle s'abandonnerait enfin à lui. Elle se cambrait, le corps tendu vers le sien, avide d'un contact plus charnel.

— Gareth, soupira-t-elle en détachant ses lèvres des siennes, le temps de reprendre son souffle avant de replonger dans l'abîme.

— Patience, patience.

Il lui donna un dernier baiser goulu tout en s'insinuant en elle sans cesser de la caresser. Il sentit ses muscles se resserrer sur son doigt avec une ardeur passionnée. Le moment était proche. Ce n'est qu'à cet instant précis qu'il prit conscience de l'intensité de son propre désir. Il n'y tenait plus. Il voulait se perdre en elle, ne faire plus qu'un avec sa chair et connaître l'extase. Pourtant, il lui faudrait attendre. Après tout, n'avaient-ils pas toute la vie devant eux ? Un baquet d'eau froide remédierait à ses souffrances en attendant de pouvoir enfin assouvir sa passion. Maigre consolation !

— Tout va bien, Hyacinthe ?

Elle acquiesça, incapable de prononcer le moindre mot.

Il l'embrassa sur le bout du nez. Il se souvint alors des papiers qu'il avait laissés sur son bureau. N'était-ce pas le moment idéal pour les lui montrer ?

— J'ai un cadeau pour vous.

— Vraiment ?

— N'ayez pas l'air si surprise, Hyacinthe, vous allez me vexer.

— C'est juste que…

— Que vous allez m'écouter maintenant. Mais rappelez-vous bien que c'est l'intention qui compte.

Elle sourit, le suivit jusqu'à son bureau et s'assit. Gareth poussa quelques livres avant de s'emparer d'une feuille de papier.

— Je vous préviens. Ce n'est pas terminé.

— Qu'importe. Montrez.

Gareth ne lui tendait toujours pas la feuille.

— Je pense que, de toute évidence, nous n'allons pas trouver les bijoux. Et ne protestez pas, laissez-moi donc finir.

Au prix d'un effort surhumain, Hyacinthe parvint à se taire un instant.

— Je n'ai pas beaucoup d'argent, vous le savez.

— Cela n'a pas d'importance.

— Je suis ravi de vous l'entendre dire. Nous ne manquerons de rien, mais nous n'aurons certainement pas le même train de vie que vos frères et sœurs.

— Je n'ai cure de tout cela, soyez sans crainte.

C'est du moins ce qu'elle espérait. Quoi qu'il en soit, elle savait qu'elle ne pourrait se passer de Gareth, et c'était ce qui importait vraiment.

— Je vous remercie, Hyacinthe. Mais ce sera sans doute encore pire lorsque j'hériterai du titre. Je pense que le baron fait tout pour me conduire à la mendicité. Il en rira depuis sa tombe !

— Vous recommencez donc, Gareth ?

— Quoi donc ?

— Oui, vous rejouez la même scène que tout à l'heure. Il faudrait songer à varier les plaisirs.

— De quelle scène parlez-vous ?

— Celle où vous m'annoncez ne pas être digne de moi… Qu'il faut rompre nos fiançailles…

— Détrompez-vous, ma chère. Vous êtes piégée désormais. Je voulais toutefois que vous sachiez que, s'il le fallait, j'irais décrocher la lune pour vous.

— Me voilà rassurée, je commençais à douter de votre constance !

— Eh bien regardez donc ceci, Hyacinthe Bridgerton !

Elle prit la feuille qu'il lui tendait : c'était un portrait d'elle au crayon. Quelle surprise !

— Je n'ai guère de pratique, mais…

— C'est magnifique, Gareth.

Son talent d'artiste ne ferait certainement pas date dans les annales de l'histoire de l'art, mais ce portrait lui ressemblait. Il était parvenu à rendre quelque chose de très particulier dans son regard, que les peintres professionnels engagés par sa famille n'avaient encore jamais réussi à saisir.

— J'ai pensé à Isabella et je me suis souvenu d'un conte qu'elle me narrait quand j'étais petit. L'histoire d'une princesse et d'un méchant prince, et… d'un bracelet de diamants.

Hyacinthe observait son visage, fascinée par son regard pétillant. Elle eut soudain l'idée d'examiner le portrait de plus près : elle portait un bracelet de diamants !

— Je suis certain que cela n'a rien à voir avec celui qu'elle a dû cacher, mais c'est ainsi qu'elle me l'a décrit. Je vous l'offrirais, si seulement je le pouvais.

— Gareth, je…

Hyacinthe sentait les larmes lui monter aux yeux.

— C'est le plus beau cadeau que l'on ne m'ait jamais fait.

— Vous n'êtes pas obligée de...

— Mais si, je suis parfaitement honnête. Je suis très touchée.

Il se retourna, prit une autre feuille de papier et la lui tendit.

— Je l'ai également dessiné ici pour que vous puissiez mieux voir à quoi il ressemble.

Hyacinthe prit la feuille et regarda le dessin. Gareth s'était contenté de dessiner le bracelet, comme s'il était suspendu dans les airs.

— C'est charmant, commenta-t-elle en caressant la feuille du bout des doigts.

C'était un superbe bracelet, d'une grande originalité. Hyacinthe mourait d'envie de le porter. Mais jamais elle ne pourrait le chérir autant que ces deux dessins. Jamais.

— Je... Je les aime beaucoup.

Elle avait failli lui lâcher un « Gareth, je vous aime », mais s'était reprise à la dernière minute. Il avait dû lire ses pensées dans ses yeux. Comment pourraient-ils lui mentir ? Elle sourit et posa la main sur la sienne. Je vous aime, pensa la jeune fille. Elle qui n'avait pour ainsi dire jamais peur de rien, ne parvenait pas à trouver le courage de prononcer trois malheureux mots.

Elle décida de changer de sujet au plus vite.

— Je veux poursuivre notre enquête, Gareth.

— Pourquoi tant d'acharnement ? N'en avez-vous pas eu assez ?

— Parce que... Parce que... Je ne peux pas, voilà ! Je ne veux pas que votre père tombe dessus, encore moins maintenant que je sais qu'il n'est rien pour vous. Oh, dois-je seulement l'appeler « votre père » ?

Gareth haussa les épaules.

— C'est une habitude difficile à perdre.

— Qu'Isabella soit votre grand-mère ou non n'a guère d'importance : vous méritez ce bracelet.

Il lui répondit par un sourire amusé.

— Ne faites pas l'enfant, Hyacinthe, vous avez passé l'âge des caprices.

— Puisque vous insistez avec tant de délicatesse...

— Vous aurais-je vexée ?

— Pas le moins du monde. Écoutez-moi maintenant ! Si ce bracelet doit revenir à quelqu'un, c'est à vous et à vous seul !

— Ne pouvons-nous attendre d'avoir trouvé notre traducteur ?

Hyacinthe fit non de la tête en pointant du doigt la note qu'elle avait laissée sur la table.

— Que ferons-nous si ce n'est pas du slovène ?

— Je croyais pourtant que... enfin ! C'est pourtant ce que vous venez de m'affirmer.

— Je vous ai rapporté l'opinion de mon frère, mais je n'ai jamais prétendu qu'il était sûr de lui. Savez-vous combien de langues sont parlées en Europe centrale ?

— Gareth, et si nous y allions demain ?

— Non.

— Le jour suivant ?

Le jeune homme posa les mains sur ses épaules, lui fit faire volte-face et lui annonça :

— Je vous ramène chez vous.

Hyacinthe avança vers la porte en traînant des pieds. En posant la main sur le bouton de porte, elle se retourna, visiblement prête à faire une ultime tentative.

— NON !

— Je n'ai rien d...

— Très bien. Vous avez gagné, concéda-t-il en levant les bras au ciel, exaspéré. J'irai. Seul.

Hyacinthe resta silencieuse. Elle mourait d'envie de hurler à l'injustice, mais craignait d'avoir l'air d'une adolescente en colère. Comment lui faire comprendre sans paraître trop pimbêche qu'elle souhaitait s'assurer qu'il irait bien sur les lieux ? Autant lui déclarer qu'elle ne lui faisait pas confiance. Il apprécierait le compliment, à n'en pas douter ! Elle se contenta donc de le foudroyer du regard en croisant les bras.

— Soit. J'imagine que si vous cédiez au moindre de mes caprices, vous feriez un bien piètre mari !

— Vous ferez une femme parfaite, Hyacinthe Bridgerton, lui dit-il en riant, tout en la poussant vers la sortie.

— Umpf.

— Mon Dieu ! Vous n'allez pas vous transformer encore une fois ! J'ai assez d'une grand-mère, vous savez.

— Mais sachez que lady Danbury est un modèle. D'ailleurs, je n'aspire qu'à une chose : lui ressembler en tout point !

— Pitié ! murmura-t-il.

— Pardon ? Vous implorez maintenant ?

— Vous êtes exaspérante, Hyacinthe Bridgerton !

À ces mots, elle se retourna pour lui faire face.

— Vous disiez, Gareth ?

— Que vous méritez d'être punie !

— Oh !

Comment avait-il réussi à glisser sa main là ?

— Oh ! Gareth !

— Vous m'encouragez donc ?

Hyacinthe ne put s'empêcher de sourire avant de lui répondre d'un ton badin :

— *Encore*, Gareth !

CHAPITRE DIX-NEUF

*L*e mardi suivant. Les grands événements ont toujours lieu le mardi, c'est étrange, n'est-ce pas ?

— Comtesse, regardez un peu ça !

Hyacinthe était tout sourire. Elle venait de franchir le seuil du salon de lady Danbury, un livre à la main : *Miss Davenport et le noir marquis !*

— Un nouveau roman ? Mon Dieu, venez vite vous asseoir auprès de moi.

— Et pas n'importe lequel ! Regardez un peu la couverture !

Visiblement aux anges, la comtesse lady Danbury se saisit de l'ouvrage.

— Nous ne l'avons pas encore lu. J'espère qu'il est aussi mauvais que les précédents !

— Allons, lady Danbury. Vous exagérez toujours…

— Je n'ai pas dit qu'ils n'étaient pas distrayants ! Combien de chapitres de *Mademoiselle Butterworth* nous reste-t-il au juste ?

Hyacinthe attrapa le livre en question et l'ouvrit à la page où elle s'était arrêtée le mardi précédent.

— Trois.

— Hum, je me demande à combien de chutes encore cette pauvre Priscilla va bien pouvoir échapper.

— D'après moi, au moins deux. Si tant est qu'elle ne soit pas frappée par la peste.

Lady Danbury tenta en vain de lire par-dessus son épaule.

— Un petit accès de peste bubonique ferait le plus grand bien à cette prose, vous ne trouvez pas ?

Hyacinthe gloussa.

— L'auteure aurait dû songer à l'ajouter en sous-titre : *Mademoiselle Butterworth et le baron fou, ou le petit accès de peste bubonique !*

— Quant à moi, j'ai un faible pour : *Picorée à mort par les pigeons.*

— Nous devrions peut-être écrire un roman, lança finalement Hyacinthe.

Lady Danbury lui aurait presque donné une claque.

— C'est ce que je vous répète depuis des semaines !

— Non, tout bien considéré, passé le titre, cela cesserait d'être amusant, chère comtesse. Croyez-vous qu'il y ait des amateurs prêts à en acheter toute une collection ?

— Que croyez-vous ? Surtout si mon nom figure sur la couverture. Quoi qu'il en soit, où en êtes-vous de la traduction du journal d'Isabella Marinzoli, l'autre grand-mère de Gareth ? Vous ne m'avez rien dit jusqu'à présent !

— J'en suis à peine à la moitié du journal. Mon italien est bien moins bon que je ne le croyais, ce qui rend la tâche d'autant plus ardue.

— C'était une femme merveilleuse, vous savez.

— Isabella ? Vous la connaissiez donc ?

— Évidemment ! Son fils a épousé ma fille, voyons !

— Ah, oui, murmura Hyacinthe qui se demandait pourquoi elle n'y avait pas songé plus tôt.

Lady Danbury savait-elle quelque chose des origines de Gareth, contrairement à ce que pensait ce dernier ? Peut-être se taisaient-ils l'un et l'autre, s'imaginant être les seuls à détenir la vérité. La jeune femme aurait bien voulu interroger la comtesse, mais une telle question aurait été déplacée. Elle serra les dents. Non ! Elle ne pouvait pas dévoiler ainsi le secret que lui avait confié Gareth. Il ne le lui pardonnerait jamais !

— Auriez-vous des aigreurs d'estomac, ma chère ? Vous avez l'air au plus mal.

— Je vais très bien. Je pensais simplement au journal. Je l'ai apporté avec moi pour en parcourir quelques feuillets durant le trajet.

Depuis sa dernière conversation avec Gareth, Hyacinthe travaillait à cette traduction sans relâche. Elle voulait connaître l'identité du père naturel de son futur époux, et le journal d'Isabella pourrait peut-être lui fournir quelque indice, qui sait ?

— Vraiment ? Lisez-m'en quelques passages, voulez-vous.

— Mais… vous ne comprenez pas l'italien !

— Je sais, mais c'est une si jolie langue, si mélodieuse, si douce à l'oreille. Et je ferais bien une petite sieste.

— Si vous voulez dormir, il y a sans doute de meilleurs moyens que l'écoute d'une langue étrangère.

— Seriez-vous prête à me chanter une berceuse ?

— Vous êtes pire qu'une enfant !

— Notre enfance n'est pas si loin, vous savez…

Hyacinthe secoua la tête avant de commencer sa lecture. Elle en était restée au printemps 1793, quatre ans avant la naissance de Gareth. D'après ce qu'elle avait déchiffré, la mère de Gareth était enceinte de George, son frère aîné, après deux fausses couches fort peu appréciées par son mari.

Hyacinthe adorait la personnalité d'Isabella : son intelligence et son humour transpiraient à travers ces pages. Si elles avaient vécu à la même époque, sans doute auraient-elles été amies. Pauvre Isabella ! Une telle femme d'esprit jugulée par un goujat ! Quelle injustice ! Il ne fallait pas prendre le mariage à la légère et s'assurer d'avoir bien trouvé le bon époux avant de sauter le pas. Fortune et statut social n'avaient guère d'importance, même si Hyacinthe n'était pas une idéaliste, férue de contes de fées. Elle n'aurait qu'une seule vie après tout, et, plaise à Dieu, un seul mari. Isabella n'était pas une femme battue, mais on l'avait complètement ignorée. Son mari l'avait reléguée dans quelque lointaine maison de campagne, montrant ainsi un exemple des plus déplorables à ses fils. Rien d'étonnant à ce que le père de Gareth ait fait de même.

— Qu'attendez-vous donc pour lire, Hyacinthe ? retentit soudain la voix stridente de la comtesse.

— Pardon. Laissez-moi juste le temps de retrouver le passage… Ah, voilà !

Hyacinthe s'éclaircit la voix :

« Si avvicina il giorno in cui nascerà il moi primo nipote. Prego che sia un maschio… »

Tout en poursuivant sa lecture, elle traduisait simultanément dans sa tête :

« Le jour de la naissance de mon premier petit-enfant approche. Je prie pour que ce soit un fils. J'adorerais avoir une petite-fille, car on me laisserait probablement la voir plus souvent,

mais mieux vaut que nous ayons un petit-fils. Je frémis en pensant à ce que devra encore subir Anne si jamais elle accouche d'une fille.

Je devrais sans doute chérir mon fils, mais, au lieu de cela, je m'inquiète pour sa femme. »

Hyacinthe marqua une pause et scruta le visage de lady Danbury pour s'assurer qu'elle ne comprenait pas un seul mot. Il s'agissait de sa fille dans ce passage et elle se demandait si la comtesse savait à quel point son mariage était déplorable… Mais la vieille femme se mit soudain à ronfler bruyamment, ce qui ne rassura pourtant pas Hyacinthe. « Elle serait donc endormie si vite ? » La jeune fille marqua une pause, s'attendant à entendre persifler la comtesse.

Hyacinthe reprit sa lecture. Plusieurs mois avaient passé avant qu'Isabella ne reprenne son journal. Elle exprimait son soulagement à la naissance de son petit-fils, George, fierté du baron qui avait même offert un bracelet en or à sa femme pour l'occasion.

Hyacinthe feuilleta nerveusement l'ouvrage. Elle était impatiente d'arriver à l'année 1797, année de naissance de Gareth. Combien de pages lui restait-il à lire ? Une, deux, trois… sept, huit, neuf… Ah, 1796, enfin ! Gareth était né en mars 1797. Si Isabella avait écrit quoi que ce soit au sujet de sa conception, c'est là que cela figurerait.

Encore dix pages.

Et pourquoi ne pas les sauter ? Rien ne le lui interdisait. Elle pouvait toujours jeter un œil aux années 1796 et 1797, puis revenir en arrière. Lady Danbury ne lui avait-elle pas fait remarquer, il n'y avait pas si longtemps d'ailleurs, que, contrairement à l'opinion courante, la patience n'était pas une vertu ?

« *24 juin 1796. Je suis arrivée à Clair House cet été pour rendre visite à mon fils. Mais on m'a informée qu'il était déjà parti pour Londres sans m'attendre.* »

Hyacinthe se mit à calculer de tête. Voyons, de mars à décembre 1796, cela fait trois mois, moins six autres, nous voilà… en juin ! Le père de Gareth était parti en voyage d'affaires à cette époque.

Dévorée par la curiosité, Hyacinthe poursuivit sa lecture :

« *Anne semble heureuse qu'il soit parti, et le petit George est un trésor. Est-ce si terrible d'admettre que je suis bien plus heureuse en l'absence de Richard ? J'aime tant être entourée de tous ceux que j'aime…* »

Rien. Rien d'extraordinaire. Pas de mystérieux étranger, ni d'ami un peu trop proche. Elle poursuivit donc sa lecture. L'entrée suivante était datée du mois de septembre 1796.

— Mon Dieu ! s'exclama-t-elle soudain en lisant la suite.

« *Anne est enceinte et nous savons tous que l'enfant ne peut être de Richard. Cela fait plus de deux mois qu'il est absent. J'ai peur pour elle. Il est furieux. Mais elle refuse d'avouer.* »

— Avouer, avouer… répéta Hyacinthe à voix haute.

— Hein ?

Hyacinthe referma le journal d'un coup sec en voyant lady Danbury s'agiter sur son siège.

— Pourquoi vous êtes-vous arrêtée, Hyacinthe ?

— Vous vous étiez endormie.

— Vraiment ? Je me fais vieille, que voulez-vous.

Hyacinthe se contenta de sourire.

— Fort bien. Je suis parfaitement réveillée maintenant. Revenons aux folles aventures de *Mademoiselle Butterworth*.

— *Maintenant ?*

— Pourquoi attendre ?

— Hum… Hum…

— Vous avez mal à la gorge ? Il reste encore du thé si vous en voulez.

— Ce n'est rien, comtesse, rassurez-vous, répondit-elle avant de reprendre le fameux roman :

« *Le baron cachait quelque chose. Priscilla en était persuadée, mais saurait-elle jamais la vérité ? Là était la question.* »

— En effet, marmonna Hyacinthe.

— Hein ?

— Je crois qu'il va se passer quelque chose de crucial.

— C'est toujours le cas, vous le savez bien. Et si ce n'était pas le cas, vous feriez mieux de faire comme si. Vous profiterez mieux de la vie ainsi !

— Vous voilà donc philosophe, comtesse ? Une nouvelle vocation, qui sait ? Tragédienne, philosophe…

— Il faut bien s'amuser, ma chère. La vie est bien trop courte. D'ailleurs, cette mode qui veut que l'on affecte un air mélancolique dans les salons m'agace au plus haut point ! Poursuivez votre lecture. Je crois que le meilleur est pour la fin !

Cela était aussi vrai pour le journal, pensa Hyacinthe, inspirant profondément avant de se concentrer sur le roman. En vain ! Les lettres dansaient sous ses yeux.

— Veuillez m'excuser, comtesse, mais j'ai bien peur de devoir écourter ma visite. Je ne me sens pas très bien.

Lady Danbury la regarda comme si elle venait de lui annoncer qu'elle portait l'enfant naturel de Napoléon III.

— Je serais ravie de revenir demain, ajouta Hyacinthe.

— Mais nous sommes mardi.

— Je sais bien, mais… Ah… Vous avez vos habitudes, n'est-ce pas ?

— La routine est le pilier de toute civilisation !

— Certes, mais…

— Mais les esprits supérieurs se reconnaissent à leur capacité d'adaptation.

Décidément, lady Danbury était très en verve aujourd'hui.

— Partez, mon enfant. Résolvez donc cette énigme qui semble tant vous intriguer.

Hyacinthe n'en croyait pas ses oreilles. Elle prit ses effets personnels, s'avança vers lady Danbury et lui colla un baiser sur la joue. Jamais elle ne serait permis pareille familiarité auparavant.

— Après tout, vous allez être ma grand-mère, n'est-ce pas ?

— Que vous êtes bête, mon enfant, lui lança la comtesse pour cacher son émotion. Vous savez bien que vous avez toujours été ma petite-fille. J'attendais juste que vous rendiez la chose officielle !

CHAPITRE VINGT

Tard dans la nuit, nous retrouvons notre héroïne au travail. Sa traduction a malheureusement dû attendre un peu, car elle n'a pu se soustraire à un dîner de famille, suivi d'un interminable jeu de charades. Il est vingt-trois heures trente et elle vient de trouver ce qu'elle cherchait. Enfin !

Gareth venait de passer un gros pull de laine – fort peu seyant, mais qui présentait l'avantage d'être noir comme la nuit – et s'apprêtait à enfiler ses bottes lorsqu'il entendit un bruit insistant.

Il était presque minuit et son valet de chambre dormait depuis longtemps. Gareth se rendit lui-même à la porte.

— Oui ?

— C'est moi.

Quoi ? Non, c'est impossible.

Il ouvrit la porte sans plus tarder, attrapa Hyacinthe par le bras et la tira dans sa chambre pour éviter que son valet de chambre ne les entende. Il dormait généralement comme une souche, mais il suffisait qu'il ait un peu petit creux ce soir-là et décide de se relever pour que la réputation de Hyacinthe ne soit à jamais ruinée.

— Gareth, murmura Hyacinthe, il faut que je vous dise quelque chose…

— Je ne veux rien savoir. Tout ce que je veux entendre c'est : « Je ne suis qu'une jeune écervelée ». Allons, j'attends…

— Je ne vais certainement pas vous dire ça ! rétorqua-t-elle en croisant les bras. Il faut que…

— Plus un mot, vous m'entendez ! Asseyez-vous là, voulez-vous. Et tenez-vous tranquille pendant que je réfléchis à ce que je vais bien pouvoir faire de vous.

Hyacinthe prit place sur le lit sans broncher, mais son petit air satisfait ne lui disait rien qui vaille.

Gareth s'apprêtait à partir explorer une nouvelle fois la maison de son père en quête des bijoux. Comment a-t-elle bien pu deviner ? Il avait forcément dû laisser échapper quelque allusion malheureuse, mais Dieu que cette femme est diabolique ! Elle avait observé le moindre de ses gestes, analysé leurs conversations et voilà qu'elle surgissait de nulle part, le soir même où il avait décidé de commettre son forfait.

Gareth lui lança un regard meurtrier, Hyacinthe le contra par un sourire.

— Très bien, ma chère. Nous allons fixer quelques règles, ici et maintenant ! Lorsque nous serons mariés, vous ne sortirez pas sans ma permission…

— Jamais ? interrompit-elle.

— Jusqu'à ce que vous vous soyez enfin montrée responsable.

— Depuis quand êtes-vous si pompeux, monsieur ?

— Depuis que je suis tombé amoureux de vous ! s'exclama-t-il, non sans une certaine fureur dans la voix.

— Vous… Vous… Quoi ?

Hyacinthe resta bouche bée.

— Je vous aime, petite sotte ! lança-t-il en agitant les bras comme un fou qui se serait échappé de l'asile. Vous me faites perdre la tête à mon tour, Hyacinthe.

— Mais…

— Ne savez-vous pas vous taire quand il le faut ? Dieu me vienne en aide, je vous aime, malgré tout…

— Mais, Gareth…

— Je vous protégerai de vous-même, quitte à vous ligoter des heures durant, à vous attacher à ce satané lit ! Dieu m'en soit témoin.

— Mais Gareth…

— Plus un mot, vous dis-je ! Cessez ! gronda-t-il en pointant un doigt vengeur en direction de la jeune fille.

Gareth était hors de lui. Hyacinthe le regardait fixement, non sans stupeur. Puis elle se leva et s'approcha de lui pour poser une main sur son bras.

— Vous m'aimez donc ? murmura-t-elle.

— Dussé-je en mourir, il faut bien l'avouer. Oui, je vous aime, Hyacinthe. C'est plus fort que moi.

— Oh ! Bien.

— Bien ? C'est tout ce que vous avez à dire ?

Elle s'avança un peu plus avant de lui caresser tendrement la joue.

— Je vous aime. De tout mon cœur, de toute mon âme...

Hyacinthe ne put finir sa phrase car Gareth l'avait déjà embrassée avec fougue.

— Gareth! s'exclama-t-elle.

— Pas maintenant, répondit-il en l'embrassant de plus belle.

Il ne pouvait s'arrêter, pas maintenant. Il lui avait déclaré son amour, mais il fallait désormais qu'il le lui fasse pleinement ressentir. Il couvrait son visage de baisers toujours plus voraces, mais Hyacinthe, incorrigible, ne put s'empêcher de l'interrompre encore :

— Gareth, il faut que vous dise...

— Pas maintenant.

— Mais c'est très important et...

— Dieu du ciel! Qu'y a-t-il donc de si urgent que cela ne puisse attendre quelques heures?

— Il faut que vous m'écoutiez. Je sais que j'ai commis une folie en venant jusqu'ici.

— N'auriez-vous pu m'envoyer un mot?

Hyacinthe prit alors un air grave.

— Gareth, je connais l'identité de votre père!

Le jeune homme sentit le sol se dérober sous ses pieds. Seul le regard de Hyacinthe semblait encore le retenir. Il l'agrippa par les épaules, la serra contre lui, incapable de parler tant il était submergé par l'émotion. Après cet instant de stupeur, il parvint enfin à articuler quelques mots :

— Qui?

Il avait toujours voulu connaître la réponse à cette question, mais, à présent, une terreur soudaine l'envahit.

— C'était le frère de votre père, Gareth.

— Oncle Edward?

— Oui. J'ai trouvé une note dans le journal de votre grand-mère. Elle ne l'a pas appris tout de suite, mais si tout le monde savait que vous n'étiez pas le fils de votre p... père puisqu'il était à Londres au moment de votre conception.

— Comment Isabella l'a-t-elle découvert? En était-elle certaine?

— Elle l'a compris après votre naissance. Elle écrit que vous ressembliez bien trop à un Saint-Clair pour être un bâtard... Et puis, Edward résidait alors à Clair House...

— Le savait-il ?

— Qui ? Votre père ou bien votre oncle ?

— Mon... Je ne sais pas très bien comment je dois le nommer.

— D'après Isabella, lord Saint-Clair ne savait pas qu'Edward avait séjourné à Clair House cet été-là. Tout juste diplômé d'Oxford, ce dernier était censé partir en Écosse avec un groupe de camarades, mais pour une raison que j'ignore, il préféra se rendre à Clair House. Votre grand-mère... Oui, votre grand-mère, elle était bien votre grand-mère, Gareth ! C'est merveilleux.

Gareth ferma les yeux pour se remémorer le visage d'Isabella, qui s'était montrée si tendre, si aimante avec lui. Et elle connaissait la vérité ! La lui aurait-elle avouée, si elle avait vécu assez longtemps ? Il aimait à croire que oui, elle lui aurait tout dit.

— Votre oncle...

— Il savait... murmura Gareth d'un ton plein d'incertitude.

— Il savait ! Il vous l'a fait comprendre ?

— Non, pas du tout.

C'est pourtant évident, pensa-t-il. Il avait à peine huit ans la dernière fois qu'il avait vu son oncle, mais il se souvenait bien de lui. Edward l'avait aimé tendrement. Il lui avait appris à monter à cheval, lui avait offert un chiot pour ses sept ans. Edward connaissait bien la famille et savait que la vérité aurait tout fait voler en éclats. Richard Saint-Clair ne pardonnerait jamais à Anne, sa mère, d'avoir commis l'adultère, et s'il avait appris que son amant n'était autre que son propre frère...

— Gareth ?

Hyacinthe lui prit la main avec une infinie douceur en se rapprochant de lui pour le réconforter.

Il ne savait que penser. Fallait-il en rire, hurler de douleur ou pousser un long soupir de soulagement ? Il faisait bien partie de la lignée des Saint-Clair, mais, après toutes ces années passées à croire à l'imposture de sa naissance, il avait du mal à s'en convaincre. Et puis, compte tenu de l'attitude du baron, peut-être n'y avait-il pas de quoi être fier de cette appartenance !

Hyacinthe lui pressa légèrement la main.

Un moment d'abîme, puis ce fut comme une révélation : tout cela n'avait guère d'importance. Seul comptait l'avenir qui s'offrait à lui, la famille qu'il s'apprêtait à fonder avec elle, oui, elle, Hyacinthe Bridgerton.

— Je t'aime, Hyacinthe. Je t'aime tant tu sais.

La jeune fille se retrouva quelque peu confuse face à ce revirement soudain, mais elle esquissa un sourire complice qui masquait à peine son allégresse.

« Je veux qu'elle resplendisse ainsi chaque jour passé à mes côtés », songea Gareth. Chaque heure et chaque seconde...

— Je t'aime, Gareth.

Il prit son visage dans ses mains et l'embrassa langoureusement.

— Je t'aime *vraiment* tu sais, dit-il enfin.

Hyacinthe haussa le sourcil.

— Serait-ce donc un concours de déclarations amoureuses ?

— Tout ce que tu voudras mon amour.

Elle rit aux éclats.

— Mais laisse-moi t'avertir, mon cher, que je remporte toutes les manches.

— À chaque fois ?

— Chaque fois que l'enjeu est à la mesure de mes ambitions.

— Ce qui veut dire ?

— Cela veut dire, déclara-t-elle en déboutonnant son pardessus, que je t'aime *vraiment*.

À ces mots, Gareth recula de quelques pas pour s'adosser au mur, croisa les bras et lui lança d'un air de défi :

— Développe un peu, veux-tu ?

Elle laissa choir son manteau sur le sol.

— Est-ce suffisant ?

— Oh, non ! Absolument pas.

Hyacinthe jouait les téméraires, mais elle se sentait rougir à vue d'œil. Elle n'en battait pas moins des cils avec un air coquin.

— Je ne dédaignerais pas un peu d'aide pour le reste, mon cher.

— Vos désirs sont des ordres !

— Ah, vraiment ?

Elle semblait tellement intriguée par cette déclaration que Gareth s'empressa d'ajouter :

— Dans cette chambre et nulle part ailleurs, il va sans dire.

Il dénoua les rubans qui retenaient sa robe aux épaules.

— Madame a-t-elle encore besoin de mes services ?

Hyacinthe acquiesça.

— Peut-être que…

Gareth glissa ses doigts dans l'encolure de sa robe, mais elle retint sa main.

— Non. Toi.

Il lui fallut un court instant pour comprendre ce qu'elle voulait dire, puis il se mit à sourire.

— Mais bien sûr, ma mie. Comme il vous plaira.

Il retira son chandail.

— Les boutons, Gareth.

— Bien, Madame.

En moins de temps qu'il ne faut pour le dire, sa chemise gisait sur le sol. Il se tenait torse nu face à Hyacinthe qui le contemplait d'un œil gourmand. Il avait réussi à l'émoustiller.

— Autre chose, peut-être ?

« Elle est bien trop timide, se dit Gareth, bien trop innocente pour m'ordonner d'ôter mon pantalon. »

— Et ceci ? lança-t-il en passant le pouce dans sa ceinture.

Il fit lentement glisser son pantalon le long de ses cuisses sans quitter des yeux le regard bleu azur de Hyacinthe.

— Vous êtes beaucoup trop habillée, Hyacinthe.

Gareth s'approcha d'elle, tendit la main vers son visage pour l'embrasser tandis que, de l'autre, il tirait sur sa robe qui tomba bien vite à ses pieds. Il la pressa contre lui pour sentir le contact de sa poitrine contre son torse viril, puis laissa glisser sa main jusqu'au creux de ses reins. Hyacinthe aurait voulu rester ainsi pour contempler son visage et mémoriser les creux et les pleins, le contour de ses lèvres gourmandes, l'arc de ses sourcils… Elle passerait sa vie en compagnie de cet homme, lui donnerait son amour et porterait ses enfants. Quelle fantastique aventure elle s'apprêtait à vivre…

Tout allait bientôt commencer.

— C'est bien vrai, que tu m'aimes ? reprit le jeune homme.

— Mais prends garde, je te rendrai parfois la vie impossible !

— Je passerai la soirée au club.

— Et que ferai-je pour ma part lorsque tu me feras devenir chèvre ?

— Tu pourras toujours prendre le thé avec ta mère... Quand nous nous retrouverons enfin, nous passerons les plus merveilleux moments qui soient. Nous nous embrasserons, nous nous enlacerons en nous demandant pardon.

— Gareth ?

— Qui a dit que nous devions passer chaque minute de notre vie en compagnie l'un de l'autre ? Mais à la fin de la journée, et la plupart du temps pour tout dire, c'est toi que j'aurai envie d'avoir à mes côtés.

Hyacinthe aurait souhaité se montrer plus éloquente, mais l'émotion lui avait fait perdre la voix. Et lorsqu'il la souleva pour la porter jusqu'à son lit, elle se contenta de soupirer de bonheur en murmurant son nom.

Débarrassée de sa robe, elle sentait son corps nu contre sa chair. Il y avait quelque chose d'envoûtant dans son étreinte. Il était si puissant, si fort. Il aurait pu la dominer, la blesser même, mais il la traitait comme la plus délicate des roses.

Ses caresses l'enflammaient comme s'il avait touché son âme. Il effleura son bras, et elle sentit une onde de bonheur l'envahir jusqu'aux tréfonds de son être. Puis le tendre baiser qu'il déposa au creux de son cou la fit se tordre d'extase. Enfin, il l'embrassa avec fougue et sa raison vacilla : oui, elle le voulait, elle le désirait ardemment.

— S'il te plaît, viens.

— Hyacin... Hyacin... Hyacin... balbutia-t-il en la pénétrant avec fougue.

— Oh, mon Dieu ! Gareth !

Il allait et venait en elle, chaque mouvement électrisait toujours un peu plus sa chair brûlante. Elle était d'autant plus impatiente qu'elle avait déjà emprunté ce chemin...

Elle sentit quelque chose se contracter et se tendre au creux de son ventre. Puis, elle eut l'impression que son corps allait voler en mille bris de lumière. Et soudain, au seuil d'une extase indicible, elle atteignit la jouissance suprême. La foudre venait de transpercer son corps tandis que Gareth tentait de contenir un hurlement animal en se lovant au creux de son épaule.

Plusieurs minutes s'écoulèrent avant qu'ils ne puissent faire le moindre mouvement. Puis, Gareth se détacha d'elle et s'affala sur le lit, le corps rompu.

— Oh, mon Dieu… Mon Dieu ! Gareth !

— Quand nous marions-nous ?

— Dans six semaines.

— Deux ! Raconte ce que tu veux à ta mère, mais je ne tiendrai pas plus longtemps.

Hyacinthe acquiesça avant de se blottir contre lui.

— Deux. Peut-être même une semaine… Gareth, mon amour.

— Oui, une seule…

— Comptais-tu aller à Clair House ce soir ?

— Tu ne le savais donc pas ?

— Je ne pensais pas que tu le ferais.

— Je te l'avais pourtant promis.

— Oui, mais je croyais que tu mentais juste pour me faire plaisir.

— Tu finiras par me faire mourir, tu sais ! Je n'arrive pas à croire que tu aies pu penser ça !

Soudain, Hyacinthe se releva, l'œil brillant.

— Allons-y. Ce soir même.

— Non, Hyacinthe.

— Oh, s'il te plaît. Ce sera mon cadeau de mariage.

— Non.

— Je comprends tes réticences…

— Cela m'étonnerait fort.

— Qu'avons-nous à perdre ? Nous nous marions dans deux semaines après tout…

Gareth haussa un sourcil.

— Dans une semaine, pardon. C'est promis ! S'il te plaît…

— Pourquoi ai-je l'impression de revenir au temps où j'étais encore étudiant ? Quand mes amis de mauvaise vie tentaient de me convaincre de boire trois autres verres alors que j'étais déjà ivre ?

— Pourquoi fréquenter pareilles gens, Gareth ?

Hyacinthe lui fit un petit sourire narquois avant d'ajouter :

— Et tu les buvais ?

Gareth réfléchit un instant. Fallait-il vraiment lui raconter ses « exploits » de jeunesse ?

— Allons-y, Gareth ! J'en meurs d'envie ! Ne me fais pas languir !

— Je sais parfaitement ce dont j'ai envie, vois-tu... Et il ne s'agit pas de cela !

— Tu ne veux pas savoir où sont les bijoux ?

— Hum...

Il lui caressa la poitrine avec nonchalance.

— Gareth ! s'exclama-t-elle, faussement indignée.

— Oui, Gareth ! Encore, Gareth !

— Non, Gareth ! Non et non ! Pas avant d'avoir trouvé les bijoux !

— Seigneur ! Les femmes se révoltent !

Hyacinthe lui sourit avec un air triomphant.

Gareth se leva enfin. Elle avait remporté la partie. Cela dit, il ne pouvait résister à l'envie de la faire languir encore un peu.

— N'es-tu pas fatiguée après tous ces exercices ?

— Je déborde d'énergie !

Gareth n'essaya même pas de la persuader de reporter cette expédition nocturne. Hyacinthe était d'un tel entêtement ! Il en savait quelque chose...

— D'accord, je cède à tes caprices. Mais c'est la dernière fois, tu m'entends. La dernière !

— C'est promis, Gareth.

— J'espère bien, ma chère. Si nous ne trouvons pas les bijoux ce soir, nous ne remettrons pas les pieds là-bas jusqu'à ce que j'aie touché mon héritage. Tu pourras alors tout démolir s'il le faut !

— Ce ne sera pas nécessaire, nous allons les trouver ce soir ! Je le sens... Ah, mais cette tenue ne fait pas du tout l'affaire, remarqua-t-elle un peu dépitée.

— Prêt pour le grand saut ?

— Plus que jamais.

À dire vrai, Gareth partageait l'enthousiasme de Hyacinthe, même s'il ne voulait rien laisser transparaître. Il lui prit la main pour y déposer un tendre baiser.

— Nous allons les trouver, je vous le garantis, Gareth. Je le sais.

Main dans la main, ils sortirent de la chambre sur la pointe des pieds.

CHAPITRE VINGT ET UN

*U*ne demi-heure plus tard.

— Nous ne trouverons rien !

Les mains sur les hanches, Hyacinthe contemplait la chambre de la baronne. Dix bonnes minutes qu'ils fouillaient Clair House et voilà que la jeune fille commençait à perdre patience. Elle n'était pourtant pas de celles qui renoncent aussi facilement, mais elle n'avait jamais envisagé, ne serait-ce qu'une seule seconde, de ne pas dénicher les bijoux. Peut-être s'était-elle montrée trop optimiste, aveuglée par sa soif d'aventure ? En tout cas, l'échec était cuisant.

— Tu abandonnes, Hyacinthe ?

Gareth était accroupi à côté du lit et sondait les panneaux de bois qui couvraient le mur. En vain. Il savait qu'ils ne trouveraient rien, et s'il avait cédé aux caprices de sa bien-aimée, c'était par amour.

— Hyacinthe, il faut voir les choses en face, nous avons échoué. Il serait sage de rentrer maintenant.

Elle ne répondit pas.

— Hyacinthe ? Tu m'écoutes ?

— Je... Eh bien...

Elle ne savait que dire.

— Il ne nous reste pas beaucoup de temps. Ce soir, le baron participe à la réunion mensuelle de son club d'éleveurs canins.

— Ici ? Un élevage de chiens, à Londres même ? Tu plaisantes, n'est-ce pas ?

— Allons, Hyacinthe ! Qui parle d'élevage ? Ils se retrouvent tous les derniers mardis du mois depuis des années pour échanger des informations utiles pendant qu'ils sont en ville.

— L'élevage des *caniches* progresserait-il donc si vite ? Tu m'épates !

— Hyacinthe ! Tu sais très bien qu'il s'agit de chiens de chasse... mais une chose est sûre : les réunions se terminent à vingt-trois heures, et ils discutent généralement encore deux bonnes heures avant de rentrer. Ce qui signifie que le baron ne devrait pas tarder, ajouta-t-il en jetant un coup d'œil à sa montre.

— Je déclare forfait. Je ne crois pas avoir jamais fait pareille déclaration, si ce n'est sous la torture, or il semblerait que je n'aie guère le choix.

— Ce n'est pas la fin du monde.

— Tu crois qu'Isabella voulait vraiment qu'on retrouve ses bijoux ?

— Je ne sais pas. Mais si cela avait été le cas, elle aurait pu choisir une autre langue que le slovène.

— Il faut que je rentre. Si je dois harceler ma pauvre mère pour qu'elle avance la date du mariage, mieux vaut que je m'y prenne dès à présent. Elle sera d'autant plus facile à convaincre qu'elle aura passé une bonne partie de la soirée dans les salons. La fatigue aidant…

— Tu es diabolique, l'interrompit Gareth.

— C'est maintenant que tu t'en aperçois ?

Gareth se contenta de lui sourire, ouvrit la porte, jeta un coup d'œil dans le couloir pour s'assurer que la voie était libre et sortit sans un bruit en tenant Hyacinthe par la main.

— Allons-y, Hyacinthe ! murmura-t-il une fois arrivé au bout de l'allée qui débouchait dans Dover Street.

Ils étaient venus en voiture car les appartements de Gareth étaient trop éloignés pour faire le trajet à pied. Hyacinthe habitait pour sa part à une dizaine de minutes de là, mais Gareth préférait éviter d'errer dans les rues de Londres.

— Par ici, Hyacinthe ! Viens, nous pouvons…

Il s'arrêta net, manquant de trébucher. Hyacinthe s'était figée, comme frappée par la foudre.

— Qu'y a-t-il, Hyacinthe ?

Silence.

Gareth leva alors les yeux et vit lord Saint-Clair sur les marches de Clair House, la clé à la main. Enfer et damnation ! Ils étaient repérés !

— Tiens, tiens, tiens. Regardez qui voilà, leur lança le baron, l'œil étincelant.

— Monsieur, répondit Gareth tout en passant devant Hyacinthe pour la protéger.

— Vous comprendrez ma surprise. C'est la deuxième fois que je tombe sur vous en plein milieu de la nuit. Et cette fois-ci, vous avez entraîné votre délicieuse promise dans cette aventure. C'est fort peu orthodoxe. Ôtez-moi d'un doute : sa famille est bien au courant, n'est-ce pas ?

— Que voulez-vous, monsieur ?

— Je crois qu'il serait plus pertinent de demander ce que vous, vous voulez ! À moins que vous ne soyez là pour prendre un peu l'air…

Gareth le regarda sans rien dire. La ressemblance était frappante : la forme de son visage, ses yeux, jusqu'à leur posture. Comment aurait-il pu envisager qu'il puisse être le fruit d'un adultère ? Ils avaient le même nez, le fameux nez Saint-Clair ! Comment le baron avait-il pu croire un seul instant qu'il s'agissait d'une pure coïncidence ? Gareth fouillait dans sa mémoire : lord Saint-Clair aimait-il son frère ? Il n'avait pas souvenir de les avoir vus ensemble, mais cela ne voulait pas dire grand-chose, car le baron chassait systématiquement Gareth de ses appartements.

— Eh bien, Gareth ? Qu'avez-vous à dire pour votre défense ?

« Mais rien du tout, oncle Richard », pensa-t-il sans oser décocher cette pique cinglante. Une telle attaque n'aurait pas manqué de le mettre au tapis pour de bon. Cependant, Gareth n'en ressentait même plus le besoin. Il n'aimerait jamais cet homme acariâtre, et cela n'avait plus d'importance. Il se sentait libéré du fardeau de la haine, enfin !

Il prit la main de Hyacinthe avant de répondre :

— Nous avions envie de faire une petite promenade nocturne. Venez, mademoiselle Bridgerton. Ne retardons pas le baron plus longtemps. À son âge, il doit être très fatigué.

Mais Hyacinthe ne bougea pas d'un pouce. Gareth lui lança un regard interrogateur. Elle semblait paralysée. Il finit par comprendre : elle ne pouvait croire que Gareth n'ait pas fait éclater la vérité pour mettre fin, une bonne fois pour toutes, à ses remarques pleines de fiel. La liberté était à ce prix.

— J'ai quelque chose à vous apprendre, déclara Gareth en regardant le baron droit dans les yeux. J'ai en ma possession le journal intime de grand-maman, Isabella Saint-Clair...

Le baron écarquilla les yeux.

— Caroline, ma belle-sœur, s'il faut vous rafraîchir la mémoire, l'a retrouvé dans les affaires de George après son décès. Il avait laissé une note lui demandant de me le remettre.

— Elle ne savait pas que vous n'étiez pas son petit-fils !

— Mademoiselle Bridgerton parle un peu l'italien. Elle m'a aidé à le traduire...

Le baron scruta le visage de Hyacinthe pendant un instant comme s'il avait voulu déchiffrer ses pensées les plus intimes, puis il se tourna à nouveau vers Gareth.

— Isabella savait qui était mon père, monsieur. Ne voulez-vous pas savoir ? Il s'agit d'oncle Edward.

Le baron était livide. Le savait-il ? Le suspectait-il seulement ?

— Vous devriez épouser cette jeune fille. Vous aurez besoin de sa dot.

Sur ce, il leur tourna le dos, gravit quelques marches, entra dans la maison et referma la porte derrière lui.

— C'est *tout* ? s'exclama Hyacinthe, incrédule.

Gareth fut soudain pris d'un fou rire inextinguible.

— C'est injuste ! protesta-t-elle encore. Tu viens de lui révéler un terrible secret et c'est *tout* ce qu'il trouve à di... mais, tu ris ?

Le jeune homme fit non de la tête, mais n'était guère convaincant.

— Qu'y a-t-il de si drôle ? Allons, dis-moi !

Il haussa les épaules, incapable d'articuler le moindre mot.

— Allons ! Gareth !

— Je suis heureux, voilà tout. Je n'ai jamais été aussi heureux de toute ma vie !

— As-tu de la fièvre ? demanda-t-elle en posant la main sur son front.

— Je vais bien ! Je ne me suis jamais senti aussi bien !

— Mon amour, as-tu perdu l'esp...

Il l'embrassa sans lui laisser finir sa phrase.

— Nous sommes au milieu de la nuit, Gareth !

— Mais nous nous marions la semaine prochaine. Tu as déjà oublié ?

— Certes…

Hyacinthe resta bouche bée car Gareth venait de s'agenouiller devant elle.

— Gareth ? Qu'est-ce qui te prend ?

« Lord Saint-Clair doit être en train de se régaler derrière ses fenêtres », pensa Hyacinthe, horrifiée.

— Quelqu'un va nous voir ! Gareth !

— On dira que nous sommes amoureux.

Mon Dieu, que répondre à cela ?

— Hyacinthe Bridgerton, dit-il en lui prenant la main, voulez-vous être ma femme ?

— Je t'ai déjà dit oui !

— Mais ma démarche n'était pas complètement honnête, tu l'avais bien compris. C'est pourquoi, ici et maintenant, je te fais cette demande solennelle.

L'émotion était trop forte. Elle ne pouvait plus articuler un seul mot.

— Je te veux pour épouse car je t'aime, Hyacinthe Bridgerton. Je ne peux pas imaginer vivre sans toi. Je veux voir ton visage le matin, le soir, à la nuit tombée. Je veux vieillir à tes côtés, rire avec toi. Je veux pouvoir me plaindre à mes amis de ton côté autoritaire, tout en sachant au fond de moi-même que je suis l'homme le plus heureux du monde.

— Comment ça ?

— Eh bien oui, ma chère. Il faut bien sauver les apparences ! Vous ne voulez tout de même pas que tout le monde me déteste, ce qui ne manquera pas d'arriver si jamais on apprend à quel point vous êtes parfaite, vous n'imaginez pas…

— Oh !

— Je veux fonder une famille avec toi. Je veux que tu sois ma femme.

Dans le yeux de Gareth, Hyacinthe y lut tout son amour et toute sa dévotion. L'instant était magique et le temps avait cessé sa course. Le monde leur appartenait.

— Hyacinthe, mon amour.

Il lui pressa la main et se releva.

— Je ne pensais pas devoir prononcer cette phrase un jour, mais enfin, dis quelque chose ! Hyacinthe ?

— Oui, je le veux. Je le veux plus que tout ! Oui ! s'exclama-t-elle en se jetant dans ses bras.

Nos deux amoureux restèrent tendrement enlacés pendant plusieurs minutes, incapables de parler tant ils étaient submergés par l'émotion.

ÉPILOGUE

Quatre jours après, Gareth rendit visite à lord Wrotham. À son plus grand soulagement, le comte lui annonça qu'il le libérait de toute obligation vis-à-vis de sa fille. Il lui apprit par la même occasion que lady Bridgerton lui avait proposé de prendre l'une de ses plus jeunes filles sous son aile dès la saison suivante. Néanmoins, Violette Bridgerton lui fit savoir en personne que sa fille ne se marierait certainement pas en hâte. Il dut attendre deux mois avant d'épouser Hyacinthe.

Onze mois plus tard, Hyacinthe donna naissance à un petit garçon que ses parents choisirent de baptiser George en l'honneur de son oncle défunt.

La famille s'agrandit deux ans plus tard avec l'arrivée de la petite Isabella, laquelle ne connut pas longtemps son « grand-père ». Lord Saint-Clair fit une chute de cheval lors d'une chasse à courre et mourut sur le coup. Gareth hérita du titre de baron et s'installa avec sa famille à Clair House.

C'était il y a six ans déjà.

Six années que Hyacinthe cherche les bijoux.

— N'as-tu pas déjà fouillé cette pièce de fond en comble ?

Hyacinthe leva les yeux : Gareth se tenait sur le seuil de la salle de bains de la baronne.

— Pas depuis un bon mois au moins, mon cher, répondit-elle en sondant les lattes du parquet.

— Mon amour…

— Inutile de commencer ! Je sais ! Je ne veux rien entendre de plus. Dussé-je en mourir, je finirai bien par trouver ces maudits bijoux.

— Hyacinthe.

Elle l'ignora et poursuivit ses investigations.

— Je suis à peu près certain que tu as déjà regardé là.

Silence.

— Hyacinthe, enfin !

— Dans sa note, Isabella avait écrit : « Divinité rime avec propreté et le royaume de cieux ne manque point de richesses. »

— C'était du slovène !

— Trois Slovènes ont traduit cette note et ils sont tous parvenus à la même conclusion.

— Hyacinthe. Pourquoi refuses-tu de te montrer raisonnable ?

— Je suis sûre qu'ils sont ici. Il ne peut en être autrement.

Gareth haussa les épaules.

— Très bien, ma chère, mais Isabella vient d'achever sa traduction et elle aimerait te le soumettre.

Hyacinthe marqua une pause, poussa un soupir. À huit ans, sa fille avait déclaré qu'elle souhaitait apprendre la langue de son arrière-grand-mère. Hyacinthe et Gareth avaient donc engagé une tutrice pour la faire travailler trois fois par semaine. Il avait fallu moins d'une année à la petite pour dépasser sa propre mère, et Hyacinthe avait dû reprendre des cours pour pouvoir la suivre.

— Pourquoi n'as-tu jamais étudié l'italien, Gareth ?

— Je ne suis pas très doué pour les langues. Et puis, maintenant que j'ai deux interprètes à domicile, pourquoi veux-tu que je me fatigue ?

Hyacinthe roula des yeux.

— Je ne t'apprendrai plus de mots coquins !

— Dans ce cas, je ne glisserai plus de billets à Signorina Orsini pour qu'elle te les apprenne…

— Non ! Ne me dis pas que tu as fait ça ?

— Bien sûr que si !

— Et tu n'as pas le moindre remords ?

— Remords ? Quels remords ?

Gareth s'approcha de Hyacinthe pour lui susurrer quelques-uns de ces mots tabous au creux de l'oreille.

— Gareth ! s'exclama-t-elle.

— Oui, Gareth, ou bien non, Gareth ?

Elle soupira. Elle ne pouvait résister :

— *Encore*, Gareth !

Isabella Saint-Clair contemplait son travail avec perplexité. La traduction n'avait rien d'aisé. Si l'on restait trop près du texte original, cela ne voulait plus rien dire à l'arrivée. Mais cet ouvrage est parfait! pensa-t-elle en regardant la couverture *du Discorso intorno alle cose che stanno, in sù l'acqua, ò che in quella si muovono* de Galilée.

Parfait! Parfait! Parfait! Ses trois mots préférés.

Isabella adorait traduire les ouvrages scientifiques car sa mère peinait toujours sur les termes techniques. Comme c'était drôle de la voir faire semblant d'en savoir plus que sa fille! Non qu'Isabella fût méchante. Elle adorait sa mère, même si son arrière-grand-mère, lady Danbury, recueillait sa préférence. La pauvre femme était désormais confinée dans une chaise roulante, mais elle n'avait rien perdu de sa verve légendaire et savait encore fort bien manier sa canne!

Isabella sourit. « Lorsque je serai grande, je veux ressembler à ma mère, et puis, quand je serai vieille, je veux être comme grand-maman Danbury », songea-t-elle.

Mais pourquoi sa mère tardait-elle tant à venir? Cela faisait des heures que son père était descendu la chercher… À la réflexion, elle voulait aussi lui ressembler, même s'il s'agissait d'un homme, car elle l'aimait tout aussi tendrement.

Elle fit une grimace : ses parents étaient probablement en train de ricaner bêtement dans un coin de la maison. Mon Dieu! Qu'allait-elle bien pouvoir faire de ces deux-là? Elle avait largement le temps d'aller aux toilettes en attendant.

Son petit bureau se trouvait sous les combles. Quelqu'un avait dû s'attacher à cette pièce dans le passé : le carrelage coloré rappelait les fresques des anciens Étrusques. Si Isabella avait pu y apporter son lit, elle en aurait fait sa chambre sans hésiter.

En sortant des toilettes, elle remarqua une lézarde qui courait entre deux céramiques. Elle s'accroupit pour examiner la fissure de plus près. « Bizarre, bizarre », pensa-t-elle.

Isabella donna un petit coup sur l'un des carreaux.

Elle s'apprêtait à frapper plus fort quand elle se ravisa. La salle de bains de sa mère se trouvait juste en dessous et si jamais elle faisait trop de vacarme, sa mère ne manquerait pas de lui demander des comptes. Même si cela faisait des heures que son père était parti la chercher, il y avait de grandes chances qu'elle s'y trouve encore. « C'est à n'y rien comprendre ! Maman passe parfois des heures entières dans sa salle de bains. Je me demande bien ce qu'elle peut y faire ! »

Peut-être qu'un tout petit coup…

— Am stram gram, pic et pic et colégram, entonna-t-elle.

Un coup.

Rien.

Un peu plus fort.

Toujours rien.

— Hum, peut-être que je pourrais élargir un peu la fissure…

Elle s'empara d'un peigne qui traînait non loin et tapota légèrement le plâtre entre les carreaux. À sa plus grande surprise, elle vit la fente s'agrandir à vue d'œil. Elle continua ainsi jusqu'à ce que le carreau se descelle enfin. Elle découvrit alors une petite niche de quelques centimètres carrés dans laquelle elle glissa la main.

Du velours. Oui, c'est bien du velours, se dit-elle, en palpant un objet insolite caché à l'intérieur du mur.

C'était une petite bourse fermée par un ruban de soie.

Isabella se redressa bien vite pour s'asseoir en tailleur, impatiente d'ouvrir ce nouveau trésor. Elle défit le nœud et en déversa le contenu sur le carrelage

— Mon Dieu ! laissa-t-elle échapper.

Une rivière de diamants s'écoulait littéralement sous ses yeux.

C'était un collier. Il y avait aussi un bracelet. Ces bijoux resplendissaient de mille feux.

— Isabella ?

Sa mère. Oh non, pas maintenant.

— Je…

Elle s'éclaircit la voix.

— Je suis aux toilettes, maman. Un instant.

Que faire ?

Oh, elle savait très bien ce qu'elle devait faire, mais en avait-elle vraiment envie ?

— Dis-moi, c'est ta traduction que je vois là sur la table ?

— Euh, oui, maman. Du Galilée. L'original est posé juste à côté.

— Oh! Pourquoi…

Elle a une drôle de voix, remarqua Isabella en silence.

— Qu'est-ce qu'il y a, maman?

— Rien du tout, ma chérie.

Isabella n'avait plus que quelques secondes pour se décider.

— Isabella! As-tu bien fait tes additions ce matin? Tu commences les cours de danse cet après-midi. Tu t'en souviens, j'espère.

Des cours de danse? Isabella fit une grimace de dégoût.

— Monsieur Larouche sera là à deux heures. Il faut que tu te dépêches car…

Isabella regardait fixement les diamants, avec une concentration telle qu'elle n'entendait plus la voix de sa mère, ni les bruits de la rue. Elle sentait le sang battre contre ses tempes.

Isabella jeta un dernier coup d'œil aux diamants.

Puis elle sourit avant de les remettre à leur place, bien cachés derrière la céramique.

Impression réalisée sur CAMERON par

BRODARD & TAUPIN

GROUPE CPI

*La Flèche
en janvier 2007*

Imprimé en France
N° d'impression : 39439
Dépôt légal : janvier 2007